LA ABADÍA DE
NORTHANGER

ALMA CLÁSICOS ILUSTRADOS

Jane Austen
LA ABADÍA DE NORTHANGER

Traducción de Laura Fernández

Ilustrado por
Giselfust

Título original: *Northanger Abbey*

© de esta edición:
Editorial Alma
Anders Producciones S.L., 2022
www.editorialalma.com

[instagram] @almaeditorial
[facebook] @Almaeditorial

© de la traducción: Laura Fernández

© de las ilustraciones: Giselfust

Diseño de la colección: lookatcia.com
Diseño de cubierta: lookatcia.com
Maquetación y revisión: LocTeam, S.L.

ISBN: 978-84-18395-67-3
Depósito legal: B1123-2022

Impreso en España
Printed in Spain

Este libro contiene papel de color natural de alta calidad que no amarillea (deterioro por oxidación) con el paso del tiempo y proviene de bosques gestionados de manera sostenible.

ÍNDICE

Capítulo I

Nadie que hubiera conocido a Catherine Morland desde su infancia habría imaginado nunca que pudiera convertirse en una heroína. Todo estaba en su contra: tanto su posición social en la vida como el carácter de sus padres y su propia personalidad y disposición. Su padre, clérigo, no era un hombre descuidado ni pobre, se trataba de un caballero muy respetable, aunque se llamaba Richard, y nunca había sido apuesto. Gozaba de una considerable independencia económica, además de poseer dos buenos beneficios eclesiásticos, y no era dado a encerrar a sus hijas en casa. Su madre era una mujer sensata, con muy buen carácter y, lo que es más importante, gozaba de una estupenda constitución. Había tenido tres hijos antes de que naciera Catherine y, en lugar de morir al dar a luz a esta última, como cabría esperar, la mujer siguió viviendo, tuvo seis hijos más y pudo verlos crecer mientras disfrutaba de una salud excelente. Una familia con diez hijos se considera una buena familia siempre que cuenten con las cabezas, brazos y piernas correspondientes, pero los Morland no tenían mucho derecho a dicho adjetivo, pues, en general, no eran muy agraciados, y Catherine fue, durante muchos años de su vida, tan poco agraciada como los demás. Era delgada y desgarbada, tenía la piel cetrina y descolorida, una melena oscura

y lacia y las facciones rígidas. Así era físicamente; y su forma de ser no parecía mucho más propicia al heroísmo. Le gustaban todos los juegos de los muchachos, y prefería el críquet no solo a jugar con muñecas, sino a los pasatiempos más heroicos de la infancia, como cuidar de un ratoncito, dar de comer a un canario o regar un rosal. Lo cierto es que no sentía ningún interés por la jardinería, y si alguna vez se le ocurría recoger flores, lo hacía por el mero gusto de cometer alguna travesura, o por lo menos eso era lo que cabía deducir, puesto que la niña siempre prefería recoger las que no debía. Y tales eran sus inclinaciones. Aunque tampoco poseía grandes habilidades. Jamás aprendía ni comprendía nada antes de que se lo enseñaran y, en ocasiones, ni siquiera lo hacía entonces, pues solía ser bastante distraída y, de vez en cuando, torpe. Su madre tardó tres meses en enseñarle a recitar de memoria *La petición del mendigo*[1] y, después de todo el esfuerzo, su hermana Sally lo recitaba mejor que ella. No es que Catherine siempre fuera igual de torpe, en absoluto, pues se aprendió la fábula de *La liebre y sus muchos amigos*[2] tan rápido como cualquier niña inglesa. Su madre quería que estudiara música, y Catherine, convencida como estaba de que le gustaría, pues le encantaba tocar las teclas de la vieja y olvidada espineta, empezó a tomar clases a los ocho años. Un año después ya no pudo soportarlo más y la señora Morland, que no insistía en que sus hijas sobresalieran en nada si carecían de las aptitudes y el interés necesario, permitió que la niña abandonara sus estudios de música. El día que despidieron al profesor de música fue uno de los más felices de la vida de Catherine. Su gusto por el dibujo no era mejor, aunque siempre que se hacía con el reverso de alguna de las cartas de su madre o conseguía cualquier pedazo de papel, hacía lo que podía y dibujaba casas y árboles, gallinas y pollos, todos muy parecidos entre sí. Su padre le enseñó a escribir y a sumar; su madre le dio clases de francés: su dominio de tales materias no era muy elevado y Catherine eludía las lecciones de ambos siempre que podía. Poseía un carácter extraño e inexplicable, pues a pesar de todas las muestras de disipación que se observaban en ella a los diez años,

---

1   Poema de Thomas Moss; el título original es *The beggar's petition*. (N. de la T.)
2   Fábula de John Gay; el título original es *The hare and many friends*. (N. de la T.)

Catherine no tenía ni mal corazón ni mal genio; no solía mostrarse obstinada, casi nunca discutía sobre nada y era muy buena con los más pequeños, salvo por algún arrebato puntual. También era ruidosa y salvaje, odiaba que la encerraran, detestaba la pulcritud y lo que más le gustaba en el mundo era tirarse rodando por la ladera verde que había detrás de su casa.

Así era Catherine Morland a los diez años. A los quince su aspecto empezó a mejorar; comenzó a rizarse el pelo y a desear asistir a algún baile; su cutis mejoró, estaba más rellenita y tenía mejor color, cosa que repercutió positivamente en sus rasgos, tenía una mirada más despierta y una figura con mayor prestancia. Su afición por el barro dio paso a una inclinación por la ropa refinada, y cada vez era más pulcra y elegante; en ocasiones tenía la satisfacción de oír cómo sus padres comentaban lo mucho que había mejorado. De vez en cuando llegaban a sus oídos las palabras de sus progenitores:

—Catherine se ha convertido en una muchacha bien parecida, hoy está casi hermosa.

¡Cómo le gustaba escucharlo! Parecer casi hermosa es un cumplido mucho más halagador para una muchacha que ha sido poco agraciada durante los primeros quince años de su vida que para una que ha sido una belleza desde la cuna.

La señora Morland era muy buena mujer y deseaba ver cómo sus hijos se convertían en todo aquello que quisieran ser, pero estaba demasiado ocupada dando a luz y enseñando a los más pequeños, e inevitablemente sus hijas mayores tenían que cuidarse solas, por lo que no era de extrañar que Catherine, que por naturaleza no era muy heroica, prefiriese, a la edad de catorce años, el críquet, el béisbol, la equitación y correr por el campo antes que leer libros —por lo menos los que contenían información—, pues, siempre que no aportaran ninguna información útil y siempre que fueran solo historias desprovistas de reflexión, jamás ponía ninguna objeción a ellos. Sin embargo, entre los quince y los diecisiete años se estuvo preparando para ser una heroína. Leía todos los libros que deben leer las heroínas para abastecer su memoria de esas citas que resultan tan útiles y tranquilizadoras en las vicisitudes de una vida ajetreada.

De Pope aprendió a censurar a aquellos que:

> Llevan puesto siempre el disfraz de la pena.

De Gray, que:

> Más de una flor nace y florece sin ser vista,
> Y desperdicia su fragancia en el aire del desierto.

De Thompson, que:

> Es grato el deber de
> Enseñar a brotar las nuevas ideas.

Y de Shakespeare fue de quien más cosas aprendió; entre ellas que:

> Las nimiedades más ligeras
> Son para el celoso
> Pruebas irrecusables.

Y que:

> El pobre escarabajo que pisamos
> Siente al morir un dolor tan intenso
> Como el que sufre un gigante.

Y que una joven enamorada siempre se asemeja a:

> El monumento a la Paciencia
> Que sonríe al Dolor.

En ese sentido progresaba adecuadamente y en muchos otros aspectos evolucionaba notablemente bien, pues, aunque no sabía componer sonetos, sí que los leía, y aunque no parecía que la muchacha tuviera muchas posibilidades de cautivar a todos los asistentes a una fiesta interpretando un preludio al pianoforte que hubiera compuesto ella misma, sí que podía escuchar las actuaciones de otras personas sin fatigarse en exceso. Lo que

peor se le daba era manejar el lápiz, no sabía dibujar, ni siquiera lo suficiente como para intentar bosquejar el perfil de algún muchacho al que admirase y que después se pudiera identificar. En ese campo quedaba muy lejos de la auténtica altura heroica. En ese momento desconocía su carencia, pues no tenía ningún amado al que retratar. Había cumplido los diecisiete años sin haber encontrado ningún joven que despertara su sensibilidad, sin haber inspirado pasión real alguna y sin haber provocado más que alguna admiración moderada y pasajera. ¡Qué cosa tan extraña! Pero normalmente los hechos singulares pueden explicarse si se busca bien la causa. No había ni un solo lord en la localidad, ni siquiera un baronet. No conocían una sola familia que hubiera criado a algún muchacho encontrado en su puerta por casualidad ni un solo joven de orígenes desconocidos. Su padre no tenía ningún pupilo y el mayor terrateniente de la zona carecía de descendencia.

Sin embargo, cuando una joven está llamada a convertirse en una heroína ni la perversidad de cuarenta familias vecinas podría impedirlo. Tenía que ocurrir algo que pusiera a un héroe en su camino.

El señor Allen, que poseía la mayor propiedad de Fullerton, el pueblo de Wiltshire donde habitaban los Morland, fue enviado a Bath por motivos de salud, pues padecía gota, y su mujer, una dama muy afable que le tenía mucho cariño a la señorita Morland y quien probablemente era consciente de que si una joven no encuentra aventuras en su propio pueblo debía ir a buscarlas a otra parte, la invitó a acompañarlos. El señor y la señora Morland estuvieron de acuerdo con la decisión y Catherine aceptó encantada.

Capítulo II

Además de todo lo que ya se ha dicho acerca de las circunstancias personales y morales de Catherine Morland, cabe mencionar, ahora que estaba a punto de enfrentarse a todas las dificultades y peligros que entraña una estancia de seis semanas en Bath, y para mayor información del lector, pues en caso contrario las páginas siguientes no conseguirían transmitir la idea de su verdadera forma de ser, que la muchacha tenía un corazón afectuoso, un carácter alegre y abierto, sin rastro de soberbia o afectación —pues no había ya en sus modales muestra alguna de la torpeza y la timidez propias de la infancia—, una presencia agradable y, cuando tenía un buen día, parecía incluso hermosa, además de tener una mente tan ignorante y desinformada como suele corresponder a cualquier jovencita de diecisiete años.

A medida que se aproximaba la hora partir, como es natural, cabría suponer que la ansiedad maternal de la señora Morland fuera en aumento, que a su cabeza asomaran miles de alarmantes pensamientos sobre las desgracias que podían ocurrirle a su querida Catherine durante la terrible separación, que anegasen su corazón de tristeza y la ahogaran en lágrimas durante los últimos días que estuvieron juntas, y que, durante la conversación de

despedida que mantuviesen en su gabinete, de sus sabios labios brotarían consejos sumamente importantes y aleccionadores. La dama debería desahogarse allí previniéndola contra la violencia de los nobles y baronets que disfrutaban llevándose a las jovencitas por la fuerza a granjas remotas. ¿Quién no pensaría en eso? Pero la señora Morland sabía tan poco sobre lores y baronets que no tenía ni idea de lo malvados que eran, y no sospechaba en absoluto que su hija pudiera estar en peligro a causa de las maquinaciones de estos, por lo que sus advertencias se centraron en los extremos siguientes: «Catherine, te suplico que te protejas bien la garganta cuando salgas de los salones por la noche, y espero que intentes llevar cierto control del dinero que gastas; te daré esta libretita para que puedas hacerlo».

Sally, o Sarah, más bien —pues, ¿qué jovencita de buena posición llega a los dieciséis años sin modificar su nombre en la medida que puede?—, debería haberse convertido ya en la confidente e íntima amiga de su hermana en ese momento. Sin embargo, resulta increíble que no le pidiera a Catherine que escribiera siempre que tuviera la ocasión ni le hiciera prometer que le describiría a todas las personas que conociera o le contara con todo detalle cualquier conversación interesante que pudiera mantener en Bath. En realidad, los Morland se tomaron todo lo relacionado con este importante viaje con extremada moderación y una compostura que parecía más acorde con los sentimientos propios de la vida ordinaria que con la refinada sensibilidad o las tiernas emociones que debería provocar la primera separación de una heroína de su familia. Su padre, en lugar de concederle crédito ilimitado o un cheque de cien libras, solo le entregó diez guineas y prometió darle más cuando ella lo necesitara.

Y la muchacha partió bajo estos auspicios tan poco prometedores. El viaje transcurrió con el debido sosiego y sin incidentes. No les salieron al paso ladrones ni temporales, y tampoco tuvieron ningún golpe de suerte que les permitiera conocer al héroe. Lo más alarmante que ocurrió fue el temor que asaltó a la señora Allen, quien creyó haberse olvidado los zuecos en la posada, pero, afortunadamente, resultó ser un miedo infundado.

Llegaron a Bath. Catherine estaba entusiasmada; no dejaba de observarlo todo mientras se aproximaban a la elegante y sorprendente ciudad, y

cuando ya estaban atravesando las calles que conducirían a su residencia. Había ido a ser feliz y ya se sentía feliz.

Enseguida se instalaron en un agradable alojamiento de la calle Pulteney.

Es importante facilitar ahora una descripción de la señora Allen para que el lector pueda juzgar en qué modo sus acciones tenderán, en lo sucesivo, a provocar la angustia general de la obra y cómo probablemente contribuirán a hundir a la pobre Catherine en la situación de desesperada miseria en la que sin duda se encontrará en la última parte del libro, bien debido a su imprudencia, ignorancia o celos, o quizá interceptando sus cartas, destrozándole el ánimo o echándola a la calle.

La señora Allen pertenecía a esa numerosa clase de mujeres a quienes, cuando se las conoce, uno no puede menos que sorprenderse de que haya existido algún hombre que se haya sentido atraído por ella hasta el punto de desposarla. No poseía belleza, talento, habilidades ni educación. Lo único que podría justificar que un hombre sensible e inteligente como el señor Allen la hubiera elegido como esposa era cierto aire distinguido, su carácter tranquilo y pasivo, y una mente frívola. En cierto sentido era la persona más adecuada para introducir a una jovencita en sociedad, pues disfrutaba tanto yendo a cualquier parte y descubriendo cosas como lo haría cualquier jovencita. La moda era su pasión. Nada le gustaba más que el inofensivo placer de vestir bien, por lo que la presentación de nuestra heroína en sociedad no pudo producirse hasta que la señora Allen hubo dedicado tres o cuatro días a descubrir qué tipo de prendas se llevaban y pudo conseguir un vestido a la última moda. Catherine también compró algunas cosas, y cuando estos asuntos estuvieron en orden, llegó la importante noche en la que haría acto de presencia en los elegantes salones de Bath. Fue a peinarse a la mejor peluquería de la ciudad, se vistió con esmero y tanto la señora Allen como su doncella afirmaron que estaba encantadora. Con tales palabras de ánimo, Catherine esperaba, al menos, integrarse entre los asistentes sin provocar críticas. En cuanto a la admiración, siempre era bienvenida, pero no contaba con ella.

La señora Allen tardó tanto en vestirse que no entraron en el salón de baile hasta que ya era tarde. La temporada estaba en pleno apogeo, el salón lleno hasta los topes, y las dos damas se internaron entre la gente como pudieron. El señor Allen prefirió retirarse directamente a la sala de juego y dejó que ellas disfrutaran de las aglomeraciones. Más preocupada por la seguridad de su vestido que por la de su protegida, la señora Allen se abrió paso por entre la multitud de hombres que aguardaban en la puerta con toda la rapidez que le permitía la necesaria prudencia, mientras que Catherine no se despegaba de ella y se agarró de su brazo con tanta fuerza que ni los esfuerzos sumados de toda la multitud habrían conseguido separarla de su amiga. Sin embargo, y para su gran sorpresa, enseguida se dio cuenta de que internarse en la sala no era, en absoluto, la forma de alejarse de la multitud, que en realidad parecía crecer a medida que avanzaban; había imaginado que una vez hubieran cruzado la entrada no tendrían problemas para encontrar algún sitio en el que sentarse desde donde poder contemplar a los bailarines con total comodidad. Pero esa feliz esperanza distaba mucho de la realidad y, aunque con incansable diligencia consiguieron llegar al centro de la estancia, su situación era exactamente la misma, y de los bailarines solo veían las altísimas plumas de algunas de las damas. Aun así, siguieron adelante con la esperanza de encontrar un sitio mejor y, mediante el continuo empleo de la fuerza y el ingenio, terminaron por encontrarse en un pasillo situado detrás del banco más alto. Allí había un poco menos de gente que abajo, y la señorita Morland pudo disfrutar de una vista general de todos los asistentes y de los peligros a los que se habían expuesto al pasar entre ellos. Era un panorama magnífico y, por primera vez aquella noche, empezó a sentir que estaba en un baile: tenía muchas ganas de bailar, pero no conocía a ninguno de los presentes. La señora Allen hizo todo lo que podía dada la situación, y de vez en cuando comentaba tranquilamente: «Me encantaría que pudieras bailar, querida. Ojalá tuvieras pareja». Su joven amiga agradeció sus considerados comentarios durante un tiempo, pero la otra lo repetía tan a menudo, y sus comentarios demostraron ser tan inefectivos, que Catherine terminó cansándose y dejó de darle las gracias.

Sin embargo, no pudieron disfrutar durante mucho tiempo del lugar privilegiado que habían encontrado con tanto esfuerzo. Al poco todo el mundo empezó a moverse para ir a tomar el té y ellas tuvieron que apretujarse como

los demás. Catherine empezó a sentirse un poco decepcionada; estaba cansada de que la empujasen continuamente personas cuyos vulgares rostros no suscitaban en ella ningún interés y a quienes no conocía de nada, por lo que tampoco podía aliviar el tedio del encierro intercambiando alguna sílaba con alguno de sus compañeros de cautiverio. Y cuando llegaron al salón del té se sintió todavía más incómoda al no tener ningún grupo con el que reunirse, ningún conocido al que saludar o algún caballero que las asistiese. No veían al señor Allen por ninguna parte y, después de mirar a su alrededor en vano en busca de algún rincón más agradable, se vieron obligadas a sentarse al final de una mesa que ya estaba ocupada por un grupo muy numeroso, sin tener nada que hacer ni nadie con quien hablar, salvo entre sí mismas.

En cuanto se sentaron, la señora Allen se felicitó por haber evitado que le estropearan el vestido.

—Habría sido terrible que me lo rasgaran, ¿verdad? —dijo—. Es una muselina muy delicada. Desde luego yo no he visto ningún vestido que me guste más en todo el salón, te lo aseguro.

—¡Qué violento resulta no tener ningún conocido aquí! —susurró Catherine.

—Sí, querida —contestó la señora Allen con absoluta serenidad—. Es muy violento.

—¿Y qué hacemos? Los caballeros y las damas de esta mesa nos miran como si se estuvieran preguntando qué hacemos aquí; es como si les estuviéramos imponiendo nuestra presencia.

—Así es. Y sin duda es muy desagradable. Ojalá tuviéramos más conocidos aquí.

—Yo me conformaría con conocer siquiera a una sola persona. Al menos tendríamos alguien con quien hablar.

—Muy cierto, querida; y si conociéramos a alguien acudiríamos a ellos enseguida. El año pasado vinieron aquí los Skinner; ojalá estuvieran también este año.

—Y ya puestos, ¿no sería mejor que nos marcháramos? Ni siquiera tenemos servicio para tomar el té.

—Es cierto, ya no queda nada. ¡Menuda desfachatez! Pero creo que es mejor que nos quedemos aquí sentadas tranquilamente, porque con tanta gente una se lleva muchos zarandeos. ¿Cómo tengo el peinado, querida? Antes me han dado un buen empujón y temo que se me haya estropeado.

—En absoluto, está precioso. Pero, querida señora Allen, ¿está segura de que no ve a ningún conocido entre toda esta gente? Seguro que conoce a alguien.

—A nadie, te lo aseguro. Ojalá fuera así. Desearía de todo corazón tener más conocidos para conseguirte una pareja. Me encantaría verte bailar. ¡Mira qué mujer más rara! ¡Qué vestido tan extraño! ¡Está de lo más anticuado! Fíjate en la espalda.

Al poco, uno de sus vecinos de mesa les ofreció una taza de té. Las damas la aceptaron muy agradecidas, y el gesto dio pie a una breve conversación con el caballero que se la había ofrecido: fue el único momento en el que alguien les dirigió la palabra en toda la velada, hasta que el señor Allen las encontró y se unió a ellas cuando terminó el baile.

—Bueno, señorita Morland —dijo en cuanto las localizó—, espero que haya disfrutado del baile.

—Ha sido muy agradable —contestó tratando en vano de ocultar un enorme bostezo.

—Me habría gustado verla bailar —dijo su esposa—. Ojalá hubiéramos podido proporcionarle una pareja. Ya le he dicho que me habría encantado que los Skinner hubieran estado aquí este invierno en lugar del año pasado, o que hubieran venido los Parry, como parecía que tenían intención de hacer; así Catherine podría haber bailado con George Parry. ¡Lamento mucho que no haya tenido pareja!

—Espero que nos vaya mejor la próxima velada —dijo el señor Allen para consolarla.

Cuando terminó el baile los asistentes empezaron a dispersarse dejando el espacio suficiente como para que los demás pudieran moverse con cierta comodidad, y ese fue el momento perfecto para que una heroína que no había formado parte de los acontecimientos de la velada fuera advertida y admirada. A medida que pasaba el tiempo y los asistentes iban saliendo,

quedaban más claros para que ella luciese sus encantos. Y en ese momento se convirtió en el centro de atención de muchos jóvenes que no habían reparado en ella en toda la noche. Sin embargo, ninguno de ellos quedó asombrado al contemplarla, no recorrió la sala ningún susurro curioso ni tampoco nadie se refirió a ella como una muchacha divina. A pesar de ello, Catherine estaba muy hermosa, y si los presentes la hubieran visto tres años antes, ahora todos la habrían considerado una belleza.

Aun así la contemplaron con cierta admiración, pues, como ella misma pudo escuchar, dos caballeros comentaron que era una muchacha linda. Tales palabras tuvieron el efecto deseado, pues Catherine enseguida pensó que la velada había sido más agradable de lo que le había parecido hasta el momento. Satisfecha su humilde vanidad, Catherine quedó más agradecida a esos dos caballeros por ese sencillo cumplido de lo que hubiera quedado una auténtica heroína tras escuchar quince sonetos que ensalzasen sus encantos, y se subió al carruaje muy contenta con todo el mundo y perfectamente complacida con la atención pública que había recibido.

Capítulo III

Ahora cada mañana se entregaban a sus quehaceres habituales: hacían recados en algunas tiendas, visitaban alguna parte nueva de la ciudad y acudían a los salones del balneario, por donde paseaban durante una hora observando a todos los presentes y sin hablar con nadie. La señora Allen seguía deseando fervientemente conocer a más personas en Bath y lo repetía después de quedar demostrado, una mañana tras otra, que no conocía absolutamente a nadie.

También hicieron acto de presencia en los salones de baile más antiguos, donde la fortuna fue más favorable a nuestra heroína. El maestro de ceremonias le presentó a un joven muy caballeroso llamado Tilney para que fuese su pareja de baile. Parecía tener unos veinticuatro o veinticinco años, era bastante alto, de rostro agradable y mirada inteligente y despierta; y, aunque no era apuesto del todo, le faltaba poco. Hacía gala de muy buenos modales y Catherine se sintió muy afortunada. No tuvieron mucha ocasión de hablar mientras bailaban, pero, cuando se sentaron a tomar el té, ella lo consideró tan agradable como había imaginado. El joven hablaba con soltura y humor, y desprendía una ironía y diversión al hablar que a Catherine le resultaba muy interesante, aunque no acababa de comprenderlo del todo.

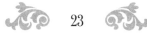

Tras conversar un rato acerca de los asuntos que surgían espontáneamente de todo cuanto les rodeaba, él le dijo de pronto:

—Me temo que he sido un tanto negligente respecto a las debidas atenciones que se esperan de una pareja de baile. Todavía no le he preguntado cuánto tiempo lleva usted en Bath, si había estado aquí antes, si ya ha visitado los salones nuevos, el teatro y la sala de conciertos, y si le gusta todo esto. He sido muy descuidado, pero espero que pueda usted satisfacer mi curiosidad. Si lo está, empezaré de inmediato.

—No tiene por qué molestarse, señor.

—Le aseguro que no es ninguna molestia, señora. —Y entonces, esbozando una sonrisa y suavizando afectadamente el tono de voz, preguntó con aire tímido—: ¿Lleva usted mucho tiempo en Bath, señora?

—Más o menos una semana, señor —contestó Catherine intentando no reírse.

—¡No me diga! —exclamó con fingida sorpresa.

—¿Por qué se sorprende, señor?

—¿Que por qué? —contestó él con su tono habitual—. Porque su respuesta debe provocar alguna reacción y la más fácil de fingir es la sorpresa, y es tan razonable como cualquier otra. Pero prosigamos, ¿había estado aquí antes, señora?

—Nunca, señor.

—¡No me diga! ¿Y ya ha honrado con su presencia los salones nuevos?

—Sí, señor, estuve allí el lunes pasado.

—¿Ha ido al teatro?

—Sí, señor, fui a ver la función del martes.

—¿Y a algún concierto?

—Así es, el miércoles.

—¿Y, en general, diría usted que le gusta Bath?

—Sí, me gusta mucho.

—Estupendo, ahora tengo que sonreír y después podremos volver a comportarnos racionalmente. —Catherine volvió la cabeza poco convencida de si podía reírse o no—. Ya veo lo que piensa de mí —dijo él con seriedad—. Mañana quedaré bien retratado en su diario.

—¿En mi diario?

—Sí, sé perfectamente lo que dirá: «El viernes fuimos a los salones antiguos, me puse mi vestido de muselina con adornos azules y unos sencillos zapatos negros, me quedaba muy bien, pero estuvo importunándome un tipo raro y estúpido que me obligó a bailar con él y me aburrió con sus tonterías».

—No pienso escribir tal cosa.

—¿Me permite que le diga lo que debería escribir?

—Si es tan amable.

—«Bailé con un joven muy agradable que me presentó el señor King; conversamos mucho, parece un tipo extraordinario, espero llegar a conocerlo mejor.» Eso es lo que espero que escriba, señora.

—Pero quizá yo no tenga diario.

—Quizá usted no esté sentada en esta estancia y yo no esté sentado a su lado. También es posible dudar de tales extremos. ¡Que no tiene diario! ¿Y sin él cómo espera que sus primas ausentes comprendan el tenor de la vida en Bath? ¿Cómo espera poder explicar como es debido las cortesías y los cumplidos recibidos en su día a día si no los anota cada tarde en un diario? ¿Cómo va a recordar sus distintos vestidos y el estado particular de su cutis o a describir las distintas formas que adoptan los rizos de sus cabellos si no deja constancia regular de ello en un diario? Querida mía, no desconozco tanto las costumbres de las jóvenes como usted quiere creer y es ese maravilloso hábito de anotarlo todo en un diario lo que contribuye a formar el relajado estilo de escritura por el que las damas suelen ser tan alabadas. Todo el mundo reconoce que la capacidad para escribir cartas agradables es una virtud femenina. Es posible que la naturaleza haya tenido algo que ver, pero yo estoy convencido de que básicamente se debe a esa costumbre de llevar un diario.

—¡Siempre me he preguntado si de verdad las mujeres escriben mejores cartas que los caballeros! —exclamó Catherine dubitativa—. Es decir... No pienso que siempre sea ese el caso.

—Por lo que he tenido oportunidad de observar, tengo la impresión de que el estilo epistolar habitual de las jóvenes es impecable, excepto en tres aspectos.

—¿Y cuáles son?

—Un desconocimiento general del tema, un descuido absoluto por la puntuación y la frecuente ignorancia de la gramática.

—¡Caramba! No debería haber rechazado el cumplido tan rápido. No tiene usted muy buena opinión de nosotras en ese sentido.

—No afirmaré que, por regla general, las mujeres redactan mejores cartas que los hombres, tampoco que cantan mejores duetos o dibujan mejores paisajes. En cualquier actividad basada en el gusto, la excelencia está bastante dividida entre ambos sexos.

La señora Allen los interrumpió.

—Querida Catherine —dijo—, haz el favor de quitarme este broche de la solapa, me parece que ya me ha hecho un agujero. Lo lamentaré mucho porque es uno de mis vestidos favoritos, y eso que el metro de tela solo me costó nueve chelines.

—Eso es exactamente lo que habría dicho que costaba, señora —dijo el señor Tilney observando la muselina.

—¿Entiende usted de telas, señor?

—Bastante, sí. Siempre compro mis propias corbatas y, según dicen, tengo un gusto excelente; mi hermana ha confiado en mi criterio en más de una ocasión a la hora de elegir un vestido. El otro día le compré uno y todas las damas que lo vieron afirmaron que había conseguido una ganga maravillosa. Pagué solo cinco chelines el metro, y eso que era una auténtica muselina india.

La señora Allen quedó muy sorprendida por su talento.

—Los hombres no suelen fijarse en esas cosas —afirmó—. Nunca he conseguido que el señor Allen sepa distinguir mis vestidos. Debe de ser usted una gran ayuda para su hermana, señor.

—Espero que sí, señora.

—Dígame, señor, ¿qué le parece el vestido de la señorita Morland?

—Es muy bonito, señora —comentó él examinándolo con aire grave—, pero me parece que no será fácil lavarlo: temo que podría deshilacharse.

—¿Cómo puede ser usted tan...? —dijo Catherine entre risas, deteniéndose justo antes de decir «raro».

—Yo pienso lo mismo, señor —contestó la señora Allen—, eso fue exactamente lo que le dije a la señorita Morland cuando lo compró.

—Aunque ya sabe, señora, que la muselina siempre se puede aprovechar de un modo u otro. La señorita Morland tendrá la tela suficiente para hacerse un pañuelo, un sombrero o una capa. La muselina nunca se desaprovecha. Se lo he oído decir a mi hermana unas cuarenta veces cuando ha pecado de derrochadora y ha comprado más tela de la necesaria, o cuando se ha equivocado al cortar la tela.

—Bath es un sitio muy agradable, señor; aquí hay tiendas muy buenas. Por desgracia nosotras vivimos apartadas en el campo; y no es que no haya buenas tiendas en Salisbury, pero está muy apartado, trece kilómetros es demasiada distancia. El señor Allen dice que hay catorce y medio, pero yo estoy convencida de que no puede haber más de trece; y se hace muy pesado, siempre vuelvo muerta de cansancio. Pero aquí una puede salir a la calle y conseguir lo que quiera en cinco minutos.

El señor Tilney era muy educado y fingió interesarse por lo que contaba la dama, y la mujer siguió hablando sobre muselinas hasta que el baile comenzó de nuevo. Catherine temió, mientras los escuchaba hablar, que tal vez el joven disfrutaba más de lo debido con las debilidades de los demás.

—¿En qué piensa tan seria? —le preguntó él mientras regresaban al salón de baile—. Espero que no esté pensando en su pareja, pues por la forma en que menea la cabeza es evidente que sus reflexiones no son satisfactorias.

Catherine se sonrojó y dijo:

—No estaba pensando en nada.

—Esa es una respuesta ingeniosa y profunda, de eso no hay duda, pero preferiría que reconociera que no piensa decírmelo.

—Está bien, no pienso hacerlo.

—Se lo agradezco, pues de este modo nos conoceremos enseguida, ya que estoy autorizado a bromear con usted sobre este asunto siempre que nos veamos y no hay nada en el mundo que fomente más la intimidad.

Volvieron a bailar y, cuando terminó la fiesta, se separaron, al menos por parte de la dama, con muchas ganas de repetir el encuentro.

Lo que ya no es posible asegurar del todo es si ella pensó mucho en él mientras se tomaba el vino caliente con agua antes de acostarse, o si soñó con él una vez dormida, pero esperemos que no fuera más allá de la duermevela o de una cabezada matutina, pues de ser verdad, tal como afirma un famoso escritor, que ninguna joven debe enamorarse antes de que el caballero le declare su amor, debe de ser muy inadecuado que una joven sueñe con un caballero antes de saber si dicho caballero ha soñado antes con ella. Quizá el señor Allen todavía no se hubiera planteado si el señor Tilney sería muy soñador o enamoradizo, pero, tras algunas averiguaciones, quedó satisfecho de saber que el muchacho no era una mala compañía para su joven protegida; pues al comienzo de la velada se había tomado la molestia de averiguar quién era la pareja de baile de Catherine, y le habían asegurado que el señor Tilney era clérigo y que pertenecía a una familia muy respetable de Gloucestershire.

Capítulo IV

Catherine se apresuró para llegar a los salones al día siguiente con más entusiasmo del habitual, pues estaba convencida de que antes de que terminara la mañana vería allí al señor Tilney, y estaba preparada para recibirlo con una sonrisa. Pero no necesitó ninguna: el señor Tilney no apareció. Durante las horas de mayor afluencia desfilaron por el salón todos los habitantes de Bath excepto él; no dejaba de entrar y salir gente, personas que subían y bajaban la escalinata de entrada; personas que no le importaban a nadie y a las que nadie quería ver: él era el único ausente.

—¡Qué agradable es Bath! —comentó la señora Allen mientras se sentaban cerca del gran reloj tras pasear por la estancia hasta cansarse—, y qué agradable sería tener algún conocido aquí.

Había expresado aquel sentimiento en vano tantas veces que la señora Allen no tenía ningún motivo en particular para esperar que fuera recibido de un modo más favorable; pero, como reza el dicho, «la fe mueve montañas» y «con tesón y empeño consigue uno cuanto se propone»; y la incansable diligencia con la que cada día había deseado lo mismo estaba por fin a punto de recibir su justa recompensa, pues apenas llevaba sentada diez minutos cuando una dama, que tendría su misma edad y estaba sentada

a su lado y llevaba varios minutos observándola atentamente, se dirigió a ella con gran amabilidad diciendo:

—Me parece que no estoy equivocada, señora, pues ha pasado mucho tiempo desde que tuve el placer de verla, pero ¿no se apellida usted Allen?

Después de contestarle enseguida, la desconocida afirmó apellidarse Thorpe, y la señora Allen enseguida reconoció a su antigua amiga íntima de la escuela, a la que solo había visto en una ocasión desde que ambas se casaron, y de eso hacía ya muchos años. Ambas se alegraron mucho de haberse encontrado, y no era de extrañar, pues llevaban quince años sin saber nada la una de la otra. Intercambiaron cumplidos acerca del buen aspecto que tenían y, tras comentar lo rápido que había pasado el tiempo desde la última vez que se habían visto, lo poco que imaginaban que pudieran encontrarse en Bath y lo agradable que era ver a una antigua amiga, empezaron a preguntar y dar información acerca de sus respectivas familias, hermanas y primas, hablando las dos a la vez, mucho más dispuestas a dar que a recibir información, y ambas escuchaban muy poco de lo que decía la otra. Sin embargo, la señora Thorpe tenía una gran ventaja que superaba a la señora Allen a la hora de conversar, pues ella era madre, y cuando empezó a disertar acerca de los talentos de sus hijos varones y la belleza de sus hijas, cuando detalló sus distintas situaciones y perspectivas —que John estaba en Oxford, Edward en Merchant Taylors y William en la Marina—, y afirmó que todos ellos eran más amados y respetados en sus distintas situaciones que nadie, la señora Allen, como no tenía ninguna anécdota familiar que ofrecer y carecía de triunfos similares con los que asediar los oídos poco interesados e incrédulos de su amiga, se vio obligada a permanecer allí sentada con aspecto de estar escuchando aquella colección de efusiones maternas mientras se consolaba, sin embargo, con el descubrimiento, que su avispado ojo enseguida hizo, de que el encaje de la capa de la señora Thorpe no era ni la mitad de hermoso que el suyo.

—Por allí vienen mis queridas hijas —exclamó la señora Thorpe señalando a tres muchachas muy elegantes que se acercaban a ella tomadas del brazo—. Querida señora Allen, qué ganas tengo de presentárselas; estarán encantadas de conocerla. La más alta es Isabella, la mayor. ¿No le parece

30

una preciosidad? Las otras también tienen muchos admiradores, pero yo pienso que Isabella es la más hermosa.

La dama presentó a las señoritas Thorpe y la señorita Morland, que había sido olvidada por un breve espacio de tiempo, también fue debidamente presentada. Su apellido pareció sorprenderlas a todas y, tras conversar con ella con mucha educación, la mayor de las muchachas comentó a las demás:

—¡Cómo se parece a su hermano la señorita Morland!

—¡Es su vivo retrato, sin duda! —exclamó la madre, tras lo cual las demás repitieron dos o tres veces que se habrían dado cuenta de que era su hermana en cualquier parte.

Catherine se sorprendió un poco al principio, pero en cuanto la señora Thorpe y sus hijas empezaron a contarle cómo habían conocido al señor James Morland, la joven recordó que su hermano mayor había trabado una estrecha amistad hacía poco con un joven de su misma universidad apellidado Thorpe y que había pasado la última semana de las vacaciones de Navidad en casa de su familia, cerca de Londres.

Una vez aclarada la situación, las señoritas Thorpe expresaron con amabilidad lo mucho que les apetecía conocerla mejor, que ya se consideraban amigas debido a la amistad que unía a sus hermanos, etcétera, comentarios que Catherine recibió complacida y a los que contestó con las expresiones más hermosas de las que fue capaz; tras lo cual, y como primera prueba de amistad, enseguida la invitaron a aceptar el brazo de la mayor de las señoritas Thorpe para dar una vuelta con ella por el salón. Catherine estaba encantada de haber ampliado su círculo de amistades en Bath y prácticamente olvidó al señor Tilney mientras conversaba con la señorita Thorpe. No hay duda de que la amistad es el mejor bálsamo para las heridas del amor no correspondido.

Su conversación versó acerca de esos temas que suelen desempeñar un importante papel en la repentina intimidad entre dos jovencitas: vestidos, bailes, coqueteos y chanzas. Sin embargo, al ser cuatro años mayor que la señorita Morland, la señorita Thorpe llevaba al menos cuatro años mejor informada y tenía una evidente ventaja en dichos asuntos. Ella podía comparar los bailes de Bath con los de Turnbridge, la moda que se estilaba

allí con la de Londres, podía corregir las opiniones de su nueva amiga en muchas cuestiones de etiqueta, era capaz de descubrir un coqueteo entre cualquier caballero y una dama, aunque solo se sonrieran el uno al otro, y detectar a cualquier personaje digno de ser objeto de chanza en medio de una multitud. Dichas habilidades fueron recibidas con admiración por parte de Catherine, para quien eran completamente nuevas, y el respeto que le inspiraron podría haber sido demasiado abrumador como para que la joven actuara con naturalidad de no ser por la relajada alegría que transmitía la señorita Thorpe y lo mucho que repetía lo contenta que estaba de haberla conocido, cosa que alivió el asombro de Catherine y lo dejó solo en un tierno afecto. El creciente apego que surgió entre ambas no iba a satisfacerse con media docena de paseos por el salón, sino que requirió, cuando todas salieron de allí, que la señorita Thorpe acompañara a la señorita Morland hasta la misma puerta de la casa del señor Allen y que allí se despidieran con un afectuoso y largo apretón de manos tras descubrir, para mutuo alivio de ambas, que aquella misma noche iban a encontrarse en el teatro y que la mañana siguiente rezarían en la misma capilla. Entonces Catherine subió las escaleras a toda prisa para observar desde la ventana del salón cómo la señorita Thorpe se alejaba calle abajo, admiró su elegante forma de caminar, su figura refinada y su vestido, y se sintió agradecida por la suerte que había tenido de conocer a tan buena amiga.

La señora Thorpe, viuda y no muy rica, era una mujer animada y bondadosa, y una madre muy indulgente. Su hija mayor era dueña de una gran belleza, y las pequeñas, al fingir ser tan hermosas como su hermana, imitar sus gestos y vestirse del mismo modo, también eran bastante resultonas.

Esta breve descripción de la familia pretende evitar la necesidad de incluir aquí una larga y minuciosa descripción de la señora Thorpe y de las aventuras y sufrimientos de su pasado que, de otro modo, cabría esperar que ocupasen los tres o cuatro capítulos siguientes, en los que podría exponerse la inutilidad de lores y abogados y reescribirse minuciosamente el contenido de conversaciones mantenidas veinte años atrás.

Capítulo V

Aquella noche Catherine no se preocupó tanto en el teatro de devolver los gestos y sonrisas de la señorita Thorpe —a pesar de que, sin duda, esta reclamaba su atención— como de buscar con ojos inquisitivos al señor Tilney en todos los palcos que alcanzaba a ver desde su sitio; pero su búsqueda fue en vano. El señor Tilney parecía tan poco aficionado al teatro como a acudir a los salones. La muchacha abrigó la esperanza de tener más suerte al día siguiente y, cuando su deseo de que hiciera buen tiempo fue recompensado con una preciosa mañana, apenas le quedó ninguna duda, pues un buen domingo en Bath consigue que todo el mundo salga de casa y comente con sus conocidos el maravilloso día que hace.

En cuanto terminó el servicio religioso, los Thorpe y los Allen se reunieron encantados, y después de pasar en los salones el tiempo suficiente como para descubrir que había un gentío insoportable y que no veían allí ni una sola cara distinguida, cosa que todo el mundo termina descubriendo cada domingo a lo largo de la temporada, se fueron rápidamente a Crescent para respirar aire fresco en mejor compañía. Allí, Catherine e Isabella, tomadas del brazo, volvieron a degustar las mieles de la amistad enfrascadas en una sincera conversación. Hablaron mucho y disfrutaron

del intercambio, pero Catherine volvió a decepcionarse cuando perdió la esperanza de encontrarse a su pareja de baile. No aparecía por ninguna parte; cualquier búsqueda resultaba igual de infructuosa, ya fuera en salones matutinos o en reuniones nocturnas; no le vio ni en los salones nuevos ni en los antiguos; tampoco hizo acto de presencia en los bailes de gala ni en los informales; ni lo divisó entre los paseantes, los jinetes o los cocheros de la mañana. Su nombre no figuraba en el libro del salón y, entonces, la curiosidad de Catherine tocó a su fin. Debía de haberse marchado de Bath. ¡Pero nunca había mencionado que su estancia fuera a ser tan corta! Aquel misterio, siempre tan atractivo en un héroe, suscitaba un renovado interés en la imaginación de Catherine acerca de su persona y sus costumbres, al mismo tiempo que aumentaban sus ganas de saber más de él. Los Thorpe no pudieron contarle nada, pues solo llevaban dos días en Bath cuando se encontraron con la señora Allen. No obstante, era un asunto del que solía hablar con su maravillosa amiga, que no dejaba de animarla a seguir pensando en él, por lo que la impresión que el señor Tilney le había causado no se debilitó ni un ápice. Isabella se mostró convencida de que debía de ser un joven encantador y de que su querida Catherine le había impresionado tan gratamente que no tardarían en verlo aparecer de nuevo. A la señorita Thorpe le gustaba todavía más por el hecho de ser clérigo, pues confesaba tener debilidad por esa profesión, y se le escapó una especie de suspiro al decirlo. Quizá Catherine hizo mal al no preguntar a su amiga por el origen de esa delicada emoción, pero no tenía la experiencia suficiente en las sutilezas del amor ni en los deberes de la amistad como para saber en qué momento debía ser delicada o cuándo forzar alguna confidencia.

Ahora la señora Allen era muy feliz, estaba contentísima en Bath. Había encontrado conocidos, y con la buena suerte de que, además, eran la familia de una maravillosa antigua amiga y, como colofón de su buena fortuna, había descubierto que dichas amistades no vestían ropas tan elegantes ni suntuosas como ella. Ya no pasaba el día exclamando: «¡Ojalá tuviéramos algún conocido en Bath!». Ahora decía: «¡Cómo me alegro de que nos encontráramos a la señora Thorpe!». Y estaba tan interesada en promover la relación entre ambas familias como pudieran estarlo su joven protegida e

Isabella. Nunca quedaba satisfecha si no pasaba la mayor parte del día con la señora Thorpe, disfrutando de lo que ellas llamaban «conversación», pero sin que apenas hubiera ningún intercambio de opinión y tampoco nada que se asemejara a un tema en común, pues la señora Thorpe hablaba básicamente de sus hijos y la señora Allen de sus vestidos.

El progreso de la amistad entre Catherine e Isabella fue tan rápido como cálido había sido su comienzo, y pasaron tan rápidamente por todos los grados de un creciente cariño que pronto se quedaron sin pruebas de ello que poder ofrecer a sus conocidos o a sí mismas. Se llamaban por su nombre de pila, siempre paseaban del brazo, se recogían mutuamente la cola del vestido cuando salían a bailar y no permitían que las separasen en las contradanzas. Y si alguna mañana lluviosa las privaba de otros entretenimientos, ellas seguían decididas a verse a pesar de la humedad y el barro, y se encerraban juntas a leer novelas. Sí, novelas, pues no pienso adoptar esa costumbre tan mezquina y descortés tan común entre los escritores de novelas de degradar con su despectiva censura sus propias creaciones, cuyo número no dejan de incrementar, uniéndose a sus mayores enemigos para otorgar los epítetos más duros a tales obras, y casi nunca permitir que puedan leerlas sus propias heroínas, quienes, si toman accidentalmente una novela, sin duda será para pasar sus insípidas páginas con desagrado. Pues, ¡ay!, si la heroína de una novela no es defendida por la heroína de otra, ¿de quién puede esperar protección y consideración? No puedo aceptarlo. Dejemos que sean los críticos quienes difamen a su antojo tales efusiones de fantasía y hablen sobre cada nueva novela empleando los manidos y absurdos argumentos que vemos en la prensa. Pero no nos ataquemos entre nosotros: somos un grupo denigrado. Aunque nuestras creaciones han proporcionado mayor placer que las de cualquier colectivo literario, no existe otra composición más censurada. Ya sea por orgullo, por ignorancia o por seguir la moda, nuestros enemigos son casi tan numerosos como nuestros lectores. Y mientras el talento del enésimo compilador de *La historia de Inglaterra,* o el hombre que reúne y publica en un solo volumen una docena de líneas de Milton, Pope y Prior, junto con un artículo del *Spectator* y un capítulo de Sterne, es elogiado por mil plumas, casi parece existir el deseo

general de censurar la capacidad e infravalorar la labor de los novelistas y de restar mérito a unas obras que derrochan genialidad, ingenio y buen gusto. «Yo no leo novelas», «no suelo ojear novelas», «no crea que *yo* suelo leer novelas», «no está mal para tratarse de una novela». Tales suelen ser los comentarios habituales. «¿Y qué está leyendo, señorita...?» «¡Ah, solo es una novela!», contesta la joven mientras deja el libro con fingida indiferencia o presa de un pudor momentáneo. «Solo es *Cecilia,* o *Camilla,* o *Belinda*», o, en definitiva, solo se trata de alguna obra en la que se exhiben las mayores capacidades de la mente, en la que el conocimiento más profundo de la naturaleza humana, la más variada exposición de sus diferencias, la más alegre efusión de ingenio y humor, son expresadas al mundo con el lenguaje mejor escogido. Pero si esa misma dama hubiera sido sorprendida con un volumen del *Spectator* en lugar de tratarse de una novela, cuán orgullosa hubiera enseñado el libro y hubiera compartido el título, aunque fuera muy improbable que se hallara enfrascada en cualquiera de las partes de dicha voluminosa publicación, de la que ni el asunto ni el estilo serían del agrado de una persona joven con gusto, y cuya esencia suele consistir en el examen de circunstancias tan improbables, de personajes tan poco creíbles, con temas de conversación que ya no interesan a ninguna persona que siga con vida, por no decir que el lenguaje que se emplea en sus páginas suele ser tan tosco que no transmite una idea muy favorable de la época que fue capaz de soportarlo.

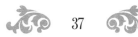

Capítulo VI

La siguiente conversación, que tuvo lugar entre las dos amigas una mañana cuando ya hacía ocho o nueve días que se conocían, se ofrece como muestra de su cálido vínculo y de la delicadeza, discreción, originalidad de pensamiento y gusto literario que enmarcaba la sensatez de dicha unión.

Se encontraron tras haberse citado a una hora concreta, y como Isabella había llegado casi cinco minutos antes que su amiga, lo primero que le dijo, como es natural, fue:

—Querida mía, ¿qué ha podido retrasarte tanto? Llevo una eternidad esperándote.

—¿Ah, sí? Lo lamento mucho, pero creía que llegaría puntual. Acaban de dar la una. Espero que no lleves mucho tiempo esperando.

—¡Oh! Un siglo. Llevo aquí al menos media hora. Pero ahora ya podemos ir a sentarnos al otro lado del salón y disfrutar. Tengo cientos de cosas que contarte. Para empezar esta mañana he tenido muchísimo miedo de que empezara a llover justo cuando yo quería salir; el cielo amenazaba lluvia, ¡y eso me hubiera destrozado! ¿Sabes que acabo de ver el sombrero más bonito que puedas imaginarte en el escaparate de una tienda de la calle Milsom? Era muy parecido al tuyo, pero con el lazo rojo amapola en lugar de

39

verde. Me han dado muchas ganas de comprarlo. Pero, querida Catherine, ¿qué has estado haciendo tú toda la mañana? ¿Has seguido con *Udolfo*?

—Sí, he estado leyendo desde que me he levantado, y ya he llegado a la parte del velo negro.

—¿Sí? ¡Qué bien! ¡Aunque no pienso decirte lo que se esconde detrás del velo negro por nada del mundo! ¿No te mueres por saberlo?

—Ya lo creo, ¿qué será? Pero no me lo digas, no querría que me lo contaran bajo ningún pretexto. Creo que será un esqueleto, estoy convencida de que es el esqueleto de Laurentina. ¡Ay! ¡Estoy encantada con el libro! Me encantaría pasarme la vida leyéndolo. Te aseguro que, de no haber sido porque me había citado contigo, no lo habría soltado por nada del mundo.

—¡Querida mía! No sabes cuánto te lo agradezco. Y cuando termines *Udolfo* leeremos juntas *El italiano;* y he preparado una lista con diez o doce más del mismo estilo para ti.

—¿Ah, sí? ¡Cuánto me alegro! ¿Y cuáles son?

—Te leeré los títulos ahora mismo, los llevo anotados en una libreta. *El castillo de Wolfenbach, Clermont, La advertencia misteriosa, El nigromante de la Selva Negra, La campana de medianoche, El huérfano del Rin y Misterios horribles.* Con estos tendremos lectura para una buena temporada.

—Sí, ya lo creo; pero todos son de miedo, ¿no? ¿Estás segura de que todos dan miedo?

—Sí, completamente, pues una amiga mía, la señorita Andrews, una muchacha encantadora, a decir verdad una de las criaturas más encantadoras del mundo, las ha leído todas. Me gustaría que conocieras a la señorita Andrews, te encantaría. Se está cosiendo la capa más delicada que puedas imaginar. A mí me parece hermosa como un ángel y por eso me molesta que los hombres no se fijen en ella. Siempre los regaño por ello.

—¡Regañarlos! ¿Los regañas por no fijarse en ella?

—Ya lo creo, haría cualquier cosa por mis amigas. Yo no sé querer a medias, no es mi forma de ser. Mis afectos siempre son muy intensos. En una de las reuniones que organizamos el invierno pasado, le dije al capitán Hunt que si pensaba hacerme rabiar toda la noche, no pensaba bailar con él, a menos que reconociera que la señorita Andrews era tan hermosa como un ángel. Los hombres creen que somos incapaces de tener amigas, pero yo estoy decidida a demostrarles que no es cierto. Si alguna vez escuchara a alguien hablando mal de ti me indignaría al instante. Aunque eso no es muy probable, pues tú eres la clase de muchacha que gusta a los hombres.

—¡Santo cielo! —exclamó Catherine ruborizándose—. ¿Cómo puedes decir eso?

—Te conozco muy bien. Eres una persona muy animada, que es precisamente lo que le falta a la señorita Andrews, pues debo confesar que es sorprendentemente insípida. ¡Ah! Debo decirte que ayer, justo después de despedirnos, vi a un joven mirándote con tanto ardor que no me cabe duda de que está enamorado de ti. —Catherine se ruborizó y volvió a negarlo. Isabella se rio—. Es verdad, te doy mi palabra, pero ya entiendo lo que sucede: te es indiferente la admiración de todo el mundo a excepción de la de ese caballero cuyo nombre mantendremos en secreto. No, no puedo culparte —añadió hablando un poco más seria—, es fácil entender cómo te sientes. Cuando el corazón siente verdadero afecto por alguien, sé muy bien lo poco que pueden complacerle a una las atenciones de cualquier otra persona. ¡Todo cuanto no está relacionado con la persona amada resulta tan insulso y poco interesante! Te entiendo perfectamente.

—Pero no deberías animarme a albergar tantas esperanzas con el señor Tilney, porque quizá no vuelva a verlo nunca.

—¿No volver a verlo? Querida mía, no digas eso. ¡Estoy segura de que si no dejas de pensar eso te sentirás muy desdichada!

—No, claro que no. No pretendo negar que estaba encantada con él, pero mientras siga pudiendo leer *Udolfo,* me siento como si nadie pudiera entristecerme. ¡Ay! ¡Ese espantoso velo negro! Querida Isabella, estoy segura de que detrás estará el esqueleto de Laurentina.

—Me sorprende tanto que no hayas leído ya *Udolfo...* Aunque imagino que la señora Morland se opondrá a que leas novelas.

—No, en absoluto. Ella también suele leer *Sir Charles Grandison,* pero no tenemos acceso a libros nuevos.

—¡*Sir Charles Grandison!* Ese libro es terriblemente espantoso, ¿no? Recuerdo que la señorita Andrews no fue capaz de pasar del primer tomo.

—No tiene nada que ver con *Udolfo,* pero sigo pensando que es muy entretenido.

—¿De veras? Me sorprende. Yo pensaba que sería ilegible. Pero, querida Catherine, ¿ya has decidido qué tocado vas a ponerte esta noche? Estoy decidida a vestirme exactamente igual que tú en todas las veladas. A veces los hombres se fijan en eso, ¿sabes?

—Pero ¿qué importa si lo hacen? —comentó Catherine con inocencia.

—¿Importar? ¡Cielo santo! Yo tengo como norma no dar nunca importancia a lo que puedan decir. Suelen resultar increíblemente impertinentes si no los tratas con firmeza y los obligas a mantener las distancias.

—¿Ah, sí? Nunca me había fijado. Conmigo siempre son muy amables.

—¡Oh! ¡Se dan tanta importancia! ¡Son las criaturas más engreídas del mundo y se creen importantísimos! Por cierto, aunque lo he pensado cien veces siempre me olvido de preguntártelo: ¿cómo te gustan más, morenos o con la piel clara?

—No lo sé. Nunca he pensando mucho en eso. Creo que entre una cosa y la otra. Con la piel tostada, sin ser muy clara ni muy oscura.

—Muy bien, Catherine. Así es él exactamente. No he olvidado tu descripción del señor Tilney: «Tiene la piel tostada, los ojos oscuros y el pelo castaño». Yo tengo otros gustos. Prefiero los ojos claros, y la piel cetrina es la que más me gusta. Pero no debes delatarme si alguna vez conoces a alguien que encaje con esa descripción.

—¿Delatarte? ¿A qué te refieres?

—No, no me angusties ahora con eso. Me parece que he hablado demasiado. Dejemos el tema.

Catherine aceptó un poco sorprendida y, tras guardar silencio un rato, estuvo a punto de retomar el asunto que en ese momento le interesaba más que cualquier otra cosa en el mundo: el esqueleto de Laurentina; pero su amiga se lo impidió diciendo:

—¡Por el amor de Dios! Será mejor que nos vayamos a otra parte. Hay dos jóvenes insolentes que llevan media hora mirándome. Me tienen muy desconcertada. Vamos a ver si ha llegado alguien nuevo. No creo que vayan a seguirnos hasta allí.

Las muchachas se dirigieron a la puerta para examinar el libro de visitas y, mientras Isabella repasaba los nombres, Catherine se encargaba de vigilar lo que hacían aquellos jóvenes tan inquietantes.

—No vienen, ¿verdad? Espero que no tengan la impertinencia de seguirnos. Por favor, avísame si vienen. No quiero mirar.

Al poco Catherine le aseguró con sincero placer que ya no tenía por qué seguir inquietándose, pues los caballeros acababan de abandonar el salón.

—¿Y por dónde se han marchado? —preguntó Isabella volviéndose a toda prisa—. Uno de ellos era muy apuesto.

—Se han ido hacia el cementerio.

—¡Pues me alegro mucho de haberme librado de ellos! ¿Y ahora qué te parece si vamos a Edgar's Buildings a ver mi sombrero nuevo? Has dicho que te gustaría verlo.

Catherine aceptó enseguida.

—Aunque —añadió— quizá nos crucemos con esos jóvenes.

—¡Oh, no te preocupes! Si nos damos prisa los adelantaremos enseguida, y me muero por enseñarte el sombrero.

—Pero si esperamos solo unos minutos ya no correremos ningún peligro de volver a verlos.

—Te aseguro que no pienso darles ese gusto. Nunca trato a los hombres con tantos miramientos. Así precisamente es como se echan a perder.

Catherine no tenía argumentos para rebatir tal razonamiento, y, por tanto, para demostrar la independencia de la señorita Thorpe y lo decidida que estaba a humillar al sexo contrario, partieron inmediatamente caminando tan rápido como podían detrás de los dos jóvenes.

Capítulo VII

Medio minuto después ya habían cruzado la arcada que hay frente a Union Passage, pero allí tuvieron que detenerse. Cualquier persona que conozca Bath recordará lo difícil que es cruzar la calle Cheap por ese punto. Es una calle de lo más incómoda. Lamentablemente está conectada con las grandes avenidas que conducen a Londres y Oxford, y en ella se encuentra la principal posada de la ciudad, por lo que no pasa un solo día en que los grupos de damas, movidas por importantes cometidos como ir en busca de pasteles, sombrererías o incluso (como en el caso que nos ocupa) de dos jóvenes, no tengan que detenerse a un lado u otro de la calle debido al paso de carruajes, jinetes o carros. Isabella había sufrido esa desgracia por lo menos tres veces al día desde que residía en Bath y ahora estaba destinada a padecerla y lamentarla una vez más, pues en cuanto estuvieron frente a Union Passage, y cuando ya estaban viendo a los dos jóvenes paseando entre el gentío mientras sorteaban las alcantarillas de tan interesante callejón, no pudieron cruzar porque se acercaba una calesa que avanzaba por el deficiente pavimento conducida por un cochero de aspecto sagaz, y avanzaba con tal vehemencia que sin duda ponía en peligro su propia vida, la de su acompañante y su caballo.

—¡Malditas calesas! —exclamó Isabella levantando la vista—. Cómo las detesto. —Pero dicho aborrecimiento, a pesar de estar más que justificado, no duró mucho, pues volvió a mirar y exclamó—: ¡Qué bien! ¡Si son el Señor Morland y mi hermano!

—¡Cielos! ¡Es James! —dijo Catherine al mismo tiempo; y, al verlas los jóvenes, hicieron frenar al caballo con tal violencia que el animal por poco se encabrita; a continuación se apearon del vehículo y lo dejaron al cuidado del criado.

Catherine, que no esperaba para nada aquel encuentro, recibió a su hermano muy contenta; y él, que era de naturaleza afable y le tenía mucho cariño, también hizo demostración de sentir la misma alegría. Entretanto, las ardientes miradas que la señorita Thorpe dirigía al joven pronto llamaron su atención, por lo que se apresuró a presentarle sus respetos con una mezcla de alegría y rubor que habrían indicado a Catherine, de haber estado la muchacha más versada en los asuntos de los corazones ajenos y menos absorta por el suyo, que su hermano pensaba que su amiga era tan hermosa como lo pensaba ella misma.

John Thorpe, que entretanto había estado dando órdenes relativas a los caballos, se les unió enseguida, y Catherine recibió de él al momento la compensación que merecía, pues a pesar de limitarse a tomar con despreocupación la mano de Isabella, a ella se la estrechó como es debido mientras inclinaba ligeramente la cabeza. Era un joven corpulento y de estatura media que, con un rostro vulgar y poco agraciado, daba la impresión de estar temeroso de parecer demasiado apuesto si no se vestía como un mozo de cuadra, y demasiado caballeroso si no se mostraba campechano cuando debería ser cortés, e insolente cuando podía permitirse estar relajado. Consultó el reloj:

—¿Cuánto cree que hemos tardado en llegar desde Tetbury, señorita Morland?

—No sé qué distancia hay.

Su hermano le informó de que había treinta y siete kilómetros.

—¡Treinta y siete! —exclamó Thorpe—. Más bien cuarenta. —Morland protestó, aludió a la autoridad de los mapas de carreteras, posaderos y mojones, pero su amigo los ignoró todos: él tenía una forma más precisa

de medir las distancias—. Sé que hay cuarenta kilómetros —dijo—, por el tiempo que hemos tardado en llegar. Ahora es la una y media y hemos salido del patio de la posada de Tetbury cuando el reloj del pueblo daba las once; y desafío a cualquier hombre de Inglaterra que diga que mi caballo no alcanza los dieciséis kilómetros por hora tirando del carruaje, y eso da exactamente cuarenta kilómetros.

—Te falta una hora —dijo Morland—, eran las diez de la mañana cuando hemos salido de Tetbury.

—¿Las diez? ¡Doy fe de que eran las once! Conté hasta la última campanada. Su hermano intenta confundirme, señorita Morland. Mire mi caballo, ¿alguna vez ha visto un animal más adecuado para correr? —El criado acababa de montarse en el carruaje y se marchaba en ese momento—. ¡Un pura sangre! ¡Dice que solo ha recorrido treinta y siete kilómetros en tres horas y media! Mire a ese animal y dígame si le parece posible.

—La verdad es que parece acalorado.

—¡Acalorado! No se le ha movido ni un solo pelo hasta que hemos llegado a Walcot Church; mire sus cuartos delanteros, mírele los ijares; solo hay que fijarse en cómo se mueve; este caballo no puede ir a menos de dieciséis kilómetros por hora: seguiría corriendo aunque le atara las patas. ¿Y qué le parece mi calesa, señorita Morland? Es elegante, ¿verdad? Bien equipada y hecha en la ciudad; no hace ni un mes que la tengo. La hicieron para un amigo mío de Christchurch, un buen tipo. La utilizó algunas semanas hasta que, según creo, le convino deshacerse de ella. Resultó que justo en ese momento yo andaba buscando algo parecido, aunque ya estaba bastante decidido a comprarme otra cosa, un coche tirado por dos caballos; pero me lo encontré por casualidad en Magdalen Bridge cuando iba camino de Oxford y me dijo: «¡Eh, Thorpe!, ¿por casualidad no te interesaría comprar una de estas? Es un vehículo magnífico, pero estoy cansadísimo de ella». «Maldita sea, pues soy el hombre que estás buscando; ¿cuánto pides por ella?», le contesté. ¿Y cuánto cree que me pidió, señorita Morland?

—Pues no tengo la menor idea.

—Es como un carrocín, ¿lo ve? Asiento, portaequipajes, compartimento para la espada, guardabarros, faros y molduras de plata. Como ve, tiene

de todo, y los herrajes están como nuevos, o incluso mejor. Me pidió cincuenta guineas; cerramos el trato al instante, le di el dinero y el carruaje ya era mío.

—Ya le digo que sé tan poco de estas cosas que no sabría valorar si le salió barato o caro —dijo Catherine.

—Ni lo uno ni lo otro. Creo que podría haberlo conseguido por menos, pero odio regatear y el pobre Freeman necesitaba el dinero.

—Pues fue muy amable por su parte —comentó Catherine bastante complacida.

—¡Maldita sea! Si dispongo de los medios necesarios para hacer algo por un amigo, no me gusta ser mezquino.

Entonces se interesaron por saber hacia dónde se dirigían las jóvenes y, al descubrirlo, los caballeros decidieron acompañarlas a Edgar's Buildings para presentar sus respetos a la señora Thorpe. James e Isabella iban delante. Y esta última estaba tan satisfecha con la situación, tanto se esforzaba por proporcionar un agradable paseo a su compañero, un muchacho con la doble recomendación de ser el amigo de su hermano y el hermano de su amiga, y tan puros y desinteresados eran sus sentimientos que, aunque en la calle Milsom alcanzaron y adelantaron a aquel par de jóvenes tan ofensivos, ella estaba tan poco interesada en captar su atención que solo se volvió para mirarlos en tres ocasiones.

Por supuesto, John Thorpe se quedó con Catherine, y tras algunos minutos de silencio retomó la conversación acerca de su calesa.

—Sin embargo, señorita Morland, habrá quienes la consideren una calesa barata, pues podría haberla vendido por diez guineas más al día siguiente. Jackson, del Oriel, me ofreció sesenta guineas enseguida; Morland estaba conmigo cuando ocurrió.

—Sí —dijo Morland, que oyó el comentario de su amigo—, pero olvidas que tu caballo estaba incluido en el trato.

—¿Mi caballo? ¡Maldita sea! No vendería mi caballo ni por cien guineas. ¿Le gustan los carruajes descubiertos, señorita Morland?

—Sí, mucho. No he tenido muchas oportunidades de montar en uno, pero me encantan.

—Me alegro de escucharlo. Yo la llevaré cada día con el mío.

—Gracias —dijo Catherine con cierta inquietud, pues dudaba de lo decoroso que sería aceptar dicha oferta.

—Mañana la llevaré a Lansdown Hill.

—Gracias, ¿pero no cree que su caballo querrá descansar?

—¡Descansar! Hoy solo ha recorrido treinta y siete kilómetros. Tonterías. El descanso echa a perder a cualquier caballo, los agota enseguida. No; yo estoy decidido a ejercitar al mío una media de cuatro horas al día mientras esté aquí.

—¡Vaya! —exclamó Catherine muy seria—. Eso son sesenta y cuatro kilómetros al día.

—¡Sesenta y cuatro! Como si son setenta y cuatro. Bueno, mañana la llevaré a Lansdown, estoy decidido.

—¡Será maravilloso! —exclamó Isabella volviéndose—. Querida Catherine, cómo te envidio. Porque imagino, hermano, que no te quedará sitio para una tercera pasajera.

—¿Una tercera? No, no; no he venido a Bath para pasear a mis hermanas. ¡Eso sí que tendría gracia! Morland tendrá que ocuparse de ti.

Eso provocó un intercambio de cortesías entre los otros dos, pero Catherine no pudo escuchar los detalles ni el resultado. El discurso de su compañero se alejó del presente tono animado para convertirse en una retahíla de comentarios de alabanza o crítica acerca de todas las mujeres que se iban cruzando, y Catherine, tras escuchar y consentir en la medida de lo posible, con toda la amabilidad y deferencia propias de la joven mente femenina, temerosa de arriesgarse a expresar una opinión contraria a la de un hombre seguro de sí mismo, en especial en lo referente a la belleza de su propio sexo, se aventuró al fin a cambiar de tema formulando una pregunta en la que llevaba bastante tiempo pensando:

—¿Ha leído *Udolfo*, señor Thorpe?

—¿*Udolfo*? Oh, Dios, ¡no! Yo nunca leo novelas, tengo cosas más importantes que hacer.

Catherine, humillada y avergonzada, estaba a punto de disculparse por la pregunta, pero él se lo impidió al decir:

—Las novelas están plagadas de tonterías. No se ha publicado ninguna decente desde *Tom Jones,* a excepción de *El monje.* La leí el otro día. Pero las demás son completamente absurdas.

—Pues creo que *Udolfo* le gustaría si la leyese; es muy interesante.

—¡No lo haré, créame! Si leo alguna será la de la señora Radcliffe. Sus novelas son bastante divertidas. Vale la pena leerlas. Siempre resultan entretenidas, además de ser realistas.

—Pero fue la señora Radcliffe quien escribió *Udolfo* —afirmó Catherine un tanto vacilante por temor a avergonzarlo.

—¿Ah, sí? Sí, ya me acuerdo, es verdad. Estaba pensando en ese otro libro absurdo que escribió esa mujer de la que tanto habla todo el mundo, la que se casó con ese emigrante francés.

—¿Se refiere usted a *Camilla*?

—Sí, ese mismo. ¡Qué obra tan poco creíble! Un anciano columpiándose en un balancín. Empecé a leer el primer volumen por encima, pero enseguida me di cuenta de que no me iba a gustar. Lo cierto es que adiviné de qué trataba antes de leerlo: en cuanto supe que se había casado con un emigrante, me convencí de que jamás conseguiría leérmela entera.

—Yo no la he leído.

—Le aseguro que no se pierde usted nada: es el libro más absurdo que pueda imaginar. Solo habla de un anciano que se columpia en un balancín y aprende latín.

Aquella crítica, sobre cuya justicia lamentablemente Catherine no podía opinar, los llevó hasta la puerta de la señora Thorpe, y entonces los sentimientos del exigente e imparcial lector de *Camilla* dieron paso a los de un obediente y afectuoso hijo cuando se encontraron con la señora Thorpe, que los había divisado desde lo alto.

—¡Madre! ¿Cómo está? —preguntó estrechándole la mano con energía—. ¿De dónde ha sacado ese sombrero tan raro? Parece una vieja bruja. He venido con Morland a pasar un par de días, así que tendrá que buscarnos un par de camas por aquí cerca.

Sus palabras parecieron satisfacer los mayores deseos de la madre, pues la mujer lo recibió con encantadas y exultantes muestras de afecto.

A continuación vertió la misma cantidad de ternura fraterna en sus otras dos hermanas, preguntándoles a las dos cómo estaban y comentando que ambas estaban muy feas.

A Catherine no le gustaron sus modales, pero era amigo de James y el hermano de Isabella, y todavía se ablandó un poco más cuando Isabella le aseguró, al retirarse las muchachas a ver el sombrero nuevo, que John la consideraba la muchacha más encantadora del mundo, y de nuevo cuando este le pidió, antes de que se despidieran, que bailase con él aquella noche. De haber sido más madura o vanidosa, aquellos embates no hubieran surtido mucho efecto, pero cuando se unen juventud y timidez se requiere una firmeza inusual para resistir la fascinación que provoca el calificativo de «la muchacha más encantadora del mundo» y tener pareja de baile tan pronto. Y la consecuencia de ello fue que, cuando los hermanos Morland, tras pasar una hora en compañía de los Thorpe, se marcharon juntos a casa del señor Allen, y James, en cuanto cerraron la puerta, preguntó: «Y bien, Catherine, ¿qué te parece mi amigo Thorpe?»; y en lugar de contestar: «No me gusta nada», como probablemente debería haber hecho de no haber existido amistad o adulación de por medio, la joven dijo: «Me gusta mucho; parece muy agradable».

—Es el tipo más bondadoso del mundo; quizá demasiado hablador, pero creo que eso os gusta a las mujeres. ¿Y qué piensas del resto de la familia?

—Me gustan mucho. Isabella en particular.

—Me alegro mucho de escucharte decir eso, pues es la clase de joven con la que me gustaría verte congeniar. Es muy sensata, natural y amable. Tenía muchas ganas de que la conocieras, y ella también parece haberte tomado mucho cariño. Te dedica los mayores piropos que puede haber, e incluso tú deberías sentirte orgullosa de recibir elogios de una muchacha como la señorita Thorpe, Catherine.

—Y así es —contestó—. Le tengo un gran cariño y me alegro mucho de saber que a ti también te gusta. Apenas dijiste nada sobre ella cuando me escribiste tras visitar Bath.

—Porque pensé que te vería pronto. Espero que paséis mucho tiempo juntas mientras estés en Bath. Es una muchacha muy simpática ¡y muy

inteligente! Toda la familia le tiene mucho cariño; no hay duda de que es la favorita. Y en un lugar como este debe de ser muy admirada, ¿no?

—Sí, me parece que sí. El señor Allen cree que es la muchacha más hermosa de Bath.

—No me extraña. Y no conozco ningún hombre con mejor gusto que el señor Allen. No tengo que preguntarte si eres feliz aquí, querida Catherine, pues con una compañera y amiga como Isabella Thorpe sería imposible que te sintieras de otro modo. Y además están los Allen; estoy convencido de que son muy buenos contigo, ¿verdad?

—Sí, así es. Jamás me había sentido tan feliz. Y ahora que has llegado tú, será todo mucho mejor. Qué amable por tu parte haber venido tan lejos solo para verme.

James aceptó aquella muestra de gratitud y, para tranquilizar su conciencia por aceptarla, añadió con total sinceridad:

—Claro, Catherine, te quiero mucho.

A continuación intercambiaron preguntas y comentarios acerca de los demás hermanos y hermanas, la situación de algunos de ellos, el crecimiento del resto y otros asuntos familiares, y continuaron hablando únicamente con un pequeño paréntesis por parte de James para elogiar a la señorita Thorpe, hasta que llegaron a la calle Pulteney, donde el joven fue recibido con gran amabilidad por el señor y la señora Allen. Él lo invitó a cenar y ella lo animó a adivinar el precio y valorar la calidad de un manguito y una esclavina nuevos. Sin embargo, el joven tenía un compromiso previo en Edgar's Buildings que le impidió aceptar la invitación del primero y lo obligó a marcharse en cuanto hubo satisfecho las peticiones de la segunda. En cuanto acordaron la hora a la que ambas partes deberían encontrarse en el Salón Octogonal, Catherine se abandonó al placer que su imaginación desbordada, inquieta y asustada encontraba en las páginas de *Udolfo,* ajena por completo a preocupaciones mundanas como vestirse y cenar, incapaz de mitigar los temores que abrigaba la señora Allen debido al retraso de la modista y dedicando solo un minuto de cada sesenta a pensar en lo contenta que estaba de tener ya pareja para aquella noche.

Capítulo VIII

Sin embargo, a pesar de *Udolfo* y de la modista, el grupo de la calle Pulteney llegó a los salones nuevos con una puntualidad ejemplar. Los Thorpe y James Morland se habían presentado solo dos minutos antes que ellos, y después de que Isabella se entregara a la habitual ceremonia de recibir a su amiga con sonriente y afectuosa premura, admirar su vestido y envidiar los rizos de su cabello, ambas siguieron a sus acompañantes tomadas del brazo y se internaron en el salón de baile susurrándose al oído todo lo que se les iba ocurriendo y sustituyendo muchas palabras por un apretón en la mano de su compañera o una sonrisa afectuosa.

El baile dio comienzo algunos minutos después de que tomaran asiento, y James, que llevaba comprometido casi tanto tiempo como su hermana, insistió mucho para que Isabella se levantara; pero John había ido a la sala de juego a hablar con un amigo y la muchacha afirmó que no pensaba empezar a bailar antes de que su querida Catherine pudiera hacerlo también.

—Te aseguro que no pienso levantarme sin tu hermana por nada del mundo —dijo—, porque si lo hiciera seguro que pasaríamos toda la noche separadas.

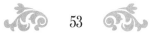

53

Catherine agradeció su amabilidad y permanecieron tal como estaban durante tres minutos más, cuando Isabella, que había estado hablando con James hasta ese momento, se volvió hacia Catherine y susurró:

—Querida, me temo que debo dejarte, tu hermano está increíblemente impaciente por empezar, y seguro que no te importará que me marche. Estoy convencida de que John volverá enseguida y entonces no te costará nada encontrarme.

Catherine, a pesar de sentirse un poco decepcionada, era demasiado bondadosa como para oponerse, y cuando los demás se pusieron en pie, Isabella ya solo tuvo tiempo de estrecharle la mano a su amiga y decir: «Adiós, querida», antes de marcharse a toda prisa. Como las hermanas pequeñas de Isabella también estaban bailando, Catherine quedó a merced de la señora Thorpe y la señora Allen, entre las que estaba sentada en ese momento. No pudo evitar molestarse al ver que el señor Thorpe no aparecía, pues no solo se moría por bailar, también era consciente de que, como nadie podía saber cuál era su situación, estaba compartiendo la deshonra de no tener pareja con las muchísimas jóvenes que seguían sentadas. Parecer desgraciada a los ojos del mundo, aparentar infamia cuando en su corazón solo había espacio para la pureza y sus propias acciones rebosaban inocencia, y cuando en realidad es la mala conducta de terceras personas la fuente de su degradación, es una de esas circunstancias clásicas de la vida de una heroína y la fortaleza con la que sea capaz de soportarla dignifica su carácter. Catherine también poseía fortaleza; sufría, pero no se le escapó ni un solo murmullo.

Diez minutos después, despertó de ese estado de humillación gracias a un sentimiento mucho más placentero al ver no precisamente al señor Thorpe, sino al señor Tilney a unos tres metros de donde ellas estaban sentadas. Parecía estar acercándose hacia ella, pero no la vio y, por tanto, la sonrisa y el rubor que su repentina aparición habían provocado en Catherine pasaron desapercibidos sin mancillar su dignidad de heroína. Estaba tan apuesto y animado como siempre, y conversaba con interés con una joven moderna y agradable que iba apoyada de su brazo y que Catherine enseguida dedujo que sería su hermana, desechando así

la oportunidad perfecta de pensar que lo había perdido para siempre al descubrir que ya estaba casado. Pero guiándose solo por las suposiciones más simples y probables, jamás le había pasado por la cabeza que el señor Tilney pudiera estar casado. No se había comportado ni había hablado como los hombres casados a los que ella estaba acostumbrada, además de que jamás había mencionado que tuviera esposa y sí había nombrado a su hermana. De esas circunstancias brotó la conclusión instantánea de que era su hermana quien en ese momento se hallaba junto a él y, por tanto, en lugar de adoptar una expresión de mortal palidez y desmayarse sobre el pecho de la señora Allen, Catherine permaneció allí sentada bien derecha, en perfecto uso de sus sentidos y con las mejillas tan solo un poco más sonrosadas de lo habitual.

El señor Tilney y su acompañante, que seguían aproximándose lentamente, iban precedidos de una dama, una conocida de la señora Thorpe que se detuvo a hablar con ella, y los jóvenes, como la acompañaban, también se detuvieron. Fue entonces cuando Catherine cruzó la mirada con el señor Tilney y recibió de su parte el sonriente tributo del reconocimiento. La joven se lo devolvió con gusto y entonces, tras acercarse un poco más, él se dirigió tanto a ella como a la señora Allen, a quien saludó con mucha amabilidad.

—Me alegro mucho de volver a verle, señor. Empezaba a temer que se hubiera marchado de Bath.

Él le agradeció su preocupación y explicó que se había ausentado durante una semana, pues había tenido que marcharse la mañana siguiente al día en que tuvo el placer de conocerla.

—Imagino que no lamenta usted haber vuelto, pues este es el lugar perfecto para la gente joven; bueno, es un sitio ideal para cualquiera. Yo siempre le digo a mi marido, cuando empieza a decir que está harto de Bath, que no debería quejarse, pues este es un lugar muy agradable y en esta época del año tan aburrida es mucho mejor estar aquí que en casa. Le digo que tiene muy buena suerte de que lo manden aquí por motivos de salud.

—Pues espero que el señor Allen entre en razón y le tome cariño a este sitio cuando se dé cuenta de lo bueno que es para él.

—Gracias, señor. No me cabe duda de que así será. Uno de nuestros vecinos, el doctor Skinner, estuvo aquí por problemas de salud el invierno pasado y volvió a casa bastante fuerte.

—Seguro que esa circunstancia le anima mucho.

—Desde luego, señor. Y el doctor Skinner y su familia pasaron aquí tres meses, por lo que siempre le digo al señor Allen que no debe tener prisa por marcharse.

En ese momento los interrumpió la señora Thorpe, que le pidió a la señora Allen que se desplazara un poco para hacerles sitio a la señora Hughes y a la señorita Tilney, pues habían decidido unirse a ellas. La señora Allen accedió y les hizo sitio mientras el señor Tilney se quedaba de pie delante de ellas. Sin embargo, tras meditarlo unos minutos, le pidió a Catherine que bailara con él. Aquel cumplido, por encantador que fuera, produjo un gran pesar a la joven por tener que rechazar la invitación, cosa que hizo con tanta tristeza que si Thorpe, que apareció justo después, hubiera regresado medio minuto antes, podría haber pensado que su sufrimiento era demasiado intenso. La tranquilidad con la que este lamentó haberla hecho esperar no alivió ni un ápice a Catherine; y los detalles que él le contó mientras bailaban acerca de los caballos y los perros del amigo al que acababa de dejar, y del intercambio de terriers que se habían propuesto hacer, tampoco le interesaron lo suficiente como para que evitara mirar hacia la parte del salón donde había dejado al señor Tilney. Tampoco veía a su querida Isabella, con quien estaba deseando hablar del caballero. Estaban en grupos de baile distintos. Catherine estaba separada de todo su grupo y de sus conocidos, y un pesar sucedía a otro, y aquella situación llevó a la joven a deducir una útil lección, pues se dio cuenta de que tener pareja asegurada antes de que empiece el baile no aumenta necesariamente ni la dignidad ni la diversión de una joven. De dichas reflexiones moralistas emergió cuando le tocaron el hombro y, al volverse, vio que la señora Hughes estaba justo detrás de ella, acompañada de la señorita Tilney y un caballero.

—Lamento la interrupción, señorita Morland —dijo—, pero no consigo encontrar a la señorita Thorpe, y la señora Thorpe me ha dicho que seguramente a usted no le importará cuidar de esta joven.

La señora Hughes no podría haber elegido a nadie que estuviera más encantada de ayudar que Catherine. Tras presentar a las jóvenes, la señorita Tilney expresó lo mucho que agradecía su amabilidad, y la señorita Morland, con una delicadeza propia de una mente generosa, le quitó importancia a la obligación. Y a continuación, la señora Hughes, satisfecha tras haberle encontrado tan buena compañía a su joven custodiada, regresó con su grupo.

La señorita Tilney tenía una buena figura, una cara bonita y una expresión muy agradable, y su aspecto, aunque carecía de la decidida arrogancia y el estilo resuelto de la señorita Thorpe, transmitía más elegancia. Sus modales daban muestra de sensatez y una buena educación, pues no era vergonzosa ni demasiado extrovertida, y parecía capaz de ser joven y atractiva y estar en un baile sin pretender atraer la atención de todos los hombres que la rodeaban ni dar muestras de sentimientos exagerados de deleite excesivo o de un fastidio inconcebible ante cualquier menudencia. Catherine, que enseguida se sintió interesada por su aspecto y por su relación con el señor Tilney, estaba deseosa de conocerla, y por eso se dirigía a ella en cuanto se le ocurría cualquier cosa que decirle, además de sentirse con el valor y la tranquilidad de hacerlo. Sin embargo, los obstáculos que se interponen con frecuencia a la hora de intimar rápidamente con otra persona, debido a la ausencia de uno o varios de estos requisitos, evitaron que pudieran ir mucho más allá de los primeros rudimentos de cualquier relación y se limitaron a conversar sobre Bath, lo mucho que admiraban sus edificios y los alrededores, si les gustaba dibujar, tocar algún instrumento o cantar, y si les gustaba montar a caballo.

Cuando apenas habían concluido los dos bailes, Catherine notó cómo su fiel Isabella la tomaba del brazo con delicadeza y exclamaba muy animada:

—Por fin te encuentro. Querida mía, llevo una hora buscándote. ¿Cómo has podido unirte a este grupo cuando sabías que yo estaba en el otro? Me he sentido muy triste sin ti.

—Querida Isabella, ¿cómo podría haberme ido contigo? Si no sabía ni dónde estabas.

—Eso le decía continuamente a tu hermano, pero él no me creía. «Vaya a buscarla, Señor Morland», decía yo, pero ha sido en vano, se ha negado

a moverse ni un centímetro. ¿No es cierto, señor Morland? ¡Qué perezosos son los hombres! Te sorprendería saber lo mucho que le he regañado, querida Catherine. Ya sabes que no me ando con contemplaciones con esta clase de personas.

—Mira, ¿ves a esa joven con abalorios en la cabeza? —susurró Catherine separando a su amiga de James—. Es la hermana del señor Tilney.

—¡Oh, cielos! ¡No me digas! Déjame verla ahora mismo. ¡Qué joven tan encantadora! ¿Pero dónde está el conquistador de su hermano? ¿Está aquí? Si está aquí señálamelo ahora mismo. Me muero por verle. Señor Morland, no escuche. No estamos hablando de usted.

—¿Pero a qué vienen tantos cuchicheos? ¿Qué ocurre?

—¿Lo ve? Ya lo sabía. ¡Hay que ver qué curiosos son los hombres! Y eso que no dejan de hablar de la curiosidad de las mujeres. No es nada. Tranquilícese, no se trata de nada que pueda interesarle.

—¿Y cree que eso va a satisfacerme?

—¡Vaya! Admito que jamás había conocido a nadie como usted. ¿Qué importancia puede tener nuestro tema de conversación? Quizá estemos hablando sobre usted, por lo que le aconsejaría que no prestara atención, no vaya a ser que escuche algo desagradable.

Durante aquella conversación, que se alargó unos minutos, el asunto original pareció olvidarse, y aunque a Catherine no parecía importarle abandonarlo un momento no podía evitar sospechar que la impaciencia de Isabella por ver al señor Tilney se había esfumado del todo. Cuando la orquesta empezó a tocar una nueva pieza, James quiso llevarse a su hermosa acompañante, pero ella se resistió.

—Ya le he dicho que jamás haría nada parecido, señor Morland —protestó—. ¿Cómo puede ser tan provocador? Mira lo que tu hermano pretende obligarme a hacer, querida Catherine. Quiere que vuelva a bailar con él a pesar de haberle dicho ya que es de lo más inapropiado y que va completamente contra las normas. Si no cambiáramos de pareja, seríamos la comidilla de la ciudad.

—Le aseguro que en estos lugares públicos se hace continuamente —dijo James.

—¡Tonterías! ¿Cómo puede decir eso? Cuando a un hombre se le mete algo en la cabeza, se niega a razonar. Querida Catherine, ayúdame. Explícale a tu hermano que eso es imposible. Dile lo mucho que te sorprendería verme hacer algo así, ¿verdad?

—En absoluto, pero si crees que es incorrecto será mejor que cambiéis de pareja.

—¿Lo ve? —exclamó Isabella—. Ya ha oído lo que dice su hermana y aun así no le hace usted caso. Bueno, recuerde que si todas las ancianas de Bath se escandalizan no será culpa mía. Ven, querida Catherine, y quédate a mi lado.

Y se marcharon a recuperar su sitio. Entretanto, John Thorpe había vuelto a desaparecer y Catherine, que estaba deseosa de darle al señor Tilney la oportunidad de repetir la agradable petición que tanto la había halagado una vez, se acercó a la señora Allen y a la señora Thorpe lo más rápido que pudo con la esperanza de encontrarlo todavía con ellas; esperanza que, al no materializarse, condujo a Catherine a reconocer que había sido muy poco razonable por su parte.

—Bueno, querida —dijo la señora Thorpe impaciente por escuchar algún elogio sobre su hijo—, espero que haya disfrutado con su pareja.

—Ya lo creo, señora.

—Me alegro. John es un joven encantador, ¿verdad?

—¿Has visto al señor Tilney, querida? —dijo la señora Allen.

—No, ¿dónde está?

—Estaba con nosotras hace un momento, pero ha dicho que estaba harto de esperar y que quería bailar, y he pensado que quizá te lo pediría si te encontraba.

—¿Dónde puede estar? —preguntó Catherine mirando a su alrededor, pero cuando apenas llevaba unos segundos buscándolo lo vio acompañando a una joven a la pista de baile.

—¡Vaya! Ya tiene pareja; ojalá te lo hubiera pedido a ti —dijo la señora Allen, y tras un breve silencio añadió—: es un joven muy agradable.

—Ya lo creo, señora Allen —coincidió la señora Thorpe sonriendo complacida—. Y debo decir, aunque yo sea su madre, que no hay ningún joven más agradable en el mundo.

Esta afirmación tan incoherente podría haber resultado incomprensible para muchas personas, pero no sorprendió a la señora Allen, quien, tras considerarlo un momento, susurró a Catherine:

—Me parece que ha pensado que estaba hablando de su hijo.

Catherine se sentía decepcionada y molesta. Parecía haber perdido por muy poco el objetivo que tenía en mente, y dicho convencimiento no la predispuso a dar una respuesta muy elegante cuando John Thorpe se acercó a ella poco después y dijo:

—Bueno, señorita Morland, supongo que usted y yo deberíamos levantarnos para bailar un rato más.

—Oh, no. Le estoy muy agradecida, pero nuestros dos bailes ya han terminado y además estoy cansada y no me apetece bailar más.

—¿Ah, no? Entonces demos un paseo para reírnos un rato de la gente. Venga conmigo y le enseñaré a los cuatro personajes más ridículos de la sala: mis dos hermanas menores y sus parejas. Llevo media hora riéndome de ellos.

Catherine volvió a excusarse y Thorpe tuvo que marcharse a reírse de sus hermanas él solo. El resto de la velada le pareció muy aburrida a Catherine; el señor Tilney se separó de su grupo a la hora del té para atender el grupo de su pareja. La señorita Tilney, a pesar de pertenecer a su grupo, tampoco se sentó cerca de ellos, y James e Isabella estaban tan enfrascados en su conversación que su amiga no tuvo tiempo de ofrecerle más que una sonrisa, estrecharle la mano en una ocasión y dedicarle un «queridísima Catherine».

Capítulo IX

El descontento de Catherine después de lo ocurrido aquella noche pasó por las siguientes fases: primero sintió una insatisfacción general hacia todas las personas que la rodeaban en el salón de baile, cosa que rápidamente le produjo un aburrimiento considerable y muchísimas ganas de irse a casa. Esto, a su vez, tomó la forma de un apetito voraz en cuanto llegó a la calle Pulteney, el cual, una vez saciado, se transformó en la urgente necesidad de meterse en la cama. Ese fue el momento álgido de su aflicción, por lo que cayó de inmediato en un sueño profundo que duró nueve horas y del que despertó totalmente reanimada, de un humor excelente y con esperanzas y planes nuevos. Su primer propósito era profundizar en su relación con la señorita Tilney, y la primera decisión que tomó para avanzar en ese sentido fue ir a buscarla a los salones del balneario esa misma tarde. Era casi imposible no encontrar a una joven recién llegada a Bath en el balneario y, como Catherine ya había descubierto que se trataba del sitio perfecto para descubrir las excelencias femeninas y consolidar la amistad con cualquier joven, un lugar propicio para mantener conversaciones secretas e intercambiar confidencias sin reservas, estaba convencida de que podría entablar otra amistad entre sus paredes. Una vez trazado el plan matutino y

después de desayunar, se sentó tranquilamente delante de su libro decidida a quedarse en el mismo lugar enfrascada en la misma tarea hasta que el reloj diera la una, pues ya estaba acostumbrada a los comentarios y las observaciones de la señora Allen, cuya estrechez de miras e incapacidad para razonar eran tales que, aunque nunca hablaba demasiado, tampoco podía estar callada del todo; y, por tanto, mientras se entretenía con sus labores, si perdía la aguja o se le rompía el hilo, oía el ruido de un carruaje en la calle o veía una mancha en su vestido, debía observarlo en voz alta, tanto si había alguien ocioso para contestarle como si no. Hacia las doce y media, la dama corrió a asomarse a la ventana tras escuchar unos golpes bastante fuertes, y apenas había tenido tiempo de informar a Catherine de que había dos carruajes descubiertos en la puerta, el primero ocupado solo por un criado y el segundo por su hermano y la señorita Thorpe, cuando John Thorpe apareció corriendo escaleras arriba gritando:

—Bueno, señorita Morland, ya estoy aquí. ¿Lleva mucho tiempo esperando? No hemos podido venir antes, el maldito encargado de las cocheras ha tardado una eternidad en encontrar un vehículo apropiado donde pudieran subirse los otros dos, y ahora le apuesto diez mil contra uno a que se les estropea antes de llegar a la calle. ¿Cómo está, señora Allen? Un baile maravilloso el de ayer por la noche, ¿verdad? Vamos, señorita Morland, dese prisa, pues los demás tienen muchísima prisa por partir. Están deseando darse un buen batacazo.

—¿Pero qué dice? —preguntó Catherine—. ¿Adónde van todos?

—¿Qué adónde vamos? ¡No habrá olvidado usted nuestro compromiso! ¿Acaso no acordamos salir a dar un paseo esta mañana? ¡Menuda cabeza tiene! Vamos a Claverton Down.

—Recuerdo que comentamos algo al respecto —dijo Catherine mirando a la señora Allen en busca de su opinión—, pero lo cierto es que no le esperaba.

—¿Que no me esperaba? ¡Esa sí que es buena! ¿Y qué diantre hubiera hecho si yo no hubiera venido?

Entretanto, el ruego silencioso de Catherine a su amiga se perdió por completo, pues la señora Allen, que no estaba acostumbrada a transmitir

ideas mediante una sola mirada, tampoco era consciente de que nadie pudiera hacer tal cosa, y Catherine, cuyos deseos de ver a la señorita Tilney podían aceptar en ese momento un breve retraso en favor de un buen paseo, y que además pensaba que no podía haber nada indecoroso en irse con el señor Thorpe, pues Isabella también iba a ir con James, se vio obligada a hablar con claridad.

—Y bien, señora, ¿qué le parece? ¿Podrá pasar sin mí durante una o dos horas? ¿Puedo ir?

—Haz lo que gustes, querida —contestó la señora Allen con plácida indiferencia.

Catherine aceptó su consejo y se marchó corriendo a prepararse. Reapareció pocos minutos después, y sin apenas dar tiempo a los otros dos a intercambiar muchos elogios hacia su persona, y después de que Thorpe se hubiera procurado los comentarios de admiración de la señora Allen hacia su calesa, ambos se apresuraron escaleras abajo tras recibir los buenos deseos de la dama.

—Querida mía —dijo Isabella, a quien el deber de la amistad requería que le dedicase unas palabras a la joven antes incluso de que esta pudiera subirse al carruaje—, has tardado tres horas en arreglarte. Temía que estuvieras enferma. Qué baile tan maravilloso el de anoche. Tengo mil cosas que contarte, pero sube rápido a la calesa, que tengo muchas ganas de partir.

Catherine obedeció y se dio media vuelta para dirigirse al coche, momento en el que escuchó exclamar a su amiga:

—¡Qué muchacha más maravillosa! La adoro.

—No se asuste si mi caballo hace alguna cabriola al arrancar, señorita Morland —le advirtió Thorpe mientras la ayudaba a subir—. Lo más probable es que dé uno o dos tirones y quizá después se detenga a descansar unos segundos, pero enseguida obedece a su amo. Es muy brioso y juguetón, pero es un animal muy noble.

Catherine no pensó que fuera una imagen muy prometedora, pero ya era demasiado tarde para echarse atrás y ella misma era demasiado joven como para admitir que estaba asustada, por lo que, resignándose a su destino y confiando en que de verdad el animal sabría reconocer a su dueño tal como

este alardeaba, se sentó tranquilamente y observó cómo Thorpe se acomodaba a su lado. Una vez estuvo todo listo, el criado que estaba junto a la cabeza del caballo recibió la orden y soltó al animal, y partieron con absoluta tranquilidad, sin que el caballo diera un solo tirón, ni brincara, ni nada parecido. Catherine, encantada con tan feliz inicio, expresó su alegría en voz alta y lo agradecida y sorprendida que estaba, y su compañero se apresuró a aclararle el asunto asegurándole que se debía al inteligente modo en que él había sostenido las riendas, y al singular criterio y gran talento con el que había manejado la fusta. Catherine, a pesar de no poder evitar preguntarse por qué Thorpe, dada la perfección con la que manejaba su caballo, había considerado necesario alarmarla respecto a las tretas del animal, se felicitó sinceramente por estar al cuidado de un cochero tan excelente; al percibir que el animal seguía avanzando con la misma tranquilidad, sin la menor propensión a adoptar ninguna actitud demasiado impaciente o desagradable, y (teniendo en cuenta que avanzaba inevitablemente a dieciséis kilómetros por hora) dado que no iba rápido en absoluto, se permitió disfrutar del aire fresco, de aquel vigorizante ejercicio y del magnífico día de febrero con la seguridad de que estaba en buenas manos. Tras el silencio de varios minutos que siguió a su primer y breve diálogo, Thorpe dijo de pronto:

—El viejo Allen es tan rico como un judío, ¿verdad?

Catherine no le entendió, y el joven repitió la pregunta añadiendo:

—El viejo Allen, el hombre con quien vive usted.

—¡Ah, se refiere al señor Allen! Sí, me parece que es muy rico.

—¿Y no tiene hijos?

—No, ninguno.

—Algo muy importante para quienes aspiren a heredarle. Es su padrino, ¿no?

—¿Mi padrino? No.

—Pero usted siempre pasa mucho tiempo con ellos.

—Sí, mucho.

—Pues a eso es a lo que me refería. Parece una buena persona, y diría que ha sido de buen vivir. Si padece de gota será por algo. ¿Aún se toma su botella diaria?

—¿Una botella diaria? No. ¿Por qué piensa eso? Es un hombre muy moderado, ¿no creerá que estaba ebrio ayer por la noche, no?

—¡Que Dios la ayude! Las mujeres siempre están pensando que los hombres están bebidos. ¿Por qué siempre suponen que nos sienta tan mal beber? Yo estoy convencido de que si todo el mundo se tomara su botella diaria no habría en el mundo ni la mitad de los altercados que hay hoy día. Nos vendría muy bien a todos.

—No le creo.

—¡Dios mío! Sería la salvación de miles de personas. En este país no se consume ni una centésima parte del vino que debería consumirse. Nuestro clima frío necesita una ayuda.

—Pues yo he oído decir que en Oxford se bebe mucho vino.

—¿En Oxford? Le aseguro que ahora no se bebe nada en Oxford. Nadie bebe allí. No creo que haya ningún hombre que pase de cuatro pintas al día. Sin ir más lejos, a todo el mundo le sorprendió mucho que en la última fiesta que celebré en mi casa no se tomaran más de cinco pintas por cabeza. Se vio como algo fuera de lo común. Y eso que las bebidas que yo ofrezco son excelentes, de eso no cabe duda. No encontrará nada parecido en Oxford, y quizá eso lo explique todo. Se lo digo para que se haga usted una idea general de lo poco que se bebe allí.

—Sí, ya me hago una idea —dijo Catherine un tanto acalorada—. Beben ustedes mucho más vino del que yo pensaba. Aunque estoy segura de que James no bebe tanto.

Dicha afirmación provocó una respuesta ensordecedora de la que Catherine no entendió mucho, a excepción de las frecuentes exclamaciones, que casi parecían juramentos, con los que Thorpe adornó su intervención, y cuando terminó, la joven quedó convencida de que se bebía mucho vino en Oxford y de la relativa sobriedad de su hermano.

A continuación Thorpe se concentró en las virtudes de su carruaje y la invitó a admirar el brío y la elegancia con los que corría su caballo, y la estabilidad que sus zancadas, sumadas a la calidad de los amortiguadores, proporcionaban al carruaje. La muchacha seguía demostrando su admiración lo mejor que podía. Pero le resultaba imposible precederle o

adelantarse a él a causa de los conocimientos que él tenía del asunto y de la ignorancia de ella, además de la rapidez con la que él se expresaba y la timidez de Catherine; la muchacha era incapaz de encontrar ninguna alabanza nueva que aportar, pero se apresuraba a asentir a todas sus afirmaciones. Al fin decidieron, sin mayor dificultad, que su carruaje era el más completo de Inglaterra, que su caballo era el más rápido y que él era el mejor cochero.

—¿No pensará de verdad que la calesa de James vaya a romperse? —dijo Catherine aventurándose, al poco, a dar el asunto por zanjado y cambiar un poco de tema.

—¿Romperse? ¡Santo cielo! ¿Alguna vez ha visto un vehículo más inestable en su vida? No tiene ni una sola pieza buena. Las ruedas llevan desgastadas al menos diez años, y en cuanto a la carrocería... Le aseguro que usted misma podría hacerla añicos con solo tocarla. ¡Es el vehículo más destartalado que he visto en mi vida! ¡Gracias a Dios que nosotros vamos en uno mejor! Yo no viajaría en esa cosa ni tres kilómetros aunque me ofrecieran cinco mil libras.

—¡Santo cielo! —exclamó Catherine muy asustada—. Entonces será mejor que demos media vuelta, pues no hay duda de que acabarán teniendo un accidente si seguimos adelante. Demos la vuelta, señor Thorpe; deténgase y hable con mi hermano, explíquele lo insegura que es su calesa.

—¿Insegura? ¡Oh, Dios! No se preocupe. Si el cacharro se rompe solo se llevarán un revolcón, y hay mucho barro, será una buena caída. ¡Oh, qué diantre! El carruaje es lo bastante seguro siempre que el hombre que lo maneja sepa conducirlo. Un chisme de esos en ese estado puede durar más de veinte años en buenas manos. ¡Que Dios la bendiga! Por cinco libras yo mismo aceptaría conducirlo hasta York y traerlo de vuelta sin perder un solo clavo.

Catherine lo escuchaba con asombro; no sabía cómo conciliar dos versiones tan distintas de la misma historia, pues no la habían educado para entender las bravatas de un fanfarrón ni para comprender la cantidad de afirmaciones arbitrarias y falsedades descaradas que puede provocar el exceso de vanidad. Ella pertenecía a una familia sencilla, de personas

sinceras que raramente intentaban hacerse las ingeniosas; su padre, a lo sumo, se contentaba con alguna broma y su madre con un refrán, por lo que no solían decir mentiras para darse importancia ni afirmar algo que pudieran contradecir unos minutos después. Catherine reflexionó muy perpleja sobre todo aquello durante unos momentos y en más de una ocasión estuvo a punto de pedirle al señor Thorpe que le aclarase su verdadera opinión al respecto, pero se contuvo, pues le pareció que su cochero no destacaba precisamente por ser un hombre claro ni por su capacidad para explicar de forma más sencilla lo que minutos antes había contado con ambigüedad. Si además tenía en consideración que en realidad no pensaba que fuera a dejar que su hermana y su amigo se expusieran a un peligro del que podía salvarlos fácilmente, Catherine terminó concluyendo que el señor Thorpe debía de saber que el carruaje estaba en perfecto estado y que ella no tenía motivos para seguir preocupándose. Él parecía haber olvidado todo el asunto, y el resto de su conversación, o parloteo más bien, versaba en todo momento y de principio a fin acerca de él y sus intereses. Le habló de los caballos que había comprado por una nadería y vendido por sumas increíbles; de apuestas en carreras en las que su buen juicio y olfato infalible le habían ayudado a predecir al ganador; de partidas de caza en las que él había matado más pájaros (y eso sin ser muy buen tirador) que todos sus compañeros juntos; y le habló acerca de un día de caza en particular en el que su previsión y habilidad para dirigir a los perros había reparado los errores de otros cazadores más experimentados, y en el que la audacia de su forma de montar, a pesar de no haber puesto en peligro su vida ni por un momento, había conseguido que los demás se metieran en muchas dificultades que acabaron —concluyó afirmando tranquilamente— con muchos de ellos desnucados.

Por poco acostumbrada que estuviera Catherine a juzgar por sí misma y a pesar de lo imprecisas que eran sus ideas acerca de cómo debían ser los hombres, no consiguió reprimir del todo la duda, mientras soportaba las efusiones de la infinita soberbia del señor Thorpe, de que ese joven fuera una persona verdaderamente agradable. Era una conjetura muy atrevida, pues se trataba del hermano de Isabella, y James le había

asegurado que su amigo tenía unos modales que siempre agradarían a todas las mujeres. Pero, a pesar de todo eso, el extremo hartazgo de su compañía, que Catherine empezó a sentir cuando apenas llevaban juntos una hora y que siguió aumentando sin parar hasta que estuvieron de nuevo en la calle Pulteney, la indujo, en cierto modo, a desconfiar de tales referencias y de la capacidad de Thorpe de proporcionar tantas satisfacciones a cuantos le conocían.

Cuando llegaron a la puerta de los señores Allen, Isabella se quedó muy asombrada al descubrir que era demasiado tarde como para entrar en casa de su amiga: «¡Son más de las tres!». ¡Era inconcebible, increíble, imposible! Y no daba crédito de lo que veía en su reloj ni en el de su hermano ni en el del criado. Se negó a creer cualquier afirmación de ello basada en la razón o la realidad hasta que Morland sacó su reloj y le aseguró que así era, eran más de las tres. Haber seguido dudando entonces habría sido igual de inconcebible, increíble e imposible, y ya solo pudo limitarse a repetir, una y otra vez, que jamás dos horas y media habían pasado tan deprisa, tal como le pidió a su amiga que confirmara. Catherine no podía mentir ni para complacer a Isabella, pero esta última no esperó la respuesta de su amiga para no tener que escuchar cómo disentía de su opinión. Estaba absorta en sus propios sentimientos y su desdicha iba en aumento por verse obligada a regresar directamente a casa. Hacía siglos que no disfrutaba de una conversación con su querida Catherine y, aunque tenía mil cosas que decirle, daba la impresión de que no fueran a estar juntas de nuevo nunca más. Y así, con tristes sonrisas y miradas alegres cargadas de abatimiento, se despidió de su amiga y se marchó.

Catherine se topó con la señora Allen, que regresaba de la atareada ociosidad de la mañana y quien, al verla, la recibió diciendo:

—Vaya, querida, ya estás aquí. —Una verdad que la muchacha no tenía ni ganas ni fuerzas de discutir—. Espero que hayas disfrutado de un paseo agradable.

—Sí, señora, gracias. No podríamos haber pasado mejor día.

—Eso ha dicho la señora Thorpe; estaba encantada de que hubierais salido todos juntos.

—¿Entonces ha visto a la señora Thorpe?

—Sí, fui a los salones en cuanto te marchaste y me la encontré allí; hemos estado hablando un buen rato. Dice que casi no quedaba ternera en el mercado esta mañana, de tanto que escasea.

—¿Ha visto a algún otro conocido?

—Sí, decidimos dar una vuelta por el Crescent y allí nos hemos encontrado con la señora Hughes acompañada del señor y la señorita Tilney.

—¿Ah, sí? ¿Y ha hablado con ellos?

—Sí, estuvimos paseando juntos durante una media hora. Parecen muy agradables. La señorita Tilney llevaba un precioso vestido de muselina con lunares y, me parece, por lo que he visto, que siempre viste muy bien. La señora Hughes me habló mucho sobre esa familia.

—¿Y qué le dijo?

—¡Oh, pues muchas cosas! Apenas habló de otra cosa.

—¿Le dijo de qué parte de Gloucestershire son?

—Pues sí, pero ahora mismo no lo recuerdo. Aunque son gente de bien y muy ricos. La señora Tilney había sido la señorita Drummond de soltera, y ella y la señora Hughes habían ido juntas a la escuela. La señorita Drummond poseía una gran fortuna y, cuando se casó, su padre le dio veinte mil libras y quinientas más para comprarse el vestido de boda. La señora Hughes vio toda la ropa en cuanto regresaron del almacén.

—¿Y el señor y la señora Tilney están en Bath?

—Me parece que sí, pero no estoy segura. A decir verdad, ahora que recuerdo, tengo la impresión de que ambos murieron; por lo menos la madre. Sí, estoy segura de que la señora Tilney ya falleció, porque la señora Hughes me dijo que el señor Drummond le regaló un precioso collar de perlas a su hija el día de su boda y que ahora lo tiene la señorita Tilney, pues se lo entregaron cuando falleció su madre.

—¿Entonces el señor Tilney, quien bailó conmigo la otra noche, es el único hijo varón?

—No estoy del todo segura de eso, querida. Me parece que sí, pero, en cualquier caso, la señora Hughes dice que es un joven maravilloso y lo más probable es que le vaya muy bien en la vida.

Catherine no preguntó más; ya había escuchado lo suficiente como para comprender que la señora Allen no tenía mucha información que darle y que ella había sido particularmente desafortunada por perderse aquel encuentro con ambos hermanos. De haber imaginado dicha circunstancia, nada la habría convencido para marcharse con los demás. Y, tal como habían ido las cosas, no podía sino lamentar su mala suerte y pensar en lo que se había perdido, hasta que le quedó claro que el paseo había sido un fastidio y que el propio John Thorpe resultaba bastante desagradable.

Capítulo X

Aquella noche los Allen, los Thorpe y los Morland se reunieron en el teatro y, como Catherine e Isabella se sentaron juntas, esta última tuvo la oportunidad de decirle algunas de las mil cosas que había pensado comentarle durante la gran cantidad de tiempo que habían pasado separadas.

—¡Santo cielo! Querida Catherine, ¡por fin te encuentro! —exclamó al sentarse junto a ella en el palco—. Sepa usted, Señor Morland —le dijo al hermano, pues también lo tenía sentado al otro lado—, que no voy a dirigirle la palabra en toda la noche, así que le pido que no se haga esperanzas. Querida Catherine, ¿cómo has pasado todo este tiempo? Aunque no necesito preguntártelo, porque tienes un aspecto maravilloso. Estás divina con ese peinado. Qué malvada, ¿acaso quieres atraer la atención de todo el mundo? Te aseguro que mi hermano está medio enamorado de ti. Y en cuanto al señor Tilney... bueno, eso ya está hecho. Ni siquiera tú, que eres tan modesta, puedes dudar ya de lo que siente por ti. Lo ha dejado bien claro regresando a Bath. ¡Oh, daría lo que fuera por verle! Estoy loca de impaciencia. Mi madre dice que es el joven más encantador del mundo; le ha visto esta mañana, ¿sabes? Tienes que presentármelo. ¿Está en el teatro ahora? ¡Mira bien, por Dios! Te aseguro que no me quedaré tranquila hasta que le vea.

—No —contestó Catherine—, no está, no le veo por ninguna parte.

—¡Ay, qué horror! ¿Es que nunca voy a conocerle? ¿Te gusta mi vestido? Creo que no está mal; las mangas han sido idea mía. ¿Sabes qué? Estoy harta de Bath. Tu hermano y yo precisamente coincidíamos esta mañana en que, aunque es muy agradable pasar aquí algunas semanas, no viviríamos aquí ni por un millón. Enseguida nos dimos cuenta de que los dos pensamos igual, pues ambos preferíamos el campo a cualquier otro lugar. ¡La verdad es que nuestras opiniones eran tan parecidas que resultaba casi ridículo! No había ni un solo punto en el que difiriéramos. No te habría querido tener cerca por nada del mundo, porque eres tan pícara que estoy segura de que habrías hecho algún comentario jocoso al respecto.

—No, en absoluto.

—¡Ya lo creo que sí! Te conozco mejor de lo que te conoces tú misma. Nos habrías dicho que estamos hechos el uno para el otro o alguna tontería de esas; yo me hubiera alterado lo indecible y se me habrían puesto las mejillas tan rojas como esas rosas que llevas. No hubiera querido que estuvieras allí por nada del mundo.

—Eres muy injusta conmigo. Yo jamás habría hecho ningún comentario inapropiado. Además, estoy segura de que ni siquiera se me habría pasado por la cabeza.

Isabella sonrió con incredulidad y, a partir de entonces, habló con James durante el resto de la velada.

El propósito de Catherine de coincidir de nuevo con la señorita Tilney seguía intacto a la mañana siguiente, y hasta que llegó el momento habitual de ir a los salones se sintió un tanto alarmada por miedo a que tuviera lugar algún otro imprevisto. Pero no ocurrió nada de eso, no apareció ninguna visita que la retrasara y los tres partieron puntualmente hacia los salones, donde tuvieron lugar los hechos y las conversaciones habituales. El señor Allen, tras tomarse su habitual vaso de agua, se unió a otros caballeros para comentar los acontecimientos políticos del día y comparar los informes que ofrecían de ello los distintos periódicos, y las damas se dedicaron a pasear juntas tomando nota de todas las caras nuevas y de casi todos los sombreros de la sala. Las mujeres de la familia Thorpe, acompañadas de James

Morland, aparecieron entre el gentío poco menos de un cuarto de hora después, y Catherine enseguida ocupó su lugar habitual al lado de su amiga. James, que ahora acudía siempre, ocupó una posición al otro lado de esta y, tras separarse del resto de su grupo, pasearon de ese modo durante algún tiempo, hasta que Catherine empezó a dudar de la conveniencia de una situación en la que, pese a estar confinada entre su amiga y su hermano, no disfrutaba de la atención de ninguno de los dos. Siempre estaban enzarzados en alguna discusión sentimental o alguna disputa acalorada, pero se comunicaban dichos sentimientos entre susurros y se reían tanto cuando se peleaban que, aunque los dos pedían a menudo el apoyo de la opinión de Catherine, ella nunca era capaz de darla, pues no había escuchado ni una sola palabra de lo que estaban diciendo. Al final, sin embargo, encontró el valor para separarse de su amiga manifestando que necesitaba hablar con la señorita Tilney, a la que se alegró de ver entrar en la sala acompañada de la señora Hughes, y a la que se unió automáticamente, con una determinación más firme de intimar con ella de la que debería haber tenido de no haber sido por la desilusión que se había llevado el día anterior. La señorita Tilney la saludó con mucha educación y devolvió sus cumplidos con idéntica voluntad, y ambas continuaron conversando durante todo el tiempo que permanecieron en el salón; y aunque probablemente ninguna hiciera ~~ni~~ utilizado miles de veces antes bajo aquel techo, en todas las temporadas en Bath, el mérito de decirlas con sencillez y sinceridad, y desprovistas de toda arrogancia, quizá ya fuera algo extraordinario.

—¡Qué bien baila su hermano! —exclamó Catherine con inocencia hacia el final de su conversación, cosa que sorprendió y divirtió a su compañera.

—¿Henry? —contestó la otra con una sonrisa—. Sí, baila muy bien.

—Debió de parecerle muy raro escucharme decir que tenía pareja el otro día, cuando me vio allí sentada. Pero la verdad es que ya me había comprometido para todo el día con el señor Thorpe. —La señorita Tilney se limitó a recibir su comentario con una inclinación de cabeza—. No se imagina —añadió Catherine tras unos segundos de silencio— lo mucho que me sorprendió volver a verle. Estaba convencida de que se había marchado.

—Cuando Henry tuvo el placer de conocerla, había venido a Bath por un par de días. Solo vino a buscarnos alojamiento.

—Pues no se me ocurrió pensarlo, y como no le veía por ninguna parte pensé que debía de haberse marchado. ¿No era la señorita Smith la joven con la que bailó el otro día?

—Sí, una conocida de la señora Hughes.

—Estoy segura de que estaba encantada de poder bailar. ¿Usted la considera hermosa?

—No mucho.

—Supongo que su hermano no viene mucho por los salones, ¿no?

—Sí, a veces; pero esta mañana ha salido a pasear a caballo con mi padre.

Entonces apareció la señora Hughes y le preguntó a la señorita Tilney si estaba lista para marcharse.

—Espero tener el placer de volver a verla pronto —dijo Catherine—. ¿Asistirá al baile de cotillón de mañana?

—Quizá vayamos... Sí, creo que sí.

—Me alegro de saberlo, porque nosotros asistiremos.

El cumplido fue debidamente devuelto y las muchachas se separaron: la señorita Tilney con cierto conocimiento acerca de los sentimientos de su nueva amiga y Catherine sin tener la menor sensación de haberlos delatado.

Se marchó a casa muy contenta. La mañana había colmado todas sus expectativas y la noche del día siguiente era ahora el momento que más esperaba. Su principal preocupación pasó a ser el vestido y el tocado que debía ponerse para la ocasión. No podía justificarlo. La vestimenta siempre es una distinción frívola y prestarle una atención excesiva suele destruir el propósito que se pretende alcanzar. Catherine lo sabía muy bien, su tía abuela le había leído un artículo acerca de ese tema las Navidades pasadas; y, sin embargo, la noche del miércoles pasó diez minutos despierta debatiéndose entre si ponerse el vestido de muselina con lunares o el de muselina bordada, y lo único que le impedía comprar uno nuevo para aquella velada era la falta de tiempo. Ese habría sido un gran error, importante pero no infrecuente, del que podría haberla advertido alguien del sexo contrario más que del suyo propio, mejor un hermano que una tía abuela, pues solo un hombre

sabe lo indiferentes que se muestran sus congéneres hacia un vestido nuevo. Muchas damas se sentirían humilladas si llegaran a entender lo poco que calan en el corazón de un hombre las prendas nuevas o de mucho valor; lo poco que los conmueve la textura de la muselina y lo poco susceptibles que son a sentir nada especial por las telas de lunares, espigas, lisas o de organdí. La mujer se engalana solo para su propia satisfacción. Ningún hombre la admirará más y ninguna mujer le tendrá más simpatía por ello. La pulcritud y vestir a la moda bastarán a los primeros, y un toque de descuido o cierto desaliño resultará muy atractivo a las últimas. Pero ninguna de estas serias reflexiones alteraron la tranquilidad de Catherine.

El jueves por la noche entró en los salones con unas sensaciones muy distintas de las que había experimentado el lunes anterior. Entonces había estado exultante debido a su compromiso previo con Thorpe y ahora ansiaba evitarlo, por si acaso le volvía a pedir que bailara con él; pues, aunque no podía ni se atrevía a esperar que el señor Tilney le pidiera por tercera vez que bailara con él, todos sus deseos, esperanzas y planes se centraban en ello. Cualquier joven comprenderá a mi heroína en este momento crítico, pues todas han sentido esa misma inquietud en un momento u otro. Todas han estado, o al menos han creído estar, en peligro de ser perseguidas por alguien a quien preferían evitar y todas han estado ansiosas de recibir las

los Thorpe, comenzó el suplicio de Catherine. Se inquietaba siempre que John Thorpe se le acercaba, se escondía de él siempre que le era posible y, cuando él le hablaba, fingía no escucharle. Cuando terminaron los cotillones, dieron comienzo las contradanzas y Catherine no veía a los Tilney por ninguna parte.

—No te asustes, querida Catherine —susurró Isabella—, pero voy a volver a bailar con tu hermano. Reconozco que es muy sorprendente. Ya le he dicho que debería avergonzarse de sí mismo, pero tú y John debéis apoyarnos. Date prisa, querida, y ven con nosotros. John acaba de marcharse, pero volverá enseguida.

Catherine no tenía ni tiempo ni ganas de contestar. Los demás se marcharon, John Thorpe seguía por allí y ella se dio por perdida. Sin embargo,

para que no pareciera que lo estaba observando o esperando, clavó los ojos en el abanico, y justo cuando se estaba recriminando por haber sido tan necia de imaginar que podrían encontrarse a los Tilney entre tanta gente, de pronto se halló ante el mismísimo señor Tilney, que volvió a pedirle que bailara con él. Resulta fácil imaginar cómo le brillaron los ojos a Catherine y con qué rapidez aceptó la petición, además de lo mucho que le palpitaba el corazón mientras lo seguía hasta la pista de baile. Catherine pensó que la vida no podía darle más alegrías: había escapado de John Thorpe por los pelos y el señor Tilney le había pedido un baile enseguida, ¡era como si la hubiera estado buscando!

Sin embargo, cuando apenas habían conseguido hacerse con un buen sitio en la pista, John Thorpe llamó su atención: estaba justo detrás de ellos.

—¡Vaya, señorita Morland! —exclamó—. ¿Qué significa esto? Pensaba que usted y yo bailaríamos juntos.

—Me sorprende que pueda pensarlo, pues no me lo ha pedido.

—¡Esa sí que es buena! Se lo he pedido en cuanto he entrado en la sala y estaba a punto de volver a pedírselo, ¡pero cuando me he dado la vuelta usted ya no estaba! ¡Menuda jugarreta! Solo he venido para poder bailar con usted y estoy completamente convencido de que estaba comprometida conmigo desde el lunes. Sí, lo recuerdo perfectamente, se lo pedí mientras esperaba en el vestíbulo a que le trajeran la capa. Y yo diciendo a todos mis conocidos que iba a bailar con la muchacha más hermosa del salón. Cuando la vean bailando con otro seguro que se reirán de mí.

—Oh, no, jamás pensarán que pueda ser yo la que responda a esa descripción.

—Juro por el cielo que si no lo hacen los echaré de aquí a patadas por insensatos. ¿Quién es el tipo que la acompaña?

Catherine satisfizo su curiosidad.

—Tilney —repitió él—. Vaya, no le conozco. Un hombre bien plantado, tiene buen porte. ¿Quiere algún caballo? Por aquí anda un amigo mío, Sam Fletcher, y tiene uno para vender que gustaría a cualquiera. Un animal de primera, y solo pide cuarenta guineas por él. He estado a punto de comprarlo yo, pues una de mis máximas es hacerme siempre con un buen caballo en

cuanto lo veo, pero en este caso no serviría para lo que yo lo necesito, no serviría para el campo. Pagaría un buen dinero por un buen caballo de caza. Ahora tengo tres, los mejores que hay. No los vendería ni por ochocientas guineas. Fletcher y yo tenemos intención de conseguir una casa en Leicestershire para la próxima temporada. Es terriblemente incómodo vivir en una posada.

Esa fue la última frase con la que pudo agotar la paciencia de Catherine, pues en ese momento se vio apartado por una interminable fila de damas que pasaban por delante. La pareja de la joven se acercó y le dijo:

—Ese caballero habría acabado con mi paciencia si se hubiera quedado con usted medio minuto más. No es correcto que me arrebate la compañía de mi pareja. Usted y yo hemos establecido un pacto de afabilidad mutua por espacio de esta velada y toda la amabilidad del uno pertenece al otro durante dicho periodo de tiempo. Ninguno de los dos puede prestar atención a una tercera persona sin perjudicar los derechos del otro. Para mí una contradanza es como un símbolo del matrimonio. Los deberes principales de ambos miembros de la pareja son la fidelidad y la complacencia, y los hombres que prefieren no bailar o que no quieren casarse no deberían molestar a las parejas o las esposas de los demás.

—¡Pero son dos cosas completamente distintas!

—¿Y no cree que puedan compararse?

—La verdad es que no. Las parejas que se casan no pueden separarse nunca, deben vivir y mantener una casa juntos. Las parejas que bailan solo se colocan el uno delante del otro en un salón durante media hora.

—Entonces esa es su definición del matrimonio y la danza. Desde ese punto de vista, desde luego no se parecen mucho, pero considero que se puede ver de otra forma. Admitirá usted que en ambos casos el hombre tiene la ventaja de poder elegir, mientras que a la mujer solo le queda el poder de rechazar; que en ambos casos se trata de un compromiso entre hombre y mujer formado para el beneficio de ambos y que, una vez adquirido, ambos se pertenecen el uno al otro hasta el momento de su disolución; ambos tienen el deber de esforzarse para no dar al otro ningún motivo de lamentar no haberse comprometido con otra persona, y ambos tienen el mismo interés en evitar que la mente del otro pueda entretenerse pensando en las virtudes

de los vecinos o pensar que pudiera estar mejor con cualquier otra persona. ¿Está de acuerdo conmigo en ese sentido?

—Sí, claro, tal como lo expone todo suena muy bien, pero siguen siendo cosas muy distintas. No puedo verlas del mismo modo ni pensar que en ambas situaciones se tengan las mismas responsabilidades.

—En un sentido sí que hay una diferencia. En el matrimonio se supone que el hombre debe mantener a la mujer y la mujer debe encargarse de crear un hogar agradable para el hombre: él debe proveer y ella debe sonreír. Pero en el baile los deberes son completamente contrarios: es del hombre de quien se espera afabilidad y docilidad, mientras que ella proporciona el abanico y el agua de lavanda. Imagino que esa es la diferencia de obligaciones que hacen que, para usted, sea imposible compararlos.

—No, en absoluto, jamás me lo había planteado así.

—Entonces confieso que estoy perdido. Aunque debo hacer una observación. Su forma de verlo es bastante alarmante. Usted se niega a ver similitud alguna en las obligaciones: ¿debo inferir entonces que su idea de los deberes que implica el baile no son tan estrictos como desearía su pareja? ¿No tengo motivos para temer que si el caballero que estaba hablando con usted hace un momento regresara, o si se dirigiese a usted cualquier otro de la sala, no habría nada que le impidiese a usted conversar con él durante

—El señor Thorpe es muy buen amigo de mi hermano y si se dirige a mí debo responderle. Pero en este salón no conozco a más de tres hombres.

—¿Y esa debe ser mi única seguridad? ¡Vaya, vaya!

—Estoy convencida de que no puede haber mayor seguridad, pues si no conozco a nadie es imposible que pueda hablar con otras personas. Y, además, no quiero hablar con nadie.

—Eso sí que me ha dado tranquilidad, podré continuar bailando con valor. ¿Sigue creyendo que Bath es tan agradable como cuando tuve el honor de preguntárselo por primera vez?

—Sí, claro; más aún, si cabe.

—¡Más aún! Tenga cuidado u olvidará cansarse de esto cuando llegue el momento apropiado. Debe usted cansarse dentro de seis semanas.

—No creo que me cansara ni aunque me quedara aquí seis meses.

—Comparado con Londres, Bath ofrece poca variedad y todo el mundo se da cuenta de ello cada año. «Bath es agradable durante seis semanas, pero una vez pasado ese tiempo se convierte en el lugar más aburrido del mundo.» Personas de todas clases, que vienen todos los inviernos, le dirán que alargan su estancia y convierten esas seis semanas en diez o doce, y terminan marchándose porque no pueden permitirse estar más tiempo.

—Bueno, siempre hay quien necesita juzgar por sí mismo, y los que van a Londres quizá no tengan ningún interés en Bath. Pero yo, que vivo en una pequeña aldea en el campo, no podría hallar mayor monotonía en un lugar como este que la que hay en mi casa, pues aquí hay una gran variedad de diversiones, muchas cosas que ver y hacer a lo largo del día, que no existen allí.

—Entonces no le gusta el campo.

—Sí que me gusta. Siempre he vivido allí y siempre he sido muy feliz. Pero no hay duda de que la vida rural es más monótona que la vida en Bath. Los días en el campo son todos iguales.

—Pero también es cierto que en el campo pasa usted el tiempo de una forma más racional.

—¿Ah, sí?

—¿No es así?

—No creo que haya mucha diferencia.

—Aquí lo único que hace es buscar formas de entretenimiento.

—Y también lo hago en casa, el único problema es que allí no encuentro muchas. Aquí paseo y allí también, pero aquí veo a muchas personas distintas en las calles y allí solo puedo ir a visitar a la señora Allen.

Ese comentario le hizo mucha gracia al señor Tilney.

—Solo puede ir a visitar a la señora Allen —repitió—. ¡Una gran imagen de pobreza intelectual! Sin embargo, cuando vuelva a sumergirse en ese abismo tendrá más cosas que contar. Podrá hablar usted de Bath y de todo lo que hizo mientras estaba aquí.

—¡Oh, sí! Ya nunca me faltará tema de conversación con la señora Allen ni con otras personas. Creo de veras que cuando regrese a casa me pasaré la vida hablando de Bath, de lo mucho que me gusta. Si pudiera tener aquí a mi padre y a mi madre y al resto de mi familia, estaría encantada. Es maravilloso que haya venido James, mi hermano mayor, en especial porque resulta que la familia con la que hemos intimado ya eran amigos suyos. ¡Ay! ¿Quién iba a cansarse de Bath?

—Desde luego no quienes llegan con sentimientos tan frescos como usted. Para la mayoría de las personas que acostumbran a visitar Bath, los padres, madres, hermanos y amigos íntimos no tienen importancia alguna, y tampoco disfrutan mucho de los bailes, las obras de teatro y las visitas culturales.

En ese momento tuvieron que suspender la conversación, pues las exigencias del baile requerían demasiada atención como para poder ignorarlas.

Poco después de llegar al final de la fila, Catherine se dio cuenta de que la estaba observando un caballero del público, justo por detrás de su compañero. Era un hombre muy apuesto, con un aspecto imponente; ya no era joven, pero seguía siendo vigoroso. Y Catherine advirtió que se dirigía al señor Tilney para susurrarle algo en confianza sin dejar de mirarla. Confundida por la atención recibida y ruborizándose por temor a que hubiera algo inadecuado en su apariencia, la joven volvió la cabeza. Pero, al hacerlo, el caballero se retiró y su pareja se acercó diciendo:

—Ya veo que se ha dado usted cuenta de lo que me acaban de preguntar. Y como e͟

Se trata del general Tilney, mi padre.

Catherine solo fue capaz de contestar: «¡Oh!». Pero fue una exclamación que expresaba todo lo necesario: la debida atención a sus palabras y una perfecta confianza en su veracidad. Y con auténtico interés y gran admiración, sus ojos siguieron al general mientras este se internaba entre la multitud, y no pudo evitar pensar para sus adentros: «¡Qué apuestos son todos en esta familia!».

Antes de que concluyera la velada, mientras conversaba con la señorita Tilney, Catherine tuvo un nuevo motivo de felicidad. No había vuelto a salir a pasear por el campo desde que llegó a Bath, y la señorita Tilney, que conocía muy bien los alrededores, hablaba de ellos con tal entusiasmo que le daban ganas de conocerlos a ella también; y al confesar que temía no

encontrar a nadie que la acompañara, tanto el hermano como la hermana le propusieron que fuera con ellos en uno de sus paseos una mañana.

—¡Nada en el mundo me gustaría más! —exclamó—. Pero no lo pospongamos, ¿y si vamos mañana mismo?

Organizaron la salida rápidamente poniendo la señorita Tilney como única condición que no lloviese, pero Catherine estaba segura de que no sucedería. Debían pasar a recogerla por la calle Pulteney a las doce en punto, y cuando se despidió de su nueva amiga le dijo: «Recuerde, a las doce». De su otra amiga más antigua y consolidada, Isabella, de cuya fidelidad había disfrutado durante quince días, apenas supo nada durante toda la velada. Y a pesar de las muchas ganas que tenía de hacerla partícipe de su felicidad, se sometió gustosa a la petición del señor Allen, que quiso retirarse bastante temprano, y la alegría que sentía revoloteó en su interior durante el camino de vuelta tanto como lo hacía ella en el asiento del carruaje.

Capítulo XI

El día siguiente amaneció bastante gris y el sol hizo apenas algunos tímidos intentos de asomar, y Catherine auguró que aquello era lo más favorable a sus deseos. Pensaba que una mañana soleada a aquellas tempranas alturas del año solía terminar con lluvia, pero que los amaneceres nublados iban mejorando a lo largo del día. Recurrió al señor Allen para que confirmase sus esperanzas, pero como este no se hallaba bajo su propio cielo ni tenía allí su barómetro, se negó a prometerle que luciría el sol. Entonces Catherine acudió a la señora Allen, y ella fue más positiva:

—No tengo ninguna duda de que hará buen día siempre que las nubes se marchen y siga brillando el sol.

Sin embargo, hacia las once de la mañana los atentos ojos de Catherine advirtieron algunas gotitas de lluvia que salpicaron las ventanas, y la joven exclamó desesperada:

—Oh, cielos, me parece que va a llover.

—Ya lo imaginaba —dijo la señora Allen.

—Entonces no habrá paseo —dijo Catherine suspirando—, pero quizá se quede en nada o haya escampado antes de las doce.

—Es posible, querida, pero entonces estará todo embarrado.

—Bueno, eso da lo mismo. El barro no me importa.

—Sí, ya sé que el barro te da igual —contestó la otra con mucha serenidad.

—Cada vez llueve más —observó Catherine tras una breve pausa, mientras miraba por la ventana.

—Eso parece. Si sigue lloviendo las calles estarán muy mojadas.

—Ya veo cuatro paraguas. ¡Cómo odio ver un paraguas!

—Qué desagradable es llevarlos. Prefiero tomar un coche.

—¡Con la mañana tan bonita que hacía! ¡Estaba convencida de que escamparía!

—Cualquiera habría pensando lo mismo. Habrá muy poca gente en los salones con este tiempo. Espero que el señor Allen se ponga el abrigo cuando vaya, aunque no creo que lo haga, pues prefiere hacer cualquier cosa antes que salir con el abrigo. No entiendo por qué le desagradará tanto, con lo cómodo que debe de ser.

Y siguió lloviendo; el agua caía deprisa, aunque no mucha cantidad. Catherine se acercaba cada cinco minutos a mirar el reloj y, cuando volvía, amenazaba con que si seguía lloviendo cinco minutos más, tendría que darse por vencida. Cuando el reloj dio las doce la lluvia no había cesado.

—No vas a poder ir, querida.

—Todavía no he perdido la esperanza. No pienso darme por vencida hasta las doce y cuarto. Es la hora a la que siempre suele escampar y me parece que el cielo está más despejado. Bueno... ya son las doce y veinte, ahora sí que me rindo. Ojalá tuviéramos aquí el mismo clima que tienen en *Udolfo,* o al menos el de la Toscana y el sur de Francia. ¡La noche en que murió el pobre St. Aubin hacía un tiempo maravilloso!

A las doce y media, cuando Catherine había dejado de prestarle atención al clima y ya no podía esperar que mejorase, el cielo empezó a aclararse voluntariamente. El primer rayo de sol sorprendió a la muchacha. Miró a su alrededor y vio que las nubes se estaban alejando, y regresó rápidamente junto a la ventana para contemplar el cambio y alimentar, con sus ánimos, la feliz aparición. Diez minutos después ya tenía claro que disfrutarían de una tarde soleada y le dio la razón a la señora Allen, quien «siempre había pensado que escamparía». Pero todavía era una incógnita si Catherine debía seguir esperando la aparición de sus amigos o si habría caído demasiada agua como para que la señorita Tilney se aventurase a salir de casa.

Dado que las calles estaban demasiado embarradas como para que la señora Allen acompañase a su marido a los salones, este se marchó solo, y cuando Catherine todavía lo estaba viendo marchar calle abajo le llamó la atención ver acercarse al mismo par de carruajes descubiertos en los que viajaban las mismas tres personas que tanto la habían sorprendido algunas mañanas atrás.

—¡Son Isabella, mi hermano y el señor Thorpe! Quizá vengan a buscarme, pero yo no pienso ir con ellos. No puedo ir de ninguna de las maneras, pues ya sabe que la señorita Tilney todavía podría aparecer.

La señora Allen estuvo de acuerdo con ella. Poco después apareció John Thorpe, y su voz llegó incluso antes que él, pues ya en las escaleras iba gritándole a la señorita Morland para que se apresurase.

—¡Dese prisa! ¡Dese prisa! —exclamó al abrir la puerta—. Póngase el sombrero enseguida, no hay tiempo que perder, nos vamos a Bristol. ¿Cómo está, señora Allen?

—¡A Bristol! ¿No está muy lejos? De todas formas, hoy no puedo acompañarles, pues estoy comprometida. Estoy esperando que lleguen unos amigos de un momento a otro.

Por supuesto, Thorpe desdeñó sus motivos enseguida. Pidió el apoyo de la señora Allen y los otros dos jóvenes también entraron para unirse a la petición.

—Querida Catherine, ¿no es maravilloso? Vamos a disfrutar de un paseo estupendo. Debes agradecernos el plan a tu hermano y a mí. Se nos ocurrió durante el desayuno, creo que fue casi a la vez; y habríamos salido hace dos horas de no haber sido por esta horrible lluvia. Pero no tiene importancia, por la noche hay luna y seguro que nos apañaremos estupendamente. ¡Oh, tengo tantas ganas de disfrutar del aire fresco y la tranquilidad del campo! Es mucho mejor que ir a los salones antiguos. Nos dirigiremos directamente a Clifton y comeremos allí, y en cuanto terminemos, si queda tiempo, seguiremos hasta Kingsweston.

—Dudo que podamos hacer tantas cosas —opinó Morland.

—¡No seas cenizo! —exclamó Thorpe—. Podríamos hacer diez veces más. ¿A Kingsweston? Pues claro, y también al castillo de Blaize y a cualquier otro sitio que nos apetezca. Pero aquí tu hermana dice que no quiere venir.

—¡El castillo de Blaize! —exclamó Catherine—. ¿Qué es eso?

—El lugar más bonito de Inglaterra. Vale la pena recorrer los ochenta kilómetros para verlo.

—¿Pero de verdad es un castillo, un castillo antiguo?

—El más antiguo del reino.

—¿Pero es como esos que salen en las novelas?

—Exacto, igualito.

—¿Pero de verdad tiene torres y larguísimos pasillos?

—Por docenas.

—En ese caso me encantaría ir a verlo; pero no puedo, no puedo ir.

—¿Cómo que no puedes ir? Mi querida niña, ¿qué quieres decir?

—No puedo ir porque estoy esperando que la señorita Tilney y su hermano vengan a buscarme para salir a dar un paseo por el campo —dijo agachando la cabeza al hablar, temiendo la sonrisa de Isabella—. Prometieron venir a las doce, pero estaba lloviendo. Sin embargo, ahora que se ha quedado un día tan bonito, estoy convencida de que aparecerán en cualquier momento.

—No van a venir —afirmó Thorpe—. Los he visto cuando hemos enfilado por la calle Broad. ¿No tiene un faetón tirado por dos caballos zainos?

—La verdad es que no lo sé.

—Sí, yo lo sé, le he visto. Habla usted del hombre con el que estuvo bailando ayer por la noche, ¿verdad?

—Sí.

—Pues acabo de verlo subiendo por Lansdown Road acompañado de una muchacha de aspecto distinguido.

—¿Ah, sí?

—Ya lo creo. Le he reconocido enseguida, y lo cierto es que tiene unos animales estupendos.

—¡Qué raro! Aunque supongo que habrán pensado que estaría todo demasiado embarrado para pasear.

88

—Y bien que han hecho, pues no he visto tanta suciedad en mi vida. ¿Pasear? ¡Es tan imposible pasear como volar! No he visto tanto barro en todo el invierno. Llega hasta los tobillos por todas partes.

Isabella corroboró las afirmaciones de su hermano:

—Querida Catherine, no te haces una idea del barro que hay. Venga, tienes que venir con nosotros, ahora no puedes negarte.

—Me gustaría ver el castillo, ¿pero podremos recorrerlo entero? ¿Podremos subir por todas las escaleras y entrar en las habitaciones?

—Sí, sí, hasta el último rincón.

—¿Pero y si han salido solo una hora y vuelven cuando esté todo más seco?

—No se preocupe, no hay peligro de que ocurra nada de eso, pues he escuchado claramente como Tilney le decía a gritos a un hombre que pasaba a caballo que querían llegar hasta Wick Rocks.

—En ese caso sí que iré. ¿Le parece bien que vaya, señora Allen?

—Como gustes, querida.

—Señora Allen, debe usted convencerla para que venga —le pidieron todos.

La señora Allen no ignoró los ruegos de los muchachos.

—Bueno, querida —dijo—, supongo que puedes ir.

Y partieron dos minutos después.

Catherine subió al carruaje con sentimientos encontrados: dividida entre la decepción que sentía por haberse perdido un gran disfrute y la esperanza de poder disfrutar pronto de otro, casi en idéntico grado, pero de naturaleza muy distinta. No le parecía que los Tilney se hubieran comportado muy bien con ella, al abandonar su compromiso tan rápidamente sin mandarle ningún mensaje para excusarse. Ya había pasado una hora del momento fijado para su encuentro y, a pesar de lo que había oído decir acerca de la prodigiosa acumulación de barro durante el transcurso de esa hora, Catherine no podía evitar pensar, por lo que ella misma estaba viendo, que podrían haber disfrutado del paseo sin muchos inconvenientes. Le dolía sentir que la hubieran menospreciado. Por otro lado, el placer de explorar un edificio como el de *Udolfo,* que era como ella imaginaba que

sería el castillo de Blaize, le compensaba tanto que se había consolado casi del todo.

Bajaron rápidamente por la calle Pulteney y por Laura Place sin conversar mucho. Thorpe hablaba con su caballo, y ella meditaba acerca de promesas y arcos rotos, de faetones y pasadizos secretos, de los Tilney y trampillas ocultas. Sin embargo, cuando entraron en Argyle Buildings, Catherine despertó de sus ensoñaciones al escuchar que su compañero se dirigía a ella para preguntarle:

—¿Quién era esa muchacha que la ha mirado tan fijamente cuando hemos pasado?

—¿Quién? ¿Dónde?

—En la acera derecha, ya debemos de haberla perdido de vista.

Catherine se volvió y vio a la señorita Thorpe, colgada del brazo de su hermano, paseando lentamente por la calle. Vio cómo ambos se volvían para mirarla.

—Deténgase, deténgase, señor Thorpe —exclamó con impaciencia—. ¡Es la señorita Tilney! Es ella. ¿Por qué me ha dicho que se habían marchado? Deténgase, me bajaré para irme con ellos.

Pero las súplicas fueron en vano. Thorpe arreó un latigazo al caballo para que acelerase. Los Tilney, que enseguida habían dejado de mirarla, doblaron por la esquina de Laura Place y desaparecieron y, un momento después, la calesa ya estaba entrando en el mercado. Sin embargo, ella siguió pidiéndole que se detuviera durante el resto de la calle.

—Por favor, deténgase, señor Thorpe. No puedo seguir. No quiero hacerlo. Debo regresar con la señorita Tilney.

Pero el señor Thorpe se reía, hacía restallar el látigo azuzando a su caballo, emitía ruidos raros y seguía conduciendo. Y Catherine, enfadada y molesta como estaba, no pudo hacer nada para escapar de aquella situación y se vio obligada a rendirse. Aunque no por ello dejó de hacerle reproches.

—¿Cómo ha podido engañarme así, señor Thorpe? ¿Cómo ha podido decirme que los había visto subiendo por Lansdown Road? Es lo último que habría deseado que ocurriera. Deben de pensar que es todo muy raro, ¡que soy una desconsiderada! ¡Ignorarlos de esa forma al pasar por delante!

No sabe lo enfadada que estoy. No pienso disfrutar en absoluto en Clifton ni en ninguna parte. Preferiría mil veces bajarme ahora mismo y regresar caminando con ellos. ¿Cómo ha podido decirme que los ha visto marcharse en el faetón?

Thorpe se defendió con tenacidad afirmando que jamás había visto dos hombres más parecidos en su vida y que habría jurado que se trataba de Tilney.

Incluso cuando dejaron de hablar del tema, el trayecto distó mucho de resultar agradable. Catherine no se mostró igual de amable que en sus encuentros precedentes. Lo escuchaba hablar con reticencia y sus respuestas eran secas. El castillo de Blaize era su único consuelo y en ocasiones seguía esperando la visita con placer, aunque con tal de no haberse llevado la decepción de no poder dar el paseo prometido, y en especial con tal de que los Tilney no pensaran mal de ella, Catherine habría prescindido de buena gana de toda la felicidad que pudieran proporcionarle sus muros, de la dicha de pasearse por una sucesión de estancias de techos altos llenas de restos de magníficos muebles pese a llevar tantos años abandonadas, de la felicidad de tener que detenerse, mientras recorriesen sus largos y serpenteantes pasillos, ante un portón con barrotes, o incluso de la emoción que le produciría que se apagara la única lámpara que tenían debido a una repentina ráfaga de viento y se quedasen completamente a oscuras. Entretanto, su trayecto prosiguió sin contratiempos, y cuando ya estaban divisando la ciudad de Keynsham escucharon un grito de Morland, que los seguía de cerca, y se detuvieron para ver qué ocurría. Los otros dos se acercaron lo suficiente como para poder conversar, y Morland dijo:

—Será mejor que regresemos, Thorpe. Ya es demasiado tarde para continuar hoy. Tu hermana también piensa lo mismo. Hemos tardado una hora exacta desde la calle Pulteney, hemos recorrido poco más de once kilómetros e imagino que todavía nos quedan otros trece. No lo conseguiremos. Hemos salido demasiado tarde. Será mejor que lo dejemos para otro día y demos media vuelta.

—A mí me da igual —contestó Thorpe bastante enfadado; y dando la vuelta al caballo emprendieron el regreso a Bath.

—Si su hermano no condujese ese cacharro —dijo al poco—, podríamos haberlo conseguido. Mi caballo hubiera llegado a Cliffton en una hora de haberlo dejado a su aire, y yo casi me rompo el brazo para conseguir que adoptara el paso de ese maldito jamelgo cojo. No entiendo que Morland no quiera tener caballo y coche propio; es un necio.

—No lo es —contestó Catherine algo airada—. Estoy segura de que no puede permitírselo.

—¿Y por qué no?

—Porque no tiene suficiente dinero.

—¿Y quién tiene la culpa de eso?

—Nadie, que yo sepa.

Entonces Thorpe dijo algo, con ese tono altisonante e incoherente al que recurría con frecuencia, acerca de que era absurdo ser miserable, y que si las personas adineradas no podían permitirse las cosas entonces no sabía quién podría hacerlo, comentario que Catherine ni siquiera se esforzó por comprender. Decepcionada a causa de lo que debería haber sido el consuelo de su primera decepción, cada vez estaba menos dispuesta a mostrarse agradable, ni a considerar que su acompañante lo fuera, y regresaron a la calle Pulteney sin que ella dijera más de veinte palabras.

En cuanto entró en casa, el lacayo le informó de que un caballero y una dama habían preguntado por ella pocos minutos después de que se hubiera marchado; cuando les dijo que se había ido con el señor Thorpe, la dama había preguntado si había dejado algún mensaje para ella y, al decirles que no, había buscado si tenía alguna tarjeta, pero no llevaba ninguna y se habían marchado. Catherine subió lentamente las escaleras mientras reflexionaba sobre la dolorosa noticia que acababan de darle. En lo alto de la escalera se encontró con el señor Allen, quien, al conocer el motivo de su rápido regreso, dijo:

—Me alegro de que tu hermano sea tan sensato y me alegro de que hayáis regresado. Era un plan absurdo y muy descabellado.

Pasaron la tarde todos juntos en casa de los Thorpe. Catherine estaba inquieta y desanimada, pero Isabella pareció encontrar en la partida de cartas que se puso a jugar con Morland un buen equivalente del tranquilo y

campestre aire de una posada en Clifton. También expresó, en más de una ocasión, lo contenta que estaba de no hallarse en los salones antiguos del balneario.

—¡Cómo compadezco a los pobres que estén allí! ¡Cómo me alegro de no ser una de esas personas! Me pregunto si se habrá llenado. Todavía no han empezado a bailar. No hubiera ido por nada del mundo. Es muy agradable poder disponer de una tarde para una misma de vez en cuando. Estoy segura de que no será un gran baile. Sé que los Mitchell no van a estar. Les aseguro que compadezco a todos los que vayan. Pero diría que usted sí que querría asistir, ¿verdad, señor Morland? Estoy segura de que sí. Por favor, si ese es el caso no deje que ninguno de los presentes se lo impidamos. Estoy segura de que nos arreglaremos perfectamente sin usted, pero, claro, ustedes los hombres siempre se dan tanta importancia...

Catherine podría haber acusado a Isabella de estar siendo muy desconsiderada con ella y sus preocupaciones, pues no parecía pensar mucho en ello, y el consuelo que le ofrecía era muy inadecuado.

—Alegra esa cara, querida —susurró—. Me vas a romper el corazón. Lo que ha ocurrido ha sido muy lamentable, de eso no hay duda, pero la culpa ha sido de los Tilney. ¿Por qué no han sido más puntuales? Es cierto que la calle estaba llena de barro, ¿pero qué importancia tiene eso? Estoy segura de que a John y a mí no nos habría importado. Yo me enfrentaría a cualquier cosa por una amiga. Así soy yo. Y John es exactamente igual; es muy sentimental. ¡Cielos! ¡Qué mano más buena tienes! ¡Reyes! ¡No sabes cómo me alegro! Prefiero mil veces que los tengas tú a tenerlos yo.

Y ahora dejemos que nuestra heroína se retire a su lecho de insomnio, que es el auténtico lugar de una heroína; a una almohada llena de espinas y lágrimas. Y podrá considerarse afortunada si consigue conciliar el sueño siquiera una noche a lo largo de los tres meses siguientes.

Capítulo XII

—Señora Allen —dijo Catherine a la mañana siguiente—, ¿le importaría que fuera a visitar a la señorita Tilney hoy? No me quedaré tranquila hasta que se lo haya explicado todo.

—Claro, ve, querida. Pero ponte un vestido blanco. La señorita Tilney siempre va de blanco.

Catherine obedeció encantada y, una vez debidamente ataviada, se sintió más impaciente que nunca por llegar a los salones e informarse de la ubicación exacta de la casa del general Tilney, pues aunque creía que estaba en la calle Milsom, no estaba segura del número, y las vacilantes indicaciones de la señora Allen solo habían contribuido a alimentar sus dudas. Allí le confirmaron que se trataba de la calle Milsom, y una vez convencida del número, avanzó con premura y el corazón palpitante para poder visitar a su amiga, explicar su comportamiento y recibir su perdón. Cruzó por el patio de la iglesia volviendo la cabeza con decisión, pues quería evitar tropezarse con su querida Isabella y su familia, que estaban en una tienda muy cerca de allí. Llegó a la casa sin ningún problema, comprobó el número, llamó a la puerta y preguntó por la señorita Tilney. El mayordomo creía que la señorita se encontraba en casa, pero no estaba seguro. ¿Sería tan amable de

decirle su nombre? Catherine le entregó su tarjeta. Pocos minutos después el criado regresó con una expresión que no terminaba de confirmar sus palabras y le dijo que se había equivocado, pues la señorita Tilney había salido. Catherine se sonrojó avergonzada y se marchó. Se fue casi convencida de que la señorita Tilney sí que se encontraba en casa, pero estaba demasiado ofendida como para recibirla, y cuando salió a la calle no pudo evitar mirar las ventanas del salón esperando encontrarla allí, pero no vio a nadie. Sin embargo, cuando llegó al final de la calle volvió a mirar atrás y entonces, no en una ventana, sino saliendo por una puerta, vio a la señorita Tilney. La seguía un caballero que le pareció que era su padre y juntos doblaron hacia Edgar's Buildings. Catherine se marchó muy avergonzada. Estuvo a punto de enfadarse por tal muestra de descortesía, pero reprimió su resentimiento recordando su propia ignorancia. No tenía ni idea de cómo se clasificaría una ofensa como la suya según las normas de la cortesía social, hasta qué punto era imperdonable, ni a qué clase de desaires se habría expuesto.

Se sentía tan rechazada y humillada que incluso se planteó no acompañar a los demás al teatro aquella noche, pero hay que confesar que la idea no duró mucho, pues enseguida recordó que, para empezar, no tenía ninguna excusa para quedarse en casa y, en segundo lugar, tenía muchas ganas de ver aquella obra. Así que fueron todos al teatro y no vio allí a ningún Tilney que pudiera atormentarla o complacerla. Catherine temía que, entre las muchas perfecciones de la familia, no se encontrase el gusto por el teatro, aunque quizá fuera porque estaban más acostumbrados a las representaciones de más categoría de Londres, de las que ella sabía, por lo que le había contado Isabella, que dejaban al resto de las obras a la altura del betún. Pero la joven no vio frustradas sus expectativas, pues la comedia alivió en tal medida su preocupación que nadie que la hubiera observado a lo largo de los cuatro primeros actos podría haber imaginado que la afligía ninguna preocupación. Sin embargo, cuando empezó el quinto acto, vio de pronto al señor Henry Tilney y a su padre reuniéndose con un grupo de personas en el palco de enfrente, y eso volvió a provocarle la misma ansiedad e inquietud que había sentido todo el día. En adelante el escenario ya no le proporcionaba ninguna diversión ni captaba su atención. No dejaba de mirar hacia el palco de enfrente, y se pasó dos escenas enteras observando de esta forma a Henry Tilney sin conseguir, ni una sola vez, que él reparase en ella. Catherine ya no podía seguir sospechando que a él no le gustaba el teatro, pues este no despegó los ojos del escenario durante dos escenas enteras. Sin embargo, al final terminó mirando hacia donde estaba ella y la saludó inclinando la cabeza. ¡Pero menudo saludo! No lo acompañó de una sonrisa, ni siguió observándola después; sencillamente volvió de nuevo los ojos hacia el escenario. Catherine se sintió muy desdichada; de buena gana habría corrido a su butaca para obligarlo a escuchar sus explicaciones. Las emociones que la embargaban eran más naturales que heroicas, pues en lugar de considerar herida su dignidad por aquella condena tan directa, en lugar de tomar la orgullosa decisión, consciente de su inocencia, de demostrar su resentimiento a alguien que dudaba de su honradez y dejar que fuera él quien se tomara la molestia de buscar una explicación, e iluminarlo acerca de lo ocurrido evitándolo o flirteando con otro, Catherine cargó con toda la vergüenza de su mala conducta, o al menos de lo que parecía haber sido así, y lo único que deseaba era tener la oportunidad de poder explicarse.

La obra terminó, el telón cayó y Henry Tilney desapareció de la butaca que había ocupado. Pero su padre seguía allí: quizá Henry se estuviera dirigiendo hacia su palco en ese momento. Catherine estaba en lo cierto, pues el joven apareció pocos minutos después y, abriéndose paso por entre las filas que se iban vaciando, se dirigió con educación a la señora Allen y su acompañante. Aunque esta última no le respondió con la misma calma:

—¡Oh! Señor Tilney, qué ganas tenía de hablar con usted para poder disculparme. Ha debido de pensar que soy una grosera, pero le aseguro que no ha sido culpa mía, ¿verdad, señora Allen? ¿No es cierto que me dijeron que el señor Tilney y su hermana se habían marchado juntos en un faetón? ¿Y qué podía hacer yo? Pero hubiera preferido mil veces estar con ustedes, ¿verdad, señora Allen?

—Querida, me estás arrugando el vestido —dijo la señora Allen por toda respuesta.

Sin embargo, aunque la joven no encontró apoyo en su compañera, sus palabras tampoco cayeron en saco roto, pues enseguida dibujaron una sonrisa más cordial y natural en el rostro del señor Tilney, quien contestó adoptando un tono que solo conservaba cierta reserva:

—En cualquier caso le quedamos muy agradecidos por desearnos un agradable paseo cuando nos la cruzamos en la calle Argyle: fue usted muy amable de volverse con dicho propósito.

—Pero yo no les deseé que tuvieran un paseo agradable, jamás se me ocurrió tal cosa. Le supliqué al señor Thorpe que se detuviera, se lo pedí en cuanto les vi. ¿Verdad, señora Allen, que...? ¡Ah! Si usted no estaba. Pero le aseguro que lo hice. Y si el señor Thorpe se hubiera detenido, me habría bajado enseguida de la calesa para ir con ustedes.

¿Habrá algún Henry en el mundo que pueda mostrarse insensible a tal declaración? Henry Tilney, al menos, no lo era. Esbozando una sonrisa más dulce si cabe, expresó todo lo que debía expresar acerca de lo mucho que el incidente había entristecido a su hermana, su pesadumbre y la confianza que a él le merecían las palabras de Catherine.

—¡Oh! No me diga que la señorita Tilney no se enfadó —exclamó Catherine—. Porque sé que lo hizo; no ha querido recibirme esta mañana cuando he ido a visitarla. La he visto salir de casa un minuto después de marcharme. Me sentí herida, pero no agraviada. Quizá usted no sabía que yo había estado allí.

—Yo no me encontraba en casa en ese momento, pero me lo ha contado Eleanor, que está deseando verla desde entonces para poder explicarle el motivo de dicha afrenta; aunque quizá pueda hacerlo yo también. Ha sido cosa de mi padre. Resulta que se estaban preparando para salir y, como él iba con prisa y no quería demorarse más, le ha pedido que dijera que no se encontraba en casa. Eso ha sido todo, se lo aseguro. Eleanor se ha enfadado mucho por verse obligada a hacerlo y quería disculparse cuanto antes.

Catherine se sintió muy aliviada al escuchar aquello, aunque seguía estando un poco preocupada por algo que dio lugar a la pregunta siguiente. Y, a pesar de ser una duda completamente ingenua, sí que incomodó un poco al caballero:

—Pero, señor Tilney, ¿por qué ha sido usted menos generoso que su hermana? Si ella tenía tanta confianza en mis buenas intenciones y ha podido

suponer que se trataba solo de un malentendido, ¿por qué se molestó usted tan rápido?

—¿Molestarme yo?

—Sí, por cómo me ha mirado desde su palco sé que estaba enfadado.

—¿Enfadado? No tenía ningún derecho.

—Pues cualquiera que hubiera visto su cara habría pensado que sí que lo tenía.

Él respondió pidiéndole que le hiciera sitio y se puso a hablar de la obra.

Se quedó con ellas un rato y se mostró tan agradable que Catherine no pudo por menos de lamentarlo cuando anunció que se marchaba. Sin embargo, antes de irse acordaron que debían dar cuanto antes el paseo que tenían pendiente y, dejando a un lado la pena que le produjo que él abandonara su palco, la muchacha se sintió, en general, una de las personas más felices del mundo.

Mientras hablaban, Catherine había observado con cierta sorpresa que John Thorpe, que nunca estaba en el mismo lugar durante más de diez minutos seguidos, estaba conversando con el general Tilney; y su sorpresa aumentó al tener la impresión de ser ella el objeto de su atención y su discurso. ¿Qué podrían estar diciendo de ella? Temía que el general Tilney no aprobase su aspecto, pues ese era el motivo que Catherine creía implícito en que hubiera impedido que se viera con su hija aquella mañana y no el pretexto de posponer su paseo diez minutos.

—¿De qué conoce el señor Thorpe a su padre? —preguntó algo nerviosa mientras se los señalaba a su acompañante.

Él no lo sabía, pero su padre, como cualquier militar, conocía a mucha gente.

Cuando terminó el espectáculo, Thorpe acudió al palco para ayudarlas a salir. Catherine se convirtió en el objeto inmediato de sus galanterías y, mientras esperaban en el vestíbulo a que llegase su coche, el joven se anticipó a la pregunta que había viajado desde el corazón de Catherine hasta la punta de su lengua al preguntarle, con aire de suficiencia, si lo había visto hablar con el general Tilney.

—¡Es un buen tipo, ya lo creo! Fuerte, activo... Parece tan joven como su hijo. Le tengo mucho aprecio, se lo aseguro: es un auténtico caballero.

—¿Y de qué lo conoce?

—¿Conocerle? En esta ciudad hay muy pocas personas a las que yo no conozca. Le conozco de siempre, del Bedford; y le he reconocido en cuanto ha entrado en la sala de billar. Por cierto, es uno de los mejores jugadores que tenemos. Hemos jugado una partida, aunque al principio me daba un poco de miedo: las apuestas estaban cinco a cuatro en mi contra, y de no haber sido porque he hecho una de las mejores carambolas de la historia, pues le di a su bola y... Pero no puedo explicárselo sin una mesa delante. Bueno, lo importante es que le gané. Es un buen tipo, y rico como un judío. Me encantaría cenar con él, pues estoy seguro de que celebra unos banquetes maravillosos. ¿Pero de qué cree usted que hemos estado hablando? ¡Pues de usted, claro! El general piensa que es usted una de las muchachas más hermosas de Bath.

—¡Oh, tonterías! ¿Cómo puede decir eso?

—¿Y qué cree que le he contestado yo? —bajó la voz—. «Tiene usted razón, mi general», he dicho. «Yo pienso exactamente lo mismo.»

En ese momento Catherine, que se sentía menos agradecida por la admiración de su interlocutor que por la del general Tilney, no lamentó en absoluto que el señor Allen la llamara. Sin embargo, Thorpe la acompañó hasta el carruaje y siguió dedicándole los mismos cumplidos hasta que ella se subió al vehículo, pese a lo mucho que ella le suplicaba que lo dejase estar.

Era muy agradable saber que el señor Tilney la admiraba en lugar de despreciarla, y Catherine pensó encantada que ya no había ningún miembro de la familia a quien temiera conocer. La velada le había proporcionado muchas más satisfacciones de lo que ella había esperado.

Capítulo XIII

El lector ya ha sido informado de los acontecimientos ocurridos el lunes, el martes, el miércoles, el jueves, el viernes y el sábado. Se han relatado por separado los sucesos de cada día, sus esperanzas y temores, desdichas y satisfacciones, y ya solo quedan por explicar los padecimientos del domingo para cerrar la semana. El plan para ir a Clifton había sido aplazado, pero no olvidado, y en la tarde de ese día, cuando estaban en el Crescent, volvieron a plantearlo. Tras una conversación privada entre Isabella y James, en la que la primera dejó muy claras las muchas ganas que tenía de ir y el segundo no menos interés en complacerla, acordaron que, siempre que el clima acompañase, el grupo partiría a la mañana siguiente, muy temprano, con el objetivo de regresar a casa a una hora decente. Una vez detallado el plan y conseguida la aprobación de Thorpe, ya solo tenían que convencer a Catherine. La joven se había separado de ellos unos minutos para hablar con la señorita Tilney. Y durante ese intervalo terminaron de concretar el plan y, en cuanto la muchacha regresó, le pidieron su consentimiento; pero en lugar de la alegre aceptación que esperaba Isabella, Catherine se puso seria: lo lamentaba mucho, pero no podía ir. El mismo compromiso que debería haberle impedido ir la primera vez que lo intentaron hacía imposible que los acompañara en esta ocasión. Precisamente acababa de acordar con la señorita Tilney que al día siguiente darían ese paseo que tenían pendiente; estaba decidido del todo y Catherine no pensaba desdecirse bajo ningún concepto. Pero precisamente ese fue el propósito inmediato de los hermanos Thorpe, pues debían ir a Clifton al día siguiente y no pensaban marchar sin ella: no le costaba nada posponer un mero paseo un día más y no estaban dispuestos a aceptar una negativa. Catherine se sintió apenada, pero no cedió:

—No insistas, Isabella. Me he comprometido con la señorita Tilney. No puedo ir.

Pero no sirvió de nada, pues ambos hermanos volvieron a agobiarla con los mismos argumentos: tenía que ir, debía ir y no pensaban aceptar una negativa.

—No te costaría nada decirle a la señorita Tilney que acabas de recordar que tenías un compromiso previo y que le suplicas que aplacéis el paseo hasta el martes.

—No, no es tan fácil. No podría hacerlo. No tenía ningún compromiso previo.

Pero Isabella se puso cada vez más y más insistente, y le hablaba con gran afecto dirigiéndose a ella con todo el cariño. Estaba segura de que su querida y dulce Catherine no ignoraría una petición tan insignificante de una amiga que tanto cariño le tenía. Ella sabía que su querida Catherine tenía un corazón tan bondadoso y un carácter tan dulce que se dejaba convencer fácilmente por sus seres queridos. Pero fue todo en vano. Catherine estaba convencida de tener razón y, aunque lamentaba escuchar tan tiernas y halagadoras súplicas, no podía dejarse influir. Entonces Isabella intentó poner en práctica otro método. Le reprochó sentir más afecto por la señorita Tilney que por sus mejores y más antiguos amigos a pesar de hacer tan poco que la conocía, y la acusó de estar cada vez más fría e indiferente con ella.

—No puedo evitar ponerme celosa al sentirme así de ignorada en favor de unos desconocidos. ¡Yo, que te quiero tanto! Cuando le entrego mi afecto a alguien ya no puedo hacer nada para cambiarlo. Mis sentimientos son más intensos que los de los demás; estoy convencida de que son demasiado

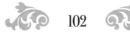

fuertes incluso para mi tranquilidad y te aseguro que me destroza ver cómo suplantas mi amistad por la de una desconocida. Da la impresión de que los Tilney quieran arrasar con todo.

Catherine pensó que aquel reproche era extraño y desagradable. ¿De verdad una buena amiga exponía así sus sentimientos delante de todos? Le dio la impresión de que Isabella estaba siendo poco generosa y egoísta, y que no pensaba nada más que en ella. Aunque todas esas dolorosas ideas pasaron por su mente, Catherine no dijo nada. Entretanto, Isabella se había llevado el pañuelo a los ojos; y Morland, angustiado al verlo, no pudo evitar decir:

—Venga, Catherine, no creo que puedas seguir oponiéndote. Tampoco es un sacrificio tan grande y es para complacer a una buena amiga. Si sigues negándote voy a terminar pensando que eres muy desconsiderada.

Era la primera vez que su hermano se ponía en su contra públicamente y, ansiosa por evitar enojarlo, Catherine les propuso llegar a un acuerdo. Si ellos se avenían a posponer sus planes hasta el martes, cosa que podían hacer fácilmente, pues solo dependía de ellos, ella podría acompañarlos y todo el mundo estaría contento. Pero la inmediata respuesta fue: «¡No, no, no! Pues Thorpe no sabe si tendrá que ir a la ciudad precisamente el martes». Catherine lo lamentaba, pero no podía hacer nada más, y se hizo un breve silencio que rompió Isabella, quien, con un tono de frío resentimiento, dijo:

—Muy bien, pues entonces no hay excursión. Si Catherine no va, yo tampoco voy. No puedo ser la única mujer. No podría hacer algo tan indecoroso por nada del mundo.

—Catherine, tienes que venir —dijo James.

—¿Y por qué no lleva el señor Thorpe a otra de sus hermanas? Estoy convencida de que cualquiera de ellas iría encantada.

—Gracias —contestó Thorpe—, pero no he venido a Bath para pasear a mis hermanas como un necio. No, si usted no viene, yo tampoco iré, maldita sea. Yo solo voy para poder llevarla a usted.

—Su cumplido no me complace en absoluto.

Pero el viento se llevó las palabras de Catherine, pues Thorpe ya se había dado la vuelta.

Los otros tres siguieron juntos, caminando de un modo que hizo sentir muy incómoda a Catherine, pues tan pronto no decían ni una sola palabra como volvían a atacarla con súplicas y reproches, pero la joven seguía tomando el brazo de Isabella, aunque sus corazones estuvieran enfrentados. Tan pronto estaba tranquila como irritada; siempre angustiada, pero manteniéndose firme en todo momento.

—No sabía que fueras tan obstinada, Catherine —dijo James—. Antes no costaba tanto convencerte. Antes eras la hermana más amable y simpática.

—Y espero seguir siéndolo —contestó muy sentida—, pero de verdad que no puedo ir. Y, aunque me equivoque, al menos estaré haciendo lo que considero correcto.

—Sospecho que tampoco te cuesta mucho —terció Isabella por lo bajo.

A Catherine se le encogió el corazón y soltó el brazo de Isabella, que no se opuso al gesto. Pasaron diez minutos más hasta que reapareció Thorpe, quien, acercándose muy alegre, dijo:

—Bueno, ya lo he arreglado todo y mañana ya podemos irnos con la conciencia tranquila. He ido a buscar a la señorita Tilney y le he presentado sus excusas.

—¡No será verdad! —exclamó Catherine.

—Ya lo creo que sí. Precisamente vengo de hablar con ella. Le he dicho que me ha enviado usted a decirle que, como acaba de recordar que tenía un compromiso previo para ir a Clifton con nosotros mañana, no podría disfrutar del placer de salir a pasear con ella hasta el martes. Me ha dicho que le parecía bien y que el martes le iba igual de bien; así que han terminado todos nuestros problemas. He tenido una buena idea, ¿verdad?

Isabella volvía a sonreír y estaba de buen humor, y James también parecía satisfecho.

—¡Ya lo creo, ha sido una idea estupenda! Ahora ya no tienes nada de que preocuparte, querida Catherine. Has quedado libre del compromiso de la forma más honorable, y podremos disfrutar de un día estupendo.

—Esto no está bien —dijo Catherine—. No puedo aceptarlo. Debo ir a buscar a la señorita Tilney y aclararlo.

Pero Isabella la tomó de una mano y Thorpe de la otra, y los tres se pusieron a protestar. Incluso James parecía molesto. Ahora que estaba todo resuelto, ahora que la señorita Tilney había dicho que el martes también le iba bien, era bastante ridículo y absurdo seguir poniendo objeciones.

—No me importa. El señor Thorpe no tenía derecho a inventarse ese recado. Si me hubiera parecido bien la idea de aplazar mi compromiso, podría haber ido a hablar yo misma con la señorita Tilney. Esta forma de hacer las cosas es mucho más irrespetuosa. ¿Y cómo sé que el señor Thorpe de verdad ha ...? Quizá haya vuelto a equivocarse; ya me hizo quedar como una grosera a causa del error que cometió el viernes. Suélteme, señor Thorpe; Isabella, no me retengas.

Thorpe le dijo que no le serviría de nada ir a buscar a los Tilney, pues cuando él los había alcanzado ya estaban doblando la esquina de la calle Brock y ya debían de estar en casa.

—Pues iré tras ellos —dijo Catherine—; los seguiré estén donde estén. Hablar no sirve de nada. Si no me he dejado convencer para hacer algo que considero que está mal, jamás lo haré por medio de engaños.

Y, tras decir esas palabras, se soltó y se marchó a toda prisa. Thorpe habría corrido tras ella, pero Morland lo retuvo:

—Déjala marchar, déjala si quiere irse.

—Es tan terca como...

Thorpe no llegó a decir la comparación, pues no hubiera sido muy cortés por su parte.

Catherine se marchó muy alterada, avanzando todo lo rápido que le permitía la multitud, pero completamente decidida. Mientras caminaba se puso a pensar en lo que había sucedido. Le dolía decepcionarlos y disgustarlos, en particular a su hermano, pero no se arrepentía de haberse opuesto. Dejando a un lado lo que a ella le apeteciera hacer, el haberle fallado por segunda vez a la señorita Tilney, haberse retractado voluntariamente de una promesa que había hecho hacía solo cinco minutos, y además bajo un falso pretexto, habría estado mal. Catherine no se había resistido únicamente por motivos egoístas, no había tenido en cuenta solo su propia satisfacción; eso es lo que habría ocurrido, en cierto modo, de haber aceptado ir a la excursión y con la visita al castillo de Blaize. No, ella había pensado en su obligación hacia los Tilney y en lo que ella consideraba que era correcto. Sin embargo, la convicción de estar en lo cierto no bastaba para devolverle la tranquilidad: no podría serenarse hasta que no hablase con la señorita Tilney. Por lo que, acelerando el paso cuando dejó atrás el Crescent, recorrió casi corriendo el trecho que le quedaba hasta el principio de la calle Milsom. Catherine se había apresurado tanto que, a pesar de la ventaja que llevaban los Tilney al principio, cuando los vio ya estaban entrando en su casa. Y como el criado seguía junto a la puerta abierta, Catherine se limitó a anunciar que debía hablar con la señorita Tilney enseguida, y pasó por su lado a toda prisa para subir las escaleras corriendo. A continuación abrió la primera puerta que encontró, que además resultó ser la correcta, y se encontró al instante en el salón en compañía del general Tilney y sus dos hijos. Enseguida se esforzó por darles una explicación, la cual, debido a los nervios y a la falta de aliento, no fue precisamente muy aclaratoria.

—He venido lo más rápido que he podido. Ha sido todo un malentendido. Yo nunca prometí que iría. Les dije desde el principio que no podía ir con ellos. He venido corriendo para explicarlo, no he pensado en lo que podrían ustedes opinar de mí; y no me he presentado debidamente en la puerta.

Sin embargo, a pesar de que su discurso no fuera precisamente claro, el asunto pronto dejó de ser un misterio. Catherine descubrió que John Thorpe sí que había transmitido el mensaje y la señorita Tilney no tuvo reparos en admitir que se había quedado muy sorprendida. Pero a pesar de que Catherine se había dirigido a ambos hermanos por igual al exponer su defensa, la joven no tenía forma de saber si Henry Tilney seguía resentido con ella. No obstante, cualesquiera que hubieran sido sus sentimientos antes de que ella apareciese, sus inquietas declaraciones consiguieron que las miradas y frases de todos resultasen tan amistosas como cabía desear.

Una vez resuelto todo el asunto, la señorita Tilney le presentó a su padre, y este la recibió con tanta amabilidad que Catherine recordó enseguida lo que le había contado Thorpe, y pensó que, en ocasiones, sí se podía confiar en aquel joven. La amabilidad del general fue tal que, sin ser muy consciente de la extraordinaria rapidez con la que la muchacha había entrado en la casa,

se mostró bastante molesto con el mayordomo, cuya negligencia había provocado que la muchacha tuviera que abrirse ella misma la puerta del salón.

—¿En qué estaría pensando William? ¡Me encargaré de investigar tal incorrección! —fueron las palabras del general.

Y si Catherine no hubiera defendido con ardor la inocencia del mayordomo, William probablemente habría perdido el favor de su señor para siempre, o incluso su trabajo, a causa de la precipitación de la joven.

Después de pasar con ellos un cuarto de hora, Catherine se levantó para marcharse y fue gratamente sorprendida por el general Tilney, quien le preguntó si le haría a su hija el honor de quedarse a comer con ella y pasar el resto del día con la familia. La señorita Tilney se sumó a los deseos de su padre. Catherine les estaba muy agradecida, pero no podía aceptar su invitación. El señor y la señora Allen estarían esperando que regresara en cualquier momento. El general declaró entonces que no podía insistir más, pues no podía imponerse a los deseos del señor y la señora Allen, pero confiaba en que cualquier otro día, avisados con la debida antelación, no tuvieran problemas para dejar que pasara la velada en compañía de su amiga.

—Oh, no —aseguró Catherine, convencida de que el señor y la señora Allen no pondrían la menor objeción y ella estaría encantada de acudir. El general la acompañó personalmente hasta la puerta dedicándole todo tipo de cumplidos mientras bajaban por la escalera, admirando la cadencia de sus pasos, cosa que se correspondía exactamente con su forma de bailar, y haciéndole, cuando se despidieron, una de las reverencias más elegantes que Catherine había visto en su vida.

La joven, encantada con todo lo que había sucedido, se encaminó hacia la calle Pulteney avanzando, como ella misma concluyó, con una admirable cadencia, a pesar de no haber pensado nunca en ello. Llegó a casa sin volver a ver a ninguno de sus ofendidos amigos, y ahora que se había salido con la suya, ahora que había hecho valer su opinión y se había asegurado el paseo, Catherine empezó a dudar, cuando fue mermando el cosquilleo que sentía, de si había hecho lo más correcto. Hacer sacrificios siempre era algo noble, y si hubiese complacido sus peticiones, se habría ahorrado el disgusto de decepcionar a una amiga, hacer enfadar a un hermano y haber echado

a perder un plan que iba a hacerlos muy felices a los dos, y quizá hubiera sido todo por su culpa. Para tranquilizar su conciencia y averiguar, gracias a la opinión de una persona imparcial, cuál había sido la verdadera naturaleza de su conducta, Catherine aprovechó para comentarle al señor Allen el plan que habían organizado su hermano y los Thorpe para el día siguiente. El señor Allen contestó enseguida:

—Bien —dijo—, ¿y has pensado en acompañarlos?

—No, yo me había comprometido para salir a pasear con la señorita Tilney antes de que me lo propusieran, y por tanto entenderá que no podía irme con ellos, ¿verdad?

—Desde luego. Y me alegro de que ni te lo plantees. Esos planes no son nada adecuados. ¡Jóvenes y jovencitas saliendo de la ciudad en carruajes descubiertos! No pasa nada si uno lo hace de vez en cuando, pero eso de ir a posadas y a lugares públicos todos juntos... No es correcto y no entiendo cómo puede consentirlo la señora Thorpe. Me alegro de que no vayas a ir. Estoy convencido de que a la señora Morland no le habría gustado nada. Señora Allen, ¿no estás de acuerdo conmigo? ¿No crees que esta clase de planes son inaceptables?

—Sin duda, ya lo creo. Los carruajes descubiertos son una vulgaridad. Es imposible viajar en ellos con el vestido limpio ni cinco minutos. Te salpicas al subir y también al bajar, y el viento siempre te despeina y te arranca el sombrero. Yo odio los carruajes descubiertos.

—Ya sé que los odias, pero esa no es la cuestión. ¿No crees que es indecoroso que las jovencitas viajen en ellos acompañadas de jóvenes con quienes no están emparentadas?

—Sí, querido. Desde luego que es poco adecuado. No soporto ver esa clase de cosas.

—Querida señora —exclamó Catherine—, ¿y por qué no me lo había dicho antes? Puedo asegurarle que si hubiera sabido que no era apropiado no habría salido con el señor Thorpe, pero siempre he tenido la esperanza de que usted me avisaría si pensara que estaba haciendo algo incorrecto.

—Y eso haré, querida, puedes contar con ello, pues tal como le dije a la señora Morland al partir, yo siempre haré todo lo que esté en mi poder para velar por tus intereses. Pero una no debe ser demasiado exigente. Los jóvenes son jóvenes, como dice tu madre. Ya sabes que cuando llegamos yo no quería que te comprases esa muselina con espigas, pero tú la compraste de todas formas. A los jóvenes no siempre les gusta que les lleven la contraria.

—Pero esto era algo que tenía verdadera importancia y no creo que le hubiera costado mucho a usted convencerme.

—Bueno, por cómo han ido las cosas hasta ahora, no ha habido ningún daño irreparable —opinó el señor Allen—; pero yo le aconsejaría, querida, que no volviera a salir con el señor Thorpe.

—Eso es precisamente lo que iba a decirle yo —añadió su esposa.

Catherine se sintió muy aliviada, pero también algo incómoda por Isabella, y tras pensarlo un momento le preguntó al señor Allen si no le parecía adecuado y amable por su parte que le escribiese a la señorita Thorpe para explicarle lo indecoroso de ese comportamiento, cosa que su amiga debía ignorar tanto como ella, pues consideraba que, de otro modo, Isabella quizá fuera a Clifton al día siguiente a pesar de lo que había ocurrido. Sin embargo, el señor Allen la disuadió de hacer tal cosa:

—Será mejor que la dejes a su aire; ya es mayorcita para saber lo que hace y, si no, ya tiene una madre que la aconseje. No hay duda de que la señora Thorpe es demasiado indulgente; pero, en cualquier caso, será mejor que no te entrometas. Ella y tu hermano acabarán yendo igual, y tú solo conseguirás quedar mal.

Catherine aceptó el consejo y, aunque lamentaba pensar que Isabella hiciera algo incorrecto, se sintió muy aliviada sabiendo que el señor Allen aprobaba su conducta y estaba muy contenta de salvaguardarse, gracias a su consejo, del peligro de cometer ella el mismo error. Al evitar ir a Clifton se había librado de algo peor, pues ¿qué habrían pensado de ella los Tilney si hubiera roto su compromiso con ellos para hacer algo que además estaba mal? Hubiera sido culpable de una falta de decoro solo para terminar siendo culpable de otra.

Capítulo XIV

La mañana siguiente amaneció espléndida y Catherine casi esperaba otro embate por parte de su grupo de amigos. Gracias al apoyo del señor Allen, la muchacha no tenía miedo de tal eventualidad, pero prefería ahorrarse el enfrentamiento, pues la victoria resultaba dolorosa; por eso se alegró mucho de no verles ni saber nada sobre ellos. Los Tilney fueron a buscarla a la hora acordada y, como no surgió ninguna nueva dificultad, nadie recordó compromisos previos ni hubo ninguna intrusión impertinente que pudiera desbaratar sus planes; nuestra heroína, por extraño que pueda parecer, fue capaz de cumplir con su compromiso, aunque lo hubiera contraído con el propio héroe en persona. Decidieron pasear por Beechen Cliff, esa noble colina cuya hermosa vegetación y frondosa arboleda convierten el espacio en un entorno impresionante que se puede admirar casi desde cualquier punto de Bath.

—Yo soy incapaz de admirar este lugar —comentaba Catherine mientras paseaban por la orilla del río— sin pensar en el sur de Francia.

—¿Entonces ha estado usted en el extranjero? —preguntó Henry un tanto sorprendido.

—¡Oh, no! Solo me refiero a cosas sobre las que he leído. Siempre me recuerda al paisaje por el que paseaban Emily y su padre en *Los misterios de Udolfo*. Aunque supongo que usted nunca lee novelas, ¿no?

—¿Y por qué no?

—Porque no son lo bastante inteligentes para usted; los caballeros leen libros mejores.

—Cualquier persona, ya sea dama o caballero, que no sepa disfrutar de una buena novela debe de ser terriblemente estúpida e insoportable. Yo he leído todas las obras de la señora Radcliffe y la mayoría me han encantado. En cuanto empecé a leer *Los misterios de Udolfo* ya no fui capaz de dejarla. Recuerdo que la terminé en dos días y que tuve los pelos de punta todo el tiempo.

—Sí —convino la señorita Tilney—. Y recuerdo que empezó a leérmela en voz alta, y que cuando me ausenté solo cinco minutos para contestar una nota, en lugar de esperarme, se llevó el libro a Hermitage Walk y yo me vi obligada a esperar hasta que lo terminó.

—Gracias, Eleanor, ese testimonio me deja en muy buen lugar. ¿Se da cuenta, señorita Morland, de lo injustas que son sus sospechas? Allí estaba yo, ansioso por continuar, negándome a esperar ni cinco minutos a mi hermana, rompiendo la promesa que había hecho de leer el libro en voz alta y obligándola a permanecer en suspense justo en la parte más interesante al escaparme con el libro, que, como habrá advertido, era suyo, precisamente. Me siento orgulloso al pensar en ello y creo que me habré ganado su buena opinión.

—Lo cierto es que me alegro mucho de escucharlo y ahora nunca me avergonzaré de decir que me gusta *Udolfo*. Pero antes estaba convencida de que los caballeros jóvenes despreciaban las novelas de un modo sorprendente.

—Y es sorprendente si de verdad insisten en tales afirmaciones, pues leen casi tantas como las mujeres. Yo mismo he leído centenares. No piense que puede competir conmigo en mi conocimiento sobre Julias y Louisas. Si entráramos en detalle y empezara a preguntarme si he leído esto o aquello, pronto la dejaría atrás como... ¿Cómo podría decirlo? Quiero encontrar el símil apropiado. Tan atrás como su amiga Emily dejó al pobre Valancourt cuando se marchó con su tía a Italia. Piense en los muchos años que le llevo de ventaja. Yo ya había empezado a estudiar en Oxford cuando usted era una buena niña que hacía labores en su casa.

—Me temo que no era tan buena. Pero sinceramente, ¿no cree que *Udolfo* es el libro más hermoso del mundo?

—Bueno, si con eso se refiere al más bonito, pues imagino que dependerá de la encuadernación.

—Henry —dijo la señorita Tilney—, eres un impertinente. Señorita Morland, la está tratando exactamente igual que a mí. Siempre me está sacando faltas a causa de alguna incorrección del lenguaje y ahora se está tomando la misma libertad con usted. La palabra «hermoso», tal como la ha utilizado usted, no le complace, y será mejor que la cambie lo más rápido que pueda o no dejará de hablar de Johnson y Blair durante todo el camino.

—Le aseguro que no pretendía decir ninguna incorrección —afirmó Catherine—. Es un libro hermoso, ¿por qué no puedo definirlo así?

—Así es —dijo Henry—, y hoy hace un día muy hermoso, y estamos dando un paseo muy hermoso, y ustedes son dos damas hermosas. ¡Vaya, la verdad es que es una palabra hermosa! Sirve para todo. Quizá originalmente se utilizara solo para expresar pulcritud, decoro, delicadeza o refinamiento: las personas vestían hermosas prendas, tenían hermosos sentimientos o eran hermosas. Pero ahora se utiliza para elogiar cualquier cosa.

—Mientras que, en realidad —repuso su hermana—, solo se te debería aplicar a ti, sin que medie ningún elogio. Tú eres más hermoso que sabio. Vamos, señorita Morland, dejémosle meditando acerca de nuestras faltas de lenguaje mientras nosotras elogiamos *Udolfo* utilizando los términos que mejor nos parezcan. Es una obra muy interesante. ¿Le gustan esa clase de lecturas?

—A decir verdad, las demás no me interesan mucho.

—¡No me diga!

—Me refiero a que puedo leer poesía y teatro, y cosas de ese tipo, y los libros sobre viajes no me disgustan. Pero la historia, esa historia auténtica y solemne, eso no me interesa. ¿Y usted?

—Sí, a mí me encanta la historia.

 113

—Ojalá a mí también me gustara. Leo sobre historia de vez en cuando por obligación, pero nunca encuentro en ella nada que no me enfurezca o me aburra. Las disputas entre papas y reyes, con guerras y plagas en cada página, todos esos hombres que no sirven para nada y apenas alguna mujer; es muy aburrido. Y, sin embargo, a menudo pienso que es raro que sea tan aburrida, pues la mayor parte de lo que se narra debe de ser ficción. Los parlamentos que ponen en boca de los héroes, sus pensamientos y planes, todo debe de ser fruto de una invención, y precisamente la invención es lo que tanto me gusta de los demás libros.

—Entonces no cree usted que los historiadores tengan mucho acierto cuando dejan volar la imaginación —dijo la señorita Tilney—. Hacen alarde de imaginación sin conseguir despertar interés. A mí me gusta la historia y disfruto de esa mezcla de acontecimientos falsos y reales. Los hechos principales están basados en historias y archivos previos, y yo pienso que una puede fiarse tanto de ellos como de cualquier cosa que sucede ante sus ojos; y en cuanto a esos pequeños adornos de los que habla usted, no son más que añadidos y yo los valoro como tal. Cuando un texto está bien redactado, lo leo con placer, no me importa quién lo haya escrito, y quizá lo lea con mayor placer si cabe si es obra del señor Hume o del señor Robertson que si se trata de las verdaderas palabras de Caractaco, Agrícola o Alfredo el Grande.

—¡Así que le gusta la historia! El señor Allen y mi padre también son grandes admiradores; y tengo dos hermanos a quienes tampoco les disgusta. ¡Me parece sorprendente que haya tantos aficionados en mi pequeño círculo de conocidos! A este paso dejaré de compadecer a los escritores de historia. Me alegro mucho de que haya tantas personas a quienes les gusta, pues siempre había pensado que era muy triste tomarse tantas molestias para llenar esos grandes volúmenes que, según solía pensar, nadie leía por placer y que solo servían para atormentar a niños y niñas. Y aunque ya sé que es algo bueno y necesario, siempre me he preguntado quién podía tener el valor de sentarse a una mesa con ese propósito.

—Ninguna persona que conozca la naturaleza humana en un mundo civilizado puede negar que dichos libros atormentan a niños y niñas —dijo Henry—. Pero en favor de nuestros más distinguidos historiadores debo

observar que se sentirían muy ofendidos de saber que no se les suponen mayores objetivos y que, gracias a su método y estilo, están perfectamente cualificados para atormentar a lectores de razonamiento avanzado y con mayor madurez. Y empleo el verbo «atormentar», pues he observado que así lo ha elegido usted, en lugar de emplear el verbo «instruir», suponiendo que puedan considerarse sinónimos.

—Quizá piense usted que soy una necia por llamar «tormento» a la instrucción, pero si estuviera tan acostumbrado como yo a escuchar a los pobres niños aprendiendo las letras por primera vez, para después aprender ortografía, si hubiera visto alguna vez lo obcecados que pueden llegar a ponerse después de pasar toda la mañana juntos y lo cansada que acaba mi pobre madre, tal como estoy acostumbrada yo a ver casi a diario en mi casa, seguro que me concedería que, en ocasiones, «atormentar» e «instruir» pueden utilizarse como sinónimos.

—Es muy probable. Pero los historiadores no tienen la culpa de las dificultades a las que se enfrentan los niños cuando aprenden a leer; e incluso usted, que no parece muy amiga de una formación muy rigurosa e intensa, seguramente reconozca que vale la pena ser atormentado durante dos o tres años para poder disfrutar de la capacidad de leer durante el resto de nuestra vida. Piénselo: si no nos hubieran enseñado a leer, la señora Radcliffe hubiera escrito en vano, o quizá ni siquiera hubiera escrito nada.

Catherine asintió y puso punto final al tema con un cálido panegírico acerca de los méritos de dicha dama. Los Tilney enseguida se enfrascaron en otro asunto sobre el que ella no tenía nada que decir. Contemplaban el campo con los ojos de personas acostumbradas a dibujar y comentaban con entusiasmo las posibilidades que ofrecía. Catherine se sentía bastante perdida. Ella no sabía dibujar, no tenía gusto: y los escuchaba con un interés que no le sirvió de mucho, pues los hermanos se expresaban empleando unas palabras que ella apenas comprendía. Lo poco que alcanzaba a entender, sin embargo, parecía contradecir las escasas nociones que tenía sobre el asunto. Daba la impresión de que ya no se pudiera disfrutar de unas buenas vistas desde lo alto de una colina, y que un cielo azul y despejado ya no fuera prueba de un hermoso día. Se avergonzó profundamente

de su ignorancia, aunque era una vergüenza innecesaria. Cuando las personas desean entablar amistad con otras, siempre deben intentar parecer lo más ignorantes posible. Tener una mente bien informada equivale a ser una persona incapaz de alimentar la vanidad de los demás, cosa que cualquier persona sensata querrá evitar. Una mujer, en especial, si tiene la mala suerte de saber algo, debería ocultarlo lo mejor posible.

Las ventajas que proporciona la estupidez innata en una muchacha hermosa ya han sido debidamente descritas por la pluma de otra escritora, y a su tratamiento de dicha cuestión solo añadiré, para hacer justicia a los hombres, que aunque para la mayor y más importante parte del género la ignorancia de las mujeres suponga una gran mejoría de sus encantos personales, hay una parte de ellos demasiado razonables y bien informados como para desear en las mujeres algo más que ignorancia. Pero Catherine no era consciente de sus propios encantos y desconocía que una muchacha hermosa con un buen corazón y una mente ignorante siempre conseguía atraer a un joven inteligente, a menos que las circunstancias le fueran especialmente desfavorables. Y en ese momento, Catherine confesó y lamentó su falta de conocimientos, reconoció que daría lo que fuera en el mundo por saber dibujar, y enseguida siguió una lección acerca de lo pintoresco, en la que las instrucciones de Henry fueron tan claras que ella enseguida empezó a ver belleza en todo lo que él admiraba, además de prestarle una atención tan sincera que él se convenció de que la joven tenía mucho gusto natural. Le habló de primeros planos, distancias y medias distancias, pantallas laterales y perspectivas, luces y sombras, y Catherine era una alumna tan aplicada que cuando llegaron a lo alto de Beechen Cliff, ella misma despreció la ciudad de Bath por considerarla indigna de formar parte de un paisaje. Encantado con los progresos de la joven, pero temiendo aburrirla con demasiado conocimiento, Henry fue cambiando de tema y, gracias a la sencilla transición que le permitió hacer el fragmento rocoso y el roble marchito que él mismo había colocado en la cima de su cuadro imaginario, pasando por los robles en general, los bosques, el cerco de estos, las tierras baldías, las tierras de la corona y el gobierno, enseguida llegó a la política, y de ahí resultó muy fácil caer en el silencio. Fue Catherine quien puso fin a la pausa

general que siguió a la corta disquisición de Henry acerca del estado de la nación, y con un tono de voz bastante solemne, dijo:

—He oído decir que pronto ocurrirá algo terrible en Londres.

La señorita Tilney, a quien había dirigido el comentario principalmente, se sorprendió y enseguida preguntó:

—¡No me diga! ¿Y de qué se trata?

—Eso no lo sé, ni tampoco quién será el responsable. Solo he escuchado que será lo más espantoso que hayamos visto jamás.

—¡Cielos! ¿Y dónde ha oído una cosa así?

—A una amiga mía se lo contaban en una carta que recibió ayer desde Londres. Dice que será espantoso. Imagino que habrá asesinatos y cosas así.

—¡Lo dice usted con una compostura admirable! Aunque espero que su amiga esté exagerando, y no hay duda de que si se sabe algo así de antemano el gobierno tomará las medidas oportunas para evitar que suceda.

—El gobierno —repitió Henry intentando no sonreír— ni desea ni se atreve a interferir en tales asuntos. Por muchos asesinatos que haya, al gobierno le importa bien poco.

Las damas lo miraron con asombro. Él se echó a reír y añadió:

—Qué debo hacer, ¿les doy las debidas explicaciones o dejo que las encuentren ustedes mismas? No, seré bueno. Y demostraré que soy un hombre, no tanto por la generosidad de mi alma, sino por la clarividencia de mi mente. No soporto a los hombres que se niegan a rebajarse para que ustedes las mujeres puedan comprenderlos. Quizá las virtudes de las mujeres no sean la sensatez o el ingenio, ni el vigor o la perspicacia. Quizá carezcan de observación, discernimiento, juicio, pasión, genio e ingenio.

—Señorita Morland, no le haga caso. Pero tenga la bondad de complacerme respecto a estas terribles revueltas.

—¿Revueltas? ¿Qué revueltas?

—Querida Eleanor, esas revueltas solo existen en tu imaginación. No es más que un malentendido escandaloso. La señorita Morland solo se estaba refiriendo a la publicación de una nueva novela que se editará muy pronto en dozavo y dividida en tres volúmenes de doscientas setenta y seis

páginas cada uno, con un frontispicio con dos tumbas y un farol. ¿Lo entiendes mejor ahora? Señorita Morland, mi ingenua hermana ha confundido sus clarísimas explicaciones. Ha mencionado usted que se esperaban horrores en Londres y en lugar de deducir enseguida, tal como habría hecho cualquier persona racional, que dichas palabras solo podían referirse a una biblioteca ambulante, inmediatamente ha imaginado una revuelta de tres mil hombres reunidos en St. George's Fields, un asalto al banco, un atentado a la Torre, las calles de Londres llenas de sangre, un destacamento del duodécimo regimiento de caballería ligera (la esperanza de la nación) venidos desde Northampton para acabar con los insurgentes, y al valeroso capitán Frederick Tilney, en el momento de cargar contra ellos encabezando sus tropas, derribado de su caballo por un ladrillo lanzado desde alguna ventana. Disculpe su simpleza. Los temores fraternales se han sumado a las debilidades de mujer, pero en general no es tan ilusa.

Catherine se puso seria.

—Y ahora que ya has conseguido que nos entendamos entre nosotras, Henry —dijo la señorita Tilney—, podrías intentar que la señorita Morland te entendiera también a ti, a menos que quieras que piense que eres intolerablemente grosero con tu hermana y un bruto en lo que respecta a la opinión que tienes de las mujeres en general. La señorita Morland no está acostumbrada a tus excentricidades.

—Estaré encantado de ayudarla para que se familiarice con ellas.

—No me cabe duda, pero eso no explica la situación presente.

—¿Y qué quieres que haga?

—Ya sabes lo que debes hacer. Aclárale bien tu forma de ser. Dile que tienes muy buena opinión acerca de la inteligencia femenina.

—Señorita Morland, tengo muy buena opinión acerca de la inteligencia femenina, en especial de la de aquellas con las que me encuentro, quienesquiera que sean.

—No es suficiente. Tienes que ser más serio.

—Señorita Morland, nadie puede tener mejor opinión sobre la inteligencia de las mujeres que yo. En mi opinión, la naturaleza les ha dado tanto que nunca consideran necesario emplear más de la mitad.

—No conseguiremos nada más serio de él por el momento, señorita Morland. No está de humor. Pero le aseguro que si alguna vez da la impresión de decir algo injusto acerca de cualquier mujer, o sobre mí, no hay que tenérselo en cuenta.

A Catherine no le costó mucho esfuerzo creer que Henry Tilney nunca podía equivocarse. Quizá su actitud sorprendiera a veces, pero siempre tenía buena intención, y ella estaba tan dispuesta a admirar tanto lo que no entendía de él como lo que sí. El paseo fue maravilloso y, aunque terminó demasiado pronto, el final también fue encantador; sus amigos la acompañaron a casa y la señorita Tilney, antes de partir, dirigiéndose de la forma más respetuosa tanto a la señora Allen como a la propia Catherine, le preguntó si le haría el honor de cenar con ella dos días después. La señora Allen no halló ningún impedimento y la única dificultad que tuvo Catherine fue la de ocultar el exceso de entusiasmo que le provocó la propuesta.

La mañana había sido tan encantadora que parecía haberse llevado todos los sentimientos de amistad y afecto natural en Catherine, pues no había pensado ni una sola vez en Isabella o en James durante todo el paseo. Cuando los Tilney se marcharon volvió a recuperar esos sentimientos, pero fue en vano, pues la señora Allen no sabía nada de ninguno de ellos y, por tanto, no tenía ninguna información que pudiera aliviar su preocupación. Sin embargo, casi a mediodía, Catherine se dio cuenta de que necesitaba un metro de cinta de inmediato, salió de casa y en la calle Bond se tropezó con una de las hermanas de la señorita Thorpe, que paseaba tranquilamente en dirección a Edward's Buildings acompañada de las dos muchachas más hermosas del mundo y que habían sido sus amigas del alma durante toda la mañana. Ella fue quien le contó que los demás se habían marchado a Clifton.

—Han salido a las ocho de la mañana —dijo la señorita Anne—. Pero le aseguro que no les envidio. Creo que tanto usted como yo hemos tenido suerte de librarnos de ese embrollo. Debe de haber sido lo más aburrido del mundo, pues no hay un alma en Cliffton en esta época del año. Belle ha ido con su hermano y John se ha llevado a Maria.

Catherine expresó lo mucho que se alegraba de saber esa parte del plan.

—¡Oh, sí! —convino la otra—. Maria se ha ido con ellos. Estaba muy emocionada. Pensaba que iba a ser divertido. No puedo decir que comparta sus gustos; yo estaba decidida a no acompañarlos desde el principio, por mucho que me hubieran insistido para que lo hiciera.

Catherine, que dudaba un poco de su palabra, no pudo evitar contestar:

—Ojalá pudiera haber ido usted también. Es una lástima que no pudiera acompañarlos.

—Gracias, pero en realidad me da igual. Como le digo, no habría ido por nada del mundo. Justo se lo estaba diciendo a Emily y Sophia cuando nos la hemos encontrado.

Catherine seguía sin convencerse, pero, contenta de saber que Anne contaba con la amistad de Emily y Sophia para consolarse, se despidió sin mayor inquietud y regresó a casa satisfecha de que el grupo no hubiera tenido que cancelar sus planes a causa de su ausencia, y deseando de todo corazón que la excursión hubiera sido tan agradable que ni James ni Isabella se lo tuvieran en cuenta durante mucho tiempo.

Capítulo XV

A primera hora del día siguiente llegó una nota de Isabella que transmitía paz y ternura en cada una de sus frases, y en la que suplicaba la presencia de su amiga con la mayor celeridad para un asunto de la mayor importancia, así que Catherine se apresuró a Edgar's Buildings cargada de felicidad y curiosidad. Las otras dos señoritas Thorpe estaban también en el vestíbulo, y cuando Anne se fue a llamar a su hermana, Catherine aprovechó la oportunidad para preguntarle a la otra acerca de la salida del día anterior. Maria estaba deseando hablar de ello, y Catherine enseguida descubrió que había sido la excursión más maravillosa del mundo, que nadie podía imaginar lo fabulosa que había sido y que habían pasado el día más estupendo que se podía concebir. Y esa fue la información que obtuvo durante los cinco primeros minutos; a continuación le proporcionó algunos detalles más: se habían dirigido directamente al hotel York, donde comieron sopa y encargaron la cena a una hora temprana, después bajaron a los salones del balneario, probaron las aguas y se gastaron algo de dinero comprando monederos y figuritas de espato. A continuación entraron en una pastelería a comerse un helado y regresaron rápidamente al hotel para cenar a toda prisa antes de que se les hiciera de noche, y después disfrutaron de un maravilloso trayecto de vuelta,

aunque no había luna y llovió un poco, y el caballo del señor Morland estaba tan cansado que a duras penas conseguían que avanzara.

Catherine la escuchaba con sincera satisfacción. Por lo visto no pensaron en visitar el castillo de Blaize y, en cuanto al resto, no escuchó nada que lamentara haberse perdido. La explicación de Maria concluyó con un tierno comentario compasivo hacia su hermana Anne, de quien dijo estaba insoportablemente enfadada por haber quedado excluida del grupo.

—Estoy segura de que no me lo perdonará nunca. Pero ¿qué podía hacer? John quería que fuera yo. Decía que no pensaba llevársela a ella porque tiene los tobillos muy anchos. Estoy convencida de que estará de mal humor todo el mes; pero yo estoy decidida a no enfadarme. No me pongo de mal humor por tonterías.

Entonces Isabella entró en la estancia con tanto brío y con una expresión de importancia tal que acaparó toda la atención de su amiga. Maria fue despachada sin contemplaciones, e Isabella abrazó a Catherine y dijo:

—Sí, querida Catherine, así es; tu intuición no te ha fallado. ¡Ay, esos ojos tuyos tan pícaros! Es que no se les escapa nada.

Catherine respondió con una mirada de sorprendida ignorancia.

—Venga, querida y dulce amiga —continuó diciendo la otra—, serénate. Yo estoy increíblemente nerviosa, como habrás advertido. Vamos a sentarnos para hablar cómodamente. Bueno, ¿entonces lo descubriste en cuanto recibiste mi nota? ¡Qué lista eres! ¡Oh, querida Catherine! Tú que tan bien me conoces eres la única que puede entender lo contenta que estoy. Tu hermano es el hombre más encantador del mundo. Solo desearía ser más merecedora de él. ¿Pero qué dirán tus encantadores padres? ¡Santo cielo! ¡Me pongo tan nerviosa cuando pienso en ellos!

Catherine empezó a entender de qué se trataba; de pronto acudió a su mente una idea de lo que ocurría y, con el rubor natural propio de una emoción tan nueva, exclamó:

—¡Cielo santo! Querida Isabella, ¿a qué te refieres? Puedes... ¿De verdad estás enamorada de James?

Sin embargo, Catherine enseguida descubrió que su atrevida suposición solo abarcaba la mitad de lo que ocurría. El ardiente afecto que

Catherine había observado continuamente en todas las miradas y acciones de Isabella había recibido, durante el transcurso de la excursión del día anterior, la deliciosa confesión de ser correspondido. El corazón y la fidelidad de la señorita Thorpe pertenecían por entero a James. Catherine jamás había escuchado nada con tanto interés, asombro y alegría. ¡Su hermano y su amiga estaban comprometidos! Como era la primera vez que se encontraba en esa situación, la importancia de lo ocurrido se le antojó gigantesca y lo vio como una de esas grandes ocasiones que no suelen darse muchas veces en el ordinario transcurso de la vida. Era incapaz de expresar la intensidad de sus emociones; sin embargo, la naturaleza de dichos sentimientos bastó para satisfacer a su amiga. De lo primero que se congratularon ambas fue de la feliz expectativa de poder convertirse en hermanas, y las damas se fundieron en un abrazo y derramaron lágrimas de alegría.

Sin embargo, por muy emocionada que estuviera Catherine con la perspectiva de entablar dicho parentesco, cabe reconocer que Isabella la sobrepasaba de lejos en lo referente a las tiernas expectativas.

—Vas a ser más importante para mí que Anne o Maria, Catherine. Creo que estaré más unida a los Morland que a mi propia familia.

Aquella muestra de amistad superaba a Catherine.

—Te pareces tanto a tu querido hermano —continuó diciendo Isabella— que ya te adoré desde el primer momento en que te vi. Pero es lo que me pasa siempre: el primer momento lo decide todo. El primer día que Morland vino a casa las Navidades pasadas, la primera vez que lo vi, ya le entregué mi corazón. Recuerdo que llevaba mi vestido amarillo y un recogido con trenzas, y cuando entré en el salón y John me lo presentó, pensé que jamás había visto a un hombre tan apuesto.

Cuando la escuchó decir eso, Catherine reconoció en su discurso la fuerza del amor, pues, pese a lo mucho que quería a su hermano y las numerosas virtudes que le atribuía, nunca había pensado que fuera apuesto.

—También recuerdo que la señorita Andrews había venido a tomar el té con nosotros aquella tarde y llevaba su vestido de tafetán morado, y estaba tan hermosa que pensé que tu hermano se enamoraría de ella; no pude pegar ojo en toda la noche pensando en eso. ¡Ay, Catherine, cuántas noches en

blanco he pasado a causa de tu hermano! ¡No te deseo que sufras la mitad de lo que he pasado yo! Ya sé que he adelgazado muchísimo, pero no te atormentaré hablándote de los nervios que he padecido, pues ya lo has visto con tus propios ojos. Tengo la sensación de haberme delatado continuamente, ¡qué imprudente fui al hablarte de lo que pensaba de la iglesia! Pero siempre he sabido que mi secreto estaba a salvo contigo.

Catherine pensaba que nada podía ser más seguro, pero avergonzada por una ignorancia tan inesperada, no se atrevió a discutírselo, ni a negar lo perspicaz que había sido o el afecto que le atribuía Isabella. También descubrió que su hermano se estaba preparando para marcharse rápidamente a Fullerton, para informar de la situación y pedir su consentimiento, y aquello sí que era una causa de auténtica ansiedad para Isabella. Catherine se esforzó por convencerla de que sus padres jamás se opondrían a los deseos de su hijo, pues así lo creía también ella misma.

—Es imposible que haya padres más amables o más deseosos de la felicidad de su hijo —dijo—. No tengo duda de que consentirán enseguida.

—Morland dice exactamente lo mismo —contestó Isabella— y, sin embargo, yo no me atrevo a esperar que sea así; mi fortuna es muy escasa; jamás consentirán. Tu hermano, ¡que podría casarse con cualquiera!

En ese momento Catherine volvió a pensar en la fuerza del amor.

—Isabella, eres demasiado modesta. Las diferencias económicas no tienen ninguna importancia.

—¡Oh, dulce Catherine! Ya sé que para tu generoso corazón no tiene importancia, pero no podemos esperar que todo el mundo sea igual de desinteresado. En cuanto a mí, te aseguro que lo único que desearía es que nuestras situaciones fueran al revés. Si yo poseyera millones, si fuera la señora del mundo entero, tu hermano sería el único hombre que querría a mi lado.

Aquel maravilloso sentimiento, más ensalzado si cabe por su sensatez que por su novedad, hizo que Catherine recordara complacida todas las heroínas novelescas que conocía, y pensó que su amiga nunca había estado tan hermosa como cuando expresó esa idea.

—Estoy convencida de que consentirán —repetía continuamente—. Estoy segura de que estarán encantados contigo.

—Por mi parte —dijo Isabella—, mis deseos son tan modestos que me conformaré con la renta más baja. Cuando las personas están verdaderamente unidas, la pobreza ya es riqueza, y además detesto el lujo: no viviría en Londres por nada del mundo. Una casita en un pueblecito apartado sería lo que me haría más feliz. Cerca de Richmond hay unos pueblecitos preciosos.

—¿Richmond? —exclamó Catherine—. Tenéis que vivir cerca de Fullerton. Tenéis que estar cerca de nosotros.

—Estoy convencida de que me sentiré muy triste si no es así. Si puedo vivir cerca de ti, estaré encantada. ¡Pero estamos hablando por hablar! No quiero pensar en esas cosas hasta que no tengamos la respuesta de tu padre. Morland dice que si manda la carta esta noche a Salisbury, quizá recibamos la respuesta mañana. ¡Mañana! Sé que no tendré el valor de abrir esa carta. La incertidumbre va a acabar conmigo.

Tras expresar dicha convicción, la muchacha se perdió en una ensoñación, y cuando volvió a hablar fue para divagar acerca de la calidad de su vestido de novia.

Y fue precisamente el enamorado en persona quien puso fin a la conversación cuando apareció para despedirse antes de partir para Wiltshire. Catherine quería darle la enhorabuena, pero no sabía qué decir, y su elocuencia solo se reflejó en sus ojos. Sin embargo, en esa mirada relucían las ocho partes de su discurso de una forma muy expresiva, y James lo entendió todo a la perfección. Impaciente como estaba por ver realizados todos sus deseos en casa, no tardó en despedirse, y habría sido todavía más breve de no haberse visto interrumpido con frecuencia por las súplicas de su amada para que se fuera. En dos ocasiones tuvo que regresar cuando ya estaba en la puerta, pues Isabella no dejaba de pedirle ansiosa que se marchara.

—De verdad, Morland, debo despedirme ya. Piensa en lo lejos que tienes que ir. No soporto verte perder ni un segundo más. Por Dios, no pierdas más tiempo. Vamos, vete, vete, insisto.

Las dos amigas, con los corazones más unidos que nunca, fueron inseparables durante el resto del día, y las horas pasaban volando mientras ellas hacían planes de felicidad fraternal. La señora Thorpe y su hijo, que estaban al tanto de todo el asunto y que solo parecían desear el consentimiento del

señor Morland, pues consideraban el compromiso de Isabella la circunstancia más afortunada imaginable para su familia, se unieron a sus charlas y se sumaron a las miradas cómplices y expresiones misteriosas, con las que alimentaron más si cabe la curiosidad de las hermanas menores, a las que aún no habían hecho partícipes de la noticia. Para los sencillos sentimientos de Catherine, esta extraña reserva no parecía ni ser bienintencionada ni tener fundamento alguno, y mucho habría tenido que esforzarse para no señalar dicha falta de consideración de no haber sido porque Anne y Maria enseguida la tranquilizaron exclamando con astucia que ya sabían de lo que hablaban, y la velada transcurrió en una especie de guerra de ingenio, un despliegue de agudeza familiar, tratando de mantener unos el misterio de un supuesto secreto y aparentando las otras saber más de lo que sabían, mostrándose todos igual de perspicaces.

Al día siguiente Catherine regresó a casa de su amiga y se esforzó todo lo que pudo para animarla y entretenerla durante las tediosas horas que faltaban para que llegase el correo; un esfuerzo necesario, pues a medida que iba aproximándose el momento en que cabía esperar la llegada de la carta, Isabella estaba cada vez más y más desesperada y, antes de recibirla, la joven había llegado a sumirse en un estado de auténtica aflicción. Pero en cuanto llegó la ansiada carta, la desolación desapareció como por arte de magia. «No he tenido ningún problema en conseguir el consentimiento de mis bondadosos padres y me han prometido que harán todo cuanto esté en sus manos para garantizar mi felicidad.» Así rezaban las tres primeras frases, y en un segundo todo fue alegría y tranquilidad. A Isabella se le iluminó el rostro, y todas las preocupaciones y los nervios se desvanecieron, se animó hasta casi perder el control y afirmó sin ambages que era la persona más feliz del mundo.

Con lágrimas de felicidad en los ojos, la señora Thorpe abrazaba a su hija, a su hijo, a la visitante, y podría haber abrazado encantada a la mitad de los habitantes de Bath. Su corazón rebosaba ternura. No dejaba de decir «querido John» y «querida Catherine» en cada frase, «la querida Anne y la querida Maria» debían ser partícipes de su felicidad, y dos «querida» precediendo el nombre de Isabella eran poco para lo que su amada hija se había ganado. El propio John tampoco ocultaba su alegría. No solo afirmó que

el señor Morland era uno de los mejores hombres del mundo, sino que le dedicó numerosas alabanzas.

La carta que tanta felicidad había producido era breve y contenía poco más que la confirmación del consentimiento de sus padres, y todos los detalles los dejaba James para cuando pudiera volver a escribir. Pero Isabella podía permitirse esperar a recibir esos detalles. La promesa del señor Morland comprendía todo lo necesario: se había comprometido por su honor a facilitarles las cosas. Los medios por los que debía obtenerse su renta, ya fuera mediante tierras o gracias a las rentas de algún fondo monetario, eran asuntos en los que el desinteresado espíritu de la joven no tenía ningún interés. Con lo que sabía le bastaba para sentirse segura de que todo quedaría bien establecido y enseguida dejó volar la imaginación pensando en todas las alegrías que le aguardaban. Se vio a sí misma pasadas algunas semanas, convertida en el objeto de las miradas y la admiración de todos sus nuevos conocidos de Fullerton y en la envidia de sus viejas amistades de Pulteney, tendría un coche a su disposición, un apellido nuevo en sus tarjetas de visita y una brillante colección de anillos en los dedos.

Una vez confirmado el contenido de la carta, John Thorpe, que solo había aguardado la llegada de la misiva para partir hacia Londres, se preparó para marchar.

—Bueno, señorita Morland —dijo al encontrársela a solas en el salón—. Vengo a despedirme de usted.

Catherine le deseó un feliz viaje. Sin dar ninguna muestra de haberla oído, él se acercó a la ventana y empezó a pasearse inquieto por la sala tarareando una cancioncilla completamente ensimismado.

—¿No va a llegar tarde a Devizes? —preguntó Catherine.

Él no contestó; pero, tras unos minutos de silencio, espetó:

—¡Qué bien pensado está esto del matrimonio, ya lo creo! Qué buena idea han tenido Morland y Belle. ¿Qué opina, señorita Morland? A mí no me parece mala idea.

—Pues sí, yo también estoy de acuerdo.

—¿Ah, sí? Es usted muy sincera, ya lo creo. Me alegro de que no sea contraria al matrimonio. ¿Ha escuchado alguna vez ese dicho que afirma

que de una boda siempre sale otra? Espero que asista usted a la boda de Belle.

—Sí. Le he prometido a su hermana que la acompañaré en su día, si es posible.

—Y entonces... —añadió retorciéndose y forzando una risa estúpida—. Podríamos poner a prueba la verdad que encierra ese viejo dicho.

—Vaya, pues no soy muy aficionada a los refranes. Bueno, le deseo buen viaje. Hoy almuerzo con la señorita Tilney y debo irme a casa.

—Pero no tenga tanta prisa. ¿Quién sabe cuándo volveremos a vernos? No regresaré hasta dentro de quince días y se me van a hacer bien largos.

—¿Y por qué se ausenta por tanto tiempo? —respondió Catherine al advertir que él aguardaba una respuesta.

—Eso es muy amable de su parte; amable y bondadoso. No lo olvidaré fácilmente. Claro que usted posee más bondad y todas esas cosas que cualquiera. Es muy buena, sí, y no solo eso, usted tiene mucho, muchísimo de todo. Y también tiene..., créame, no conozco a nadie como usted.

—Le aseguro que hay muchas personas como yo, incluso mejores. Espero que pase un buen día.

—Lo que quiero decirle, señorita Morland, es que iré a presentar mis respetos a Fullerton antes de que pase más tiempo, si no le parece mal.

—Claro. Mi padre y mi madre se alegrarán mucho de verle.

—Y espero, espero, señorita Morland, que usted no lamentará verme.

—¡Oh, cielos! En absoluto. Hay pocas personas a las que lamente ver. Siempre es agradable tener compañía.

—Eso mismo pienso yo. Yo siempre digo que solo necesito la compañía de mis seres queridos, estar con las personas con las que estoy más a gusto, y el resto no importa. Y me alegro mucho de escucharla decir lo mismo. Me parece, señorita Morland, que usted y yo pensamos bastante igual en muchas cosas.

—Es posible, pero nunca se me había ocurrido pensarlo. Y, a decir verdad, en muchas cosas ni siquiera yo sé lo que pienso.

—Le aseguro que yo tampoco. No tengo por costumbre agobiarme con asuntos que no me conciernen. Mi manera de ver las cosas es muy sencilla.

Yo siempre digo que si puedo vivir acompañado de la muchacha que me gusta en una buena casa, ¿qué importancia puede tener todo lo demás? La fortuna no tiene importancia. Ya dispongo de una buena renta, y si ella no tiene ni un penique, incuso mejor.

—Muy cierto. En eso estamos de acuerdo. Si una de las dos partes posee una buena fortuna, no es necesario que también la tenga el otro. No tiene importancia quién la posea siempre que haya lo suficiente. No soporto la idea de que una gran fortuna tenga que emparentarse con otra. Y considero que casarse por dinero es lo más retorcido del mundo. Le deseo que pase un buen día. Estaremos encantados de recibirle en Fullerton cuando quiera usted honrarnos con su presencia.

Y se marchó. Ni con todas las galanterías del mundo podría haberla retenido más tiempo. Con tales noticias que comunicar y la visita para la que debía prepararse, Catherine no podía retrasarse por más tiempo, así que se marchó, dejando al señor Thorpe convencidísimo de haber comunicado sus intenciones a la perfección y de lo mucho que ella lo había animado para que perseverase en ese sentido.

La emoción que Catherine había sentido al descubrir el compromiso de su hermano la llevó a imaginar que la noticia despertaría una emoción similar en el señor y la señora Allen cuando les comunicase el maravilloso evento. ¡Menuda decepción se llevó! El importante acontecimiento, para el que tantas palabras había preparado Catherine, ya había sido previsto por ambos desde la llegada de su hermano. Y todo lo que sintieron al confirmarlo la joven quedó reducido al deseo de felicidad por la joven pareja, además de una observación por parte del caballero en favor de la belleza de Isabella y otro por parte de la dama acerca de la buena suerte de la joven. A Catherine le pareció una reacción sorprendentemente insensible. Sin embargo, cuando supieron que James se había marchado en secreto a Fullerton el día anterior, la señora Allen sí que reaccionó. No fue capaz de escucharlo con tranquilidad, pues no dejaba de repetir que lamentaba mucho que se lo hubiese ocultado, porque de haber estado al corriente de sus intenciones y haberlo visto antes de partir, sin duda le habría dado recuerdos para sus padres y los mejores deseos para todos los Skinner.

Capítulo XVI

Las expectativas que Catherine se había creado respecto a su visita a la calle Milsom eran tan altas que la decepción resultaba inevitable. Y así, a pesar de que el general Tilney la recibió con suma cortesía y su hija le dispensó un trato de lo más agradable, aunque Henry se hallaba presente y no había nadie más, Catherine descubrió, al regresar a casa y sin pasar muchas horas analizando sus sentimientos, que había acudido a la cita dispuesta a experimentar una dicha que no le había proporcionado. En lugar de haber estrechado lazos con la señorita Tilney después de haber pasado con ella todo el día, Catherine pensó que su relación era exactamente igual que antes; en lugar de ver a Henry Tilney desde un punto de vista más ventajoso gracias a la relajación de una velada familiar, él nunca había estado tan callado ni se había mostrado menos agradable; y, a pesar de lo civilizado que había sido su padre con ella, a pesar de lo mucho que le había dado las gracias, y pese a sus invitaciones y cumplidos, Catherine se había sentido muy aliviada de poder marcharse de su casa. Y estaba muy asombrada. No podía ser culpa del general Tilney. No cabía ninguna duda de que se trataba de un hombre perfectamente agradable y bondadoso, además de encantador, pues era alto y apuesto, y era el padre de Henry. No podía hacerle responsable del desánimo de sus hijos ni tampoco de su propia falta de animación. Catherine esperaba que lo primero hubiera sido una casualidad, y lo segundo solo podía atribuirlo a su propia estupidez. Cuando escuchó el relato de la visita, Isabella le dio una explicación distinta:

—¡Todo ha sido fruto del orgullo, orgullo, pura arrogancia insufrible y orgullo! Siempre había sospechado que esa familia se daba muchos aires y esto lo confirma. ¡Jamás había escuchado mencionar un comportamiento tan insufrible como el de la señorita Tilney! ¡No hacer los honores de su casa dando las necesarias muestras de buena educación! ¡Comportarse con su invitada con tanta arrogancia! ¡Apenas dirigirle la palabra!

—Pero no fue tan terrible, Isabella; no se comportó de forma arrogante, fue muy educada.

—¡Oh, no la defiendas! Y su hermano, ¡con lo mucho que parecía apreciarte! ¡Dios mío! No hay duda de que a veces es imposible comprender los sentimientos de algunas personas. ¿Y entonces apenas te miró en todo el día?

—Yo no diría tanto, pero no parecía estar de muy buen humor.

—¡Qué despreciable! De todas las cosas del mundo, la que más detesto es la inconstancia. Te ruego que no vuelvas a pensar en él, querida Catherine; no hay duda de que ese hombre es indigno de ti.

—¿Indigno? Dudo que nunca piense en mí.

—Eso es precisamente lo que digo: él nunca piensa en ti. ¡Qué inestable! ¡Ay, qué distinto que es a tu hermano y al mío! Te aseguro que no hay nadie tan fiel como John.

—Pero créeme cuando te digo que el general Tilney no ha podido comportarse conmigo con mayor amabilidad y atención; me dio la impresión de que lo único que le preocupaba era entretenerme y hacerme feliz.

—Bueno, no puedo decir nada malo de él. No me parece una persona orgullosa. Creo que es un hombre muy caballeroso. John tiene muy buena opinión de él, y cuando John dice algo es...

—Bueno, analizaré su forma de comportarse conmigo esta noche; nos reuniremos con ellos en los salones.

—¿Y yo debo ir?

—¿No pensabas hacerlo? Creía que ya lo habíamos acordado.

—Bueno, si insistes tanto no puedo negarte nada. Pero no esperes que sea muy agradable, pues ya sabes que mi corazón está a sesenta kilómetros de distancia. Y te suplico que no me pidas que baile; sería imposible. Estoy segura de que Charles Hodges no dejará de insistir para que acepte, pero le pararé los pies. Te apuesto lo que quieras a que adivina el motivo y eso es precisamente lo que quiero evitar, así que insistiré en que se guarde las conjeturas.

Las opiniones de Isabella sobre los Tilney no influyeron en las de su amiga, pues estaba convencida de que ninguno de los dos hermanos se había comportado de forma insolente y tampoco creía que tuvieran un corazón orgulloso. Y esa noche su convicción se vio reafirmada, pues ella la recibió con la misma amabilidad de siempre y él le dedicó las mismas atenciones que hasta el momento: la señorita Tilney demostró muchas ganas de estar en su compañía y Henry la invitó a bailar.

Como el día anterior, en la calle Milsom, había oído decir que esperaban que su hermano mayor, el capitán Tilney, llegase en cualquier momento, Catherine supuso que el joven apuesto y distinguido a quien no había visto nunca y que se había unido al grupo era la persona en cuestión. Catherine lo contemplaba con gran admiración, e incluso supuso que habría quien lo consideraría más apuesto que su hermano, aunque, a sus ojos, tenía un aire más arrogante y un rostro menos agradable. Tampoco dudó Catherine de que su gusto y sus modales eran inferiores a los de su hermano, pues no solo le escuchó protestar contra la idea de bailar, sino que se rio abiertamente de Henry por considerarlo posible. De esa última circunstancia cabría presuponer que, cualquiera que fuera la opinión que nuestra heroína tuviese del capitán, la admiración que él sintiera por ella no revestía ningún peligro: era muy improbable que se produjese ninguna enemistad entre los hermanos o que la dama pudiera verse sometida a ninguna persecución. No era pues de suponer que fuera él quien instigaría a los tres villanos ataviados de cochero que se la llevarían de allí, más adelante y a toda prisa, en un coche de postas. Entretanto, Catherine, sin preocuparse por presentimientos de tales males o de cualquier otra clase, excepto de que pronto terminaría la pieza de baile,

disfrutaba de su alegría habitual con Henry Tilney, escuchando con brillo en los ojos todo lo que este decía y encontrándolo tan irresistible que ella se convertía, a su vez, en alguien igual de irresistible.

Cuando concluyó el primer baile, el capitán Tilney se acercó a ellos de nuevo y, para gran disgusto de Catherine, se llevó a su hermano. Se retiraron susurrando y, aunque su delicada sensatez le impidió alarmarse enseguida, la joven creyó comprender que el capitán Tilney había escuchado alguna malévola opinión retorcida sobre ella que se estaba apresurando a comunicar a su hermano con la esperanza de separarlos para siempre y no pudo evitar sentirse muy incómoda al ver cómo alejaban a su pareja. Su suspense se alargó durante cinco minutos, pero Catherine ya estaba empezando a pensar que llevaba un cuarto de hora esperando cuando ambos hermanos regresaron y recibió una explicación, pues Henry quiso saber si su amiga, la señorita Thorpe, pondría alguna objeción a la posibilidad de bailar, ya que a su hermano le encantaría que se la presentaran. Catherine respondió sin dudar que la señorita Thorpe no tenía ninguna intención de bailar. La cruel respuesta fue debidamente comunicada al otro, quien se marchó inmediatamente.

—Estoy segura de que a su hermano no le importará —comentó la joven—, pues antes le he escuchado decir que odiaba bailar. Pero ha sido muy bondadoso por su parte pensar en ello. Supongo que ha visto a Isabella ahí sentada y ha imaginado que a ella le gustaría tener pareja, pero se equivoca, pues ella no querría bailar por nada del mundo.

Henry sonrió y dijo:

—Qué poco le cuesta a usted comprender las motivaciones de los demás.

—¿Por qué? ¿A qué se refiere?

—Usted no piensa en lo que pueda conducir a una persona a actuar de una determinada forma o qué tipo de cosas influirán en su comportamiento teniendo en cuenta su edad, situación y costumbres, sino que piensa en cómo actuaría usted o qué cosas influirían en su propio comportamiento.

—No le entiendo.

—Entonces no nos encontramos en la misma situación, pues yo la entiendo perfectamente.

—¿A mí? Claro, no soy capaz de hablar lo suficientemente bien como para resultar ininteligible.

—¡Bravo! Esa ha sido una excelente sátira en lenguaje moderno.

—Pero le ruego que me diga a qué se refiere.

—¿Debería hacerlo? ¿De verdad me lo pide? Pero no es usted consciente de las consecuencias; eso le provocaría un gran bochorno y, sin lugar a dudas, producirá una desavenencia entre nosotros.

—No, no. No creo que vaya a ocurrir nada de eso. No tengo miedo.

—Está bien, en ese caso se lo diré. Solo pretendía decir que el hecho de que usted atribuya a la buena voluntad el deseo de mi hermano de bailar con la señorita Thorpe me ha convencido de que su bondad es superior a la del resto del mundo.

Catherine se sonrojó negándolo, y así las predicciones del caballero quedaron verificadas. Sin embargo, había algo en las palabras del joven que compensaban el dolor de la confusión, y ese algo ocupó la mente de la joven, que guardó silencio durante un buen rato, olvidándose de hablar o escuchar y casi olvidando dónde estaba, hasta que, alertada por la voz de Isabella, levantó la vista y la vio preparándose para salir a bailar con el capitán Tilney.

Isabella se encogió de hombros y sonrió como única explicación que podía darle en ese momento de su extraordinario cambio de actitud, pero como eso no bastó para que Catherine lo entendiera, la joven le comunicó sin ambages a su acompañante el asombro que le producía la situación.

—¡No entiendo cómo ha podido ocurrir! Isabella no quería bailar.

—¿E Isabella no ha cambiado nunca de opinión?

—¡Oh! Pero es que... ¿Y su hermano? Después de darle usted mi recado, ¿cómo ha podido pensar en pedírselo?

—A mí no me sorprende. Usted me pide que me sorprenda en nombre de su amiga, y por eso lo hago, pero por lo que a mi hermano se refiere, debo admitir que ha hecho lo que yo esperaba que hiciera. La belleza de su amiga resulta muy atractiva para cualquiera, mientras que su firmeza solo usted puede comprenderla.

—Se ríe usted, pero le aseguro que, por lo general, Isabella es muy firme en sus decisiones.

—Eso es lo máximo que puede decirse de nadie, pero ser siempre firme es lo mismo que ser obstinado en ocasiones, cuando es evidente que ser flexible es una clara muestra de buen juicio; y, sin hacer especial referencia a mi hermano, pienso que la señorita Thorpe no ha actuado mal al elegir mostrar esa cualidad en este preciso momento.

Las amigas no pudieron reunirse para hablar en confianza hasta que terminó el baile, pero entonces, mientras paseaban por el salón del brazo, Isabella se explicó de la siguiente forma:

—No me extraña que te sorprendas y lo cierto es que estoy cansadísima. ¡Qué hombre tan nervioso! Habría sido divertido si yo no hubiera tenido la cabeza en otra parte, pero habría dado cualquier cosa por quedarme en la silla.

—¿Y por qué no lo has hecho?

—Oh, querida, habría dado la impresión de ser demasiado exigente y ya sabes cómo lo aborrezco. Le rechacé tantas veces como pude, pero él se negaba a aceptar una negativa. No te haces una idea de lo mucho que me ha presionado. Le he suplicado que me excusara y que buscara otra pareja, pero él ha afirmado que después de aspirar a bailar conmigo ya no había nadie en la sala en quien pudiera pensar. Y no se trataba solo de bailar, es que quería estar conmigo. ¡Cuánta tontería! Le he dicho que había elegido la peor forma de persuadirme, pues lo que más odio en el mundo son las palabras bonitas y los elogios, pero al final me he dado cuenta de que no me iba a dejar en paz hasta que bailara con él. Además, también he pensado que la señora Hughes, que ha sido quien me lo ha presentado, podría tomarse a mal que no lo hiciera. Y estoy convencida de que tu querido hermano se habría sentido muy mal al saber que yo había pasado toda la noche sentada. ¡Aunque no sabes cuánto me alegro de que haya terminado el baile! Estoy agotada de escuchar sus bobadas, y eso que, como es un joven tan elegante, me he dado cuenta de que todo el mundo nos miraba.

—Realmente es muy apuesto.

—¿Apuesto? Sí, supongo que podría ser. Imagino que la mayoría de la gente lo verá así, pero no es mi tipo. No soporto a los hombres con la tez rubicunda y los ojos oscuros. Aunque él está muy bien. Estoy convencida de

que es increíblemente engreído. Yo le he bajado los humos unas cuantas veces a mi manera.

Cuando las damas volvieron a verse tenían algo mucho más importante sobre lo que hablar. Había llegado la segunda carta de James Morland y, en ella, el joven había detallado las amables intenciones de su padre. En cuando tuviera la edad pertinente el joven debía recibir una renta, de la que el señor Morland era dueño y titular, de unas cuatrocientas libras al año, cosa que no era precisamente una reducción insignificante de la renta familiar ni una mala asignación para un joven que pertenecía a una familia de diez miembros. Y también le había asegurado que su futura herencia incluiría una propiedad de, por lo menos, idéntico valor.

En esa ocasión James se expresaba con enorme gratitud y, como ya contaba con que tendrían que esperar entre dos y tres años antes de poder casarse, se resignaba sin mucho descontento. Catherine, cuyas esperanzas habían sido tan imprecisas como sus nociones acerca del patrimonio que poseía su padre, y cuyo juicio se dejaba guiar ahora por su hermano, se sintió igual de satisfecha y felicitó a Isabella de corazón por tan agradable desenlace.

—Sí, es maravilloso —dijo Isabella con expresión seria.

—El señor Morland ha sido muy amable —dijo la señora Thorpe mirando a su hija con inquietud—. Desearía poder hacer yo otro tanto. Pero no se le puede exigir más, ya sabes. Si en algún momento descubre que puede hacer algo más no me cabe duda de que lo hará, pues estoy convencida de que debe de ser un hombre con un gran corazón. Es cierto que cuatrocientas libras es una cantidad bastante pequeña para empezar, pero tus aspiraciones, querida Isabella, son tan modestas que no estás teniendo en consideración lo poco que necesitas, hija mía.

—No es por mí por lo que deseo más, pero no puedo soportar ser la causa de sufrimiento de mi querido Morland y obligarlo a conformarse con una renta con la que apenas poder hacer frente a las necesidades más básicas de la vida. A mí me da igual, nunca pienso en mí misma.

—Ya sé que nunca lo haces, querida. Y siempre hallarás tu recompensa en el afecto que todo el mundo te profesa. Jamás ha existido una joven más

amada como lo eres tú por todos cuantos te conocen, y estoy convencida de que cuando el señor Morland te vea, querida hija... Pero no angustiemos a nuestra querida Catherine hablando de estas cosas. El señor Morland ha sido muy generoso. Siempre he oído decir que es un hombre excelente, y ya sabes, querida, que no debemos suponer que, de haber poseído tú una fortuna mayor, os habría dado algo más, pues estoy segura de que debe de ser un hombre muy generoso.

—Te aseguro que nadie puede tener mejor opinión del señor Morland que yo. Pero todo el mundo tiene sus defectos y todo el mundo tiene derecho a hacer lo que quiera con su dinero.

A Catherine le dolió escuchar esas insinuaciones.

—Estoy segura de que mi padre ha prometido hacer todo lo que está en su mano.

Isabella se recompuso.

—De eso no puede haber duda, querida Catherine, y tú me conoces lo bastante bien como para saber que yo me conformaría con una renta mucho más baja. No es la necesidad de más dinero lo que me ha desanimado un poco, yo odio el dinero. Y si pudiéramos casarnos ahora mismo disponiendo solo de cincuenta libras al año, sería la persona más feliz del mundo. ¡Ay, Catherine, pero tú me has descubierto! Ahí está el problema. Esos larguísimos dos años y medio que tienen que pasar antes de que tu hermano pueda hacerse con ese beneficio.

—Sí, sí, querida Isabella —dijo la señora Thorpe—. Comprendemos perfectamente lo que sientes. Tú no puedes ocultar tus sentimientos. Y también entendemos que estés disgustada en este momento. Y todo el mundo te apreciará todavía más gracias a esos sentimientos tan nobles que tienes.

La incomodidad de Catherine empezó a disiparse. Se esforzó por creer que el retraso en la fecha del matrimonio era la única causa del disgusto de Isabella. Y cuando en su próximo encuentro la vio tan animada y simpática como siempre, se esforzó por olvidar que por un momento hubiera pensado lo contrario. James llegó poco después de la carta y su amada lo recibió con mucho cariño.

Capítulo XVII

Ya era la sexta semana que los Allen pasaban en Bath y estuvieron discutiendo durante un tiempo si debía ser la última, conversación que Catherine escuchó con mucha inquietud. No había nada que pudiera compensar el hecho de que su relación con los Tilney tuviera que terminar tan pronto. Toda su felicidad parecía estar en suspense mientras discutían sobre el asunto, y todo quedó zanjado cuando decidieron que alargarían la estancia quince días más. Lo que esos quince días podían proporcionarle, aparte del placer de ver en ocasiones a Henry Tilney, dio mucho que pensar a Catherine. En realidad, en una o dos ocasiones, ya que el compromiso de James le había demostrado lo que podía suceder, la joven se había dejado llevar por la esperanza, pero, en general, la felicidad que sentía estando con él era lo único que le interesaba. El momento presente se había alargado otras tres semanas, y, como ya tenía asegurada su felicidad durante ese periodo, el resto de su vida le resultaba tan remoto que no le interesaba en lo más mínimo. La mañana en la que dicha cuestión quedó zanjada, Catherine fue a visitar a la señorita Tilney y compartió con ella sus alegres sentimientos. Pero aquel día estaba destinado a ser difícil. En cuanto hubo expresado la alegría que le producía la prolongación de la estadía del señor Allen, la señorita Tilney

le comunicó que su padre había decidido que se marcharían de Bath a finales de la semana siguiente. ¡Menudo golpe! Comparado con aquella decepción, el suspense que había reinado durante toda la mañana era pura paz y serenidad. Catherine se puso muy seria, y con un tono de sincera preocupación repitió las últimas palabras de la señorita Tilney: «¡A finales de la semana próxima!».

—Sí, mi padre casi nunca se deja convencer para dar a las aguas del balneario lo que yo considero que es un tiempo prudencial. Se ha sentido muy decepcionado al enterarse de que los amigos con los que esperaba encontrarse aquí al final no van a venir y, como ahora se encuentra bastante bien, tiene mucha prisa por llegar a casa.

—Lo lamento mucho —dijo Catherine decepcionada—; si lo hubiera sabido antes...

—Quizá —añadió la señorita Tilney algo azorada—, sería usted tan amable... me haría muy feliz que...

La aparición de su padre puso fin a las cortesías que Catherine esperaba que culminaran en el deseo de iniciar una correspondencia con ella. Tras dirigirse a Catherine con la habitual amabilidad, el general se volvió hacia su hija y dijo:

—Dime, Eleanor, ¿debo felicitarte por haber conseguido hacerle la petición a tu encantadora amiga?

—Precisamente iba a hacerlo cuando ha entrado usted.

—Pues entonces continúa, por favor. Sé lo mucho que lo deseas. Mi hija, señorita Morland —continuó diciendo sin dejar hablar a su hija—, ha estado maquinando un plan muy atrevido. Como ella ya le habrá dicho, nos marchamos de Bath el próximo sábado. He recibido una carta de mi administrador en la que me informa de que se requiere mi presencia en casa, y como no he podido encontrarme aquí con el marqués de Longtown y el general Courteney, dos de mis mejores y más antiguos amigos, ya no hay nada que me retenga en Bath. Y de conseguir que se aviniese usted a nuestros planes más egoístas, nos marcharíamos sin lamentarlo. En definitiva, ¿cree que podemos convencerla para abandonar el escenario de sus triunfos sociales y hacer el honor a su amiga de acompañarla a Gloucestershire? Casi me siento avergonzado de pedírselo, aunque mi atrevimiento sin duda le parecería mayor a cualquier persona de Bath que a usted, pues es usted muy modesta. Pero por nada del mundo querría importunarla con mis elogios. Si podemos convencerla de que nos haga el honor de visitarnos, nos haría usted inmensamente felices. Es cierto que no podemos ofrecerle nada parecido a las diversiones de este animado lugar ni tentarla con distracciones o lujos, pues nuestro modo de vida, como puede ver, es sencillo y sin pretensiones, pero no escatimaremos esfuerzos para conseguir que la abadía de Northanger no le resulte del todo desagradable.

¡La abadía de Northanger! Aquellas emocionantes palabras extasiaron a Catherine. Se sentía tan agradecida y satisfecha que apenas consiguió expresarse con la debida calma y corrección. ¡Que invitación más halagadora! ¡Saber que habían solicitado su compañía con tanta amabilidad! Era un gesto honorable y tranquilizador que comprendía tanto sus alegrías del presente como las esperanzas del futuro, y Catherine aceptó con la condición de que sus padres también dieran su aprobación.

—Escribiré a casa inmediatamente —dijo— y, si no ponen ninguna objeción, tal como imagino que será el caso...

El general Tilney también era optimista, pues ya había pasado por casa de los excelentes amigos de la joven en la calle Pulteney y había obtenido la necesaria autorización para sus planes.

—Si ellos están dispuestos a pasar sin usted —dijo—, cabe esperar la misma actitud por parte del resto del mundo.

La señorita Tilney también secundó encantada las cortesías de su padre y pocos minutos después el asunto quedó zanjado; solo quedaba pendiente la necesaria consulta a Fullerton.

Lo acontecido aquella mañana había despertado en Catherine sentimientos de todo tipo: incertidumbre, seguridad y decepción. Pero por fin se sentía presa de una profunda dicha y con el ánimo por las nubes. Con Henry en el corazón y la abadía de Northanger en los labios, corrió a casa para escribir la carta. El señor y la señora Morland, convencidos de la discreción de los amigos a los que ya habían confiado a su hija, no tuvieron ninguna duda acerca del decoro de una relación que se había formado ante sus ojos,

por lo que enseguida enviaron su consentimiento para que Catherine pudiera viajar a Gloucestershire. Aunque dicha indulgencia era precisamente lo que había esperado Catherine, el permiso de sus padres terminó de convencerla de que era la criatura más afortunada de la tierra, tanto en amistades como en fortuna, circunstancias y suerte. Todo parecía contribuir a su bienestar. Gracias a la amabilidad de sus primeros amigos, los Allen, había podido conocer lugares donde había disfrutado de satisfacciones de todo tipo. Catherine había visto correspondidos sus sentimientos y preferencias. Y había conseguido crear vínculos siempre que había sentido interés por entablar relación con alguien. El afecto de Isabella se reforzaría necesariamente cuando esta se convirtiese en su hermana. Y los Tilney, precisamente la familia a la que deseaba causar buena impresión por encima de todo, habían superado sus expectativas con esas halagadoras medidas, que servirían para seguir profundizando en su relación. Ella iba a ser su huésped de honor, iba a pasar varias semanas bajo el mismo techo que la persona con la que más ganas tenía de relacionarse y, además, ¡ese techo iba a ser el de una abadía! Su pasión por los edificios antiguos era casi comparable a la que sentía por Henry Tilney, y los castillos y las abadías poblaban las ensoñaciones de la joven que no versaban sobre él. Tener ocasión de explorar las murallas y torreones de los primeros, o los claustros de las segundas, había sido algo que llevaba deseando varias semanas, aunque jamás se habría atrevido a pensar que pudiera disfrutar de ello durante más de una hora. Y, sin embargo, se iba a hacer realidad. Con todas las posibilidades que había de que Northanger fuera una casa normal, una casa rústica o una mansión, había resultado ser una abadía, y Catherine iba a habitar en ella. Podría disfrutar cada día de sus largos y húmedos pasillos, sus angostas celdas y su capilla en ruinas, y no conseguía reprimir del todo la esperanza de descubrir alguna leyenda o una terrible historia acerca de alguna monja desventurada.

Le sorprendía que sus amigos parecieran tan poco entusiasmados de poseer una hacienda como esa y lo aceptasen casi con resignación. Solo podía atribuirse a la fuerza de la costumbre. Las distinciones que se adquirían ya desde la cuna no provocaban orgullo alguno. La superioridad de su hogar no significaba para ellos mucho más que su superioridad personal.

Ansiaba hacerle muchas preguntas a la señorita Tilney, pero tenía tantas cosas en la cabeza que, cuando la joven respondió, Catherine apenas supo con mayor certeza si la abadía de Northanger había sido un convento en tiempos de la Reforma, si había caído en manos de algún antepasado de los Tilney al terminar el periodo, si la mayor parte del antiguo edificio seguía formando parte de la vivienda actual a pesar de que el resto estuviera en ruinas o si realmente se enclavaba en un valle, protegido al norte y al este por altísimos robles.

Capítulo XVIII

Catherine se sentía tan dichosa que apenas se dio cuenta de que habían pasado dos o tres días sin que hubiera visto más que unos pocos minutos a Isabella. La joven empezó a ser consciente de ello y a añorar la conversación de su amiga mientras paseaba por los salones del balneario una mañana con la señora Allen, sin tener nada que decirle ni que escuchar, y apenas había pasado cinco minutos añorando a su amiga cuando precisamente apareció el objeto de sus pensamientos, quien, invitándola a conversar en privado, se la llevó a un aparte para sentarse.

—Este es mi rincón preferido —dijo Isabella mientras se sentaban en un banco situado entre dos puertas con una vista estupenda de todas las personas que entraban y salían por cualquiera de ellas—. Está muy retirado de todo.

Catherine, al advertir que los ojos de Isabella no dejaban de volverse hacia una puerta u otra, y recordando las muchas veces que su amiga la había acusado sin motivo de ser taimada, pensó que la situación era perfecta para serlo de verdad y dijo:

—Tranquilízate, Isabella, James llegará muy pronto.

—Uy, querida mía —contestó la otra—, no pienses que soy tan boba como para querer que esté pegado a mí todo el día. Sería espantoso que no

147

pudiéramos separarnos ni un instante; seríamos la comidilla de Bath. ¡Así que te vas a Northanger! No sabes cuánto me alegro. Tengo entendido que es uno de los lugares antiguos más bonitos de Inglaterra. Espero que me cuentes cómo es con pelos y señales.

—Te aseguro que tendrás la mejor descripción que pueda ofrecerte. ¿Pero a quién buscas? ¿Van a venir tus hermanas?

—No estoy buscando a nadie. Hay que mirar a alguna parte y ya sabes que a mí me cuesta mucho dejar los ojos quietos cuando tengo tantas cosas en la cabeza. Estoy increíblemente dispersa, me parece que soy la persona más dispersa del mundo. Tilney dice que es lo que les sucede a las mentes de cierto nivel.

—¿No tenías algo que contarme, Isabella?

—¡Ah, sí! Así es. Ahí tienes una prueba de lo que estaba diciendo. ¡Qué cabeza la mía! Ya lo había olvidado. Bueno, el caso es este: acabo de recibir una carta de John. Y ya imaginarás lo que dice.

—Pues la verdad es que no.

—Querida mía, no te hagas la interesante. ¿De qué va a hablar si no es sobre ti? Ya sabes que está enamoradísimo de ti.

—¿De mí? ¡Pero querida Isabella!

—¡Venga, dulce Catherine, esto es absurdo! La modestia y todo eso está muy bien, pero a veces la sinceridad también es agradable. No se puede ser tan modesta. Es como si estuvieras esperando cumplidos todo el tiempo. Hasta una niña habría advertido sus atenciones. Y media hora antes de que se marchara de Bath tú misma estuviste alimentando sus esperanzas. Eso dice en la carta, que te hizo una propuesta y que tú te mostraste muy receptiva. Y ahora quiere que le ayude y te diga todo tipo de cosas bonitas de su parte. Así que no tiene sentido que finjas ignorancia.

Catherine, con absoluta sinceridad, manifestó la sorpresa que le producían tales acusaciones y protestó enérgicamente aduciendo ignorar que el señor Thorpe estuviera enamorado de ella, por lo que era imposible que le hubiera alentado de forma alguna.

—En cuanto a las atenciones recibidas por su parte, jamás he sido consciente de ellas, excepto el primer día, cuando me pidió que bailara con él. Y

en cuanto a eso de que me haya hecho alguna proposición o algo parecido, debe de tratarse de algún malentendido incomprensible. ¡Yo no podría haberme equivocado en una cosa como esa! Y como siempre espero que me crean, niego solemnemente que jamás hayamos intercambiado ni una sola palabra respecto a algo parecido. ¿Media hora antes de que se fuera? Debe de tratarse de un error, pues yo no le vi ni una sola vez aquella mañana.

—Claro que sí. Pasaste toda la mañana en Edgar's Buildings, fue el día que llegó el consentimiento de tu padre, y estoy segura de que tú y John os quedasteis a solas en el salón antes de que te fueras.

—¿Ah, sí? Bueno, si tú lo dices, quizá sea así, pero te doy mi palabra de que no lo recuerdo. Me acuerdo de que estuve contigo y de haberle visto a él igual que a los demás, pero no estuvimos a solas. Aunque tampoco tiene sentido discutir sobre ello, pues te aseguro que, diga lo que diga él, yo no recuerdo nada de eso y jamás he pensado, esperado ni deseado de él nada semejante. Lamento mucho que sienta algo por mí, pero te aseguro que yo no he hecho nada por alentarlo ni tuve nunca la más mínima intención. Te ruego que se lo aclares cuanto antes y también que le pidas perdón en mi nombre, bueno..., no sé qué debería decir, pero hazle comprender mis intenciones de la mejor forma posible. Y no quiero ser irrespetuosa con tu hermano, Isabella, te lo aseguro, pero tú sabes muy bien que si yo pienso en algún hombre más que en otro, no es en él.

Isabella guardaba silencio.

—Querida amiga, no te enfades conmigo. Es imposible que tu hermano esté tan enamorado de mí. Y ya sabes que tú y yo vamos a ser hermanas de todas formas.

—Sí, sí —contestó la otra ruborizándose—. Y hay más de una forma de que seamos hermanas. Vaya, estoy divagando. En fin, querida Catherine, al parecer estás decidida a rechazar al pobre John, ¿no es así?

—Desde luego no puedo corresponderle, y te aseguro que nunca he pretendido incentivarlo.

—Pues si ese es el caso, no seguiré importunándote. John quería que te hablara de ello y por eso lo he hecho. Pero debo confesar que en cuanto

he leído su carta he pensado que era absurdo e imprudente y que no traería ningún bien para ninguno de los dos. ¿De qué ibais a vivir suponiendo que os casarais? Ya sé que los dos tenéis bienes, pero no bastaría para mantener una familia hoy día y, por mucho que digan los escritores de romances, no se puede vivir sin dinero. No entiendo que John no lo haya pensado, no debe de haber recibido mi última carta.

—¿Entonces no me acusas de haber hecho nada mal? ¿Estás convencida de que jamás he pretendido engañar a tu hermano y que no tenía ni idea de que yo le gustaba hasta este momento?

—¡Ah! En cuanto a eso —continuó diciendo Isabella entre risas—, yo no puedo saber cuáles han sido tus pensamientos e intenciones del pasado. Eso solo lo sabes tú. A veces una se deja llevar por un coqueteo inofensivo y se ve en la obligación de ir más lejos de lo que quisiera. Pero te aseguro que soy la última persona en el mundo que te juzgaría con severidad. A los jóvenes deberían permitirles todas esas cosas. Ya se sabe que una un día dice una cosa y quizá ya no piense lo mismo al día siguiente. Las circunstancias cambian y las opiniones también.

—Pero yo nunca he cambiado de opinión respecto a tu hermano, siempre he pensado lo mismo. Estás hablando de algo que nunca ha sucedido.

—Querida Catherine —prosiguió la otra sin hacerle caso—, yo sería incapaz de empujarte a un compromiso sin que tú supieras nada de ello. No creo que nada pudiera justificar que yo deseara verte sacrificar toda tu felicidad solo para complacer a mi hermano por el simple hecho de que sea mi hermano, cuando además quizá él pueda ser igual de feliz sin ti, pues a menudo las personas no saben lo que quieren, en especial los jóvenes, que son increíblemente volubles e inconstantes. Lo que digo es que no tendría por qué importarme más la felicidad de un hermano que la de una amiga. Ya sabes que para mí la amistad es muy importante. Pero por encima de todo, querida Catherine, no te precipites. Confía en mí: si te precipitas seguro que acabas arrepintiéndote toda la vida. Tilney dice que no hay nada en lo que las personas se engañen más que en lo que respecta a la intensidad de sus afectos y creo que tiene mucha razón. ¡Ah! Ahí viene. Aunque no importa, estoy segura de que no nos verá.

Catherine levantó la vista y vio al capitán Tilney. E Isabella, que no dejaba de mirarlo fijamente mientras hablaba, enseguida captó la atención del joven. Él se acercó de inmediato y ocupó el asiento que ella le indicó mediante gestos. Su primera frase asombró a Catherine. Aunque lo dijo en voz baja, la joven pudo distinguir que decía:

—¡Vaya! Siempre está usted vigilada, ya sea directamente o por una carabina.

—¡Bobadas! —contestó Isabella también entre susurros—. ¿Por qué intenta usted meterme esas cosas en la cabeza? Pero no lo creo. Tengo un espíritu muy independiente.

—Ojalá su corazón fuera igual de independiente. Con eso me conformaría.

—¡Mi corazón, dice! ¿Qué interés puede tener usted en ese sentido? Ningún hombre tiene corazón.

—Quizá no tengamos corazón, pero tenemos ojos y ya nos atormentan lo suficiente.

—¿Ah, sí? Lamento oírlo. Siento que vean en mí algo tan desagradable. Miraré hacia otro lado. Espero que eso le complazca —dijo dándole la espalda—. Espero que sus ojos ya no le atormenten.

—En absoluto, aunque todavía puedo ver el perfil de una mejilla sonrosada, cosa que es a la vez ver demasiado y muy poco.

Catherine oyó el intercambio y, sorprendida, fue incapaz de seguir escuchando. Asombrada de que Isabella pudiera soportarlo y celosa por su hermano, se levantó y, anunciando que iba en busca de la señora Allen, le propuso a su amiga que la acompañara. Pero Isabella no mostró ningún interés en su proposición. Estaba increíblemente cansada y era agotador desfilar continuamente por el salón. Además, si se movía de su asiento sus hermanas no la encontrarían y esperaba que aparecieran en cualquier momento, por lo que su querida Catherine debía excusarla y volver a sentarse tranquilamente. Pero Catherine se mostró igual de obstinada y, como la señora Allen apareció en ese preciso momento para proponerle que regresaran a casa, se marchó con ella del salón del balneario dejando a Isabella allí sentada con el capitán Tilney. Pero se marchó sintiéndose muy inquieta. Tenía

la impresión de que el capitán Tilney se estaba enamorando de Isabella y que ella le estaba dando pie sin darse cuenta. Debía de estar haciéndolo sin darse cuenta, pues el apego que Isabella sentía por James era tan evidente y firme como su compromiso. No podía dudar de su sinceridad y sus buenas intenciones. Y, sin embargo, su amiga se había comportado de un modo extraño durante toda la conversación. Catherine habría deseado que Isabella hubiera hablado como siempre y no tanto del dinero, y que no hubiera parecido tan complacida al ver al capitán Tilney. Era muy extraño que su amiga no advirtiera la admiración del joven. Catherine tenía muchas ganas de hacérselo ver, de ponerla en guardia y evitar todo el dolor que su comportamiento podría provocar, tanto al capitán como a su hermano.

El halago de conocer el afecto de John Thorpe no compensaba la desconsideración que estaba mostrando su hermana. Estaba tan lejos de creerlo como de desear que fuera sincero, pues Catherine no había olvidado que él solía equivocarse, y eso de que hubiera afirmado haberse declarado y que ella le había dado esperanzas la convenció de que, en ocasiones, sus errores podían llegar a ser atroces. Por eso el incidente no alimentó mucho su vanidad, más bien le produjo sorpresa. Que él pensara que valía la pena creerse enamorado de ella era algo que la tenía asombrada. Isabella había hablado de las atenciones que le había dedicado su hermano, pero Catherine no era consciente de haberlas recibido. No obstante, Isabella había dicho muchas cosas que Catherine esperaba que hubieran sido fruto de un momento de precipitación y deseaba que jamás volviera a pronunciarlas; convencida de ello, se contentó con olvidar el asunto y quedarse tranquila.

Capítulo XIX

Pasaron algunos días, y Catherine, aunque no se permitía dudar de su amiga, no podía evitar vigilarla con atención. Y el resultado de sus observaciones no fue agradable. Isabella parecía una persona distinta. Sin embargo, cuando la veía rodeada de sus amigos íntimos en Edgar's Buildings o en la calle Pulteney, su cambio de actitud era tan insignificante que, de no haber ido más lejos, podría haber pasado inadvertido. De vez en cuando la notaba lánguida o indiferente o incluso advertía esa abstracción de la que tanto hablaba Isabella y Catherine no había observado antes, pero, de no haber ocurrido nada peor, esas cosas solo habrían contribuido a enfatizar el atractivo de Isabella e inspirar en Catherine un renovado interés por su persona. Pero cuando Catherine la veía en público, aceptando las cortesías que el capitán Tilney le ofrecía de tan buen grado y dedicándole la misma atención y tantas sonrisas como a James, el cambio era demasiado evidente como para pasarlo por alto. Catherine era incapaz de comprender qué pretendía conseguir su amiga con una conducta tan inestable. Isabella no podía ser consciente del dolor que estaba infligiendo, pero estaba dando muestras de una desconsideración tan deliberada que Catherine se sentía molesta. James era quien sufría. Lo veía serio e inquieto, y por muy desconsiderada que fuera con sus

sentimientos la mujer que le había entregado su corazón, para Catherine él siempre era objeto de preocupación. También estaba pendiente del capitán Tilney. Aunque no acabara de gustarle su aspecto, su apellido hacía que la joven se sintiese predispuesta a verlo con buenos ojos y pensaba con sincera compasión en su inminente decepción, pues, a pesar de lo que la joven creía haber escuchado en el salón, su comportamiento era tan incompatible con que conociera el compromiso de Isabella que Catherine estaba convencida de que él no podía estar al corriente de la situación. Quizá el joven estuviera celoso de James por considerarlo un rival, pero si Tilney pensaba que podía llegar más lejos, la culpa solo podía ser de la falta de precaución de Isabella. Catherine deseaba llamarle la atención a su amiga mediante una delicada reprimenda, recordarle su compromiso y conseguir que tomara conciencia de su doble desconsideración, pero nunca encontraba el momento para hacerlo. Y cuando conseguía hacerle alguna insinuación, Isabella nunca la comprendía. Y en medio de tal aflicción, la planeada partida de la familia Tilney se convirtió en su gran consuelo. El viaje a Gloucestershire se iba a producir al cabo de unos días y la ausencia del capitán Tilney devolvería la paz a todos los corazones a excepción del suyo. Pero al final resultó que el capitán Tilney no tenía ninguna intención de marcharse; no formaba parte del grupo que se trasladaría a Northanger y, por tanto, pensaba quedarse en Bath. Cuando Catherine estuvo al corriente de la situación tomó una decisión. Habló con Henry Tilney acerca del asunto lamentando la evidente debilidad de su hermano por la señorita Thorpe y le suplicó que le comunicara su compromiso previo.

—Mi hermano ya lo sabe —contestó Henry.

—¿Ah, sí? ¿Y entonces por qué se queda aquí?

Él no contestó y cambió de tema, pero ella insistió con impaciencia:

—¿Por qué no le convence para que se marche? Cuanto más tiempo se quede, peor será para él al final. Le ruego que le advierta, por su propio bien y por el bien de todos, que se marche de Bath cuanto antes. Con el tiempo la ausencia le devolverá la tranquilidad, pues aquí no hay esperanza para él y, si se queda, solo conseguirá sentirse desgraciado.

Henry sonrió y dijo:

—Estoy seguro de que mi hermano no desea hacer eso.

—¿Entonces le convencerá para que se marche?

—No creo que sea necesario convencer a nadie, y discúlpeme si no lo intento siquiera. Ya le he dicho que la señorita Thorpe está comprometida. Él sabe lo que se hace y debe hacer lo que le parezca.

—No, él no sabe lo que se hace —protestó Catherine—. No sabe el dolor que le está provocando a mi hermano. Tampoco es que James me haya dicho nada, pero estoy convencida de que está muy molesto.

—¿Y está segura de que es a causa de mi hermano?

—Sí, completamente.

—¿Lo que le está lastimando son las atenciones de mi hermano hacia la señorita Thorpe o que la señorita Thorpe las acepte?

—¿Acaso no es lo mismo?

—Creo que el señor Morland sabría ver la diferencia. A ningún hombre le ofende que otro admire a la mujer que ama; solo la mujer puede convertir eso en un tormento.

Catherine se sonrojó al pensar en su amiga y dijo:

—Isabella se equivoca. Pero estoy segura de que no pretende atormentar a nadie, pues está muy unida a mi hermano. Se enamoró de él en cuanto le vio, y mientras esperaba el consentimiento de mi padre se mostró tan alterada que a punto estuvo de caer enferma. Imagine lo unida que debe de sentirse a él.

—Ya lo entiendo: está enamorada de James y coquetea con Frederick.

—¡Oh, no! Ella no coquetea. Una mujer que está enamorada de un hombre no puede coquetear con otro.

—Es probable que no esté tan enamorada ni coquetee tan bien como lo haría si se dedicase únicamente a una de las dos cosas. Los dos caballeros deben ceder un poco.

Tras un breve silencio, Catherine retomó el hilo diciendo:

—¿Entonces no piensa que Isabella esté tan enamorada de mi hermano?

—No puedo opinar acerca de eso.

—¿Pero cuáles pueden ser las intenciones de su hermano? Si sabe que ella está comprometida, ¿qué pretende con su comportamiento?

—Es usted muy inquisitiva.

—¿Ah, sí? Solo pregunto lo que quiero saber.

—¿Pero solo pregunta lo que yo puedo tener libertad de contestar?

—Sí, eso creo, pues usted debe de conocer lo que siente su hermano.

—Le aseguro que en la situación que nos ocupa solo puedo suponer lo que siente mi hermano, como usted dice.

—¿Y bien?

—Pues si se trata de hacer conjeturas todos podemos hacer las nuestras. Dejarse guiar por las suposiciones de otras personas es lamentable. Ahí tiene los hechos. Mi hermano es un joven despierto y quizá, en ocasiones, despreocupado. Hace una semana que conoce a su amiga y sabe que está comprometida desde que la conoce.

—Bien —dijo Catherine después de reflexionar un momento—, quizá usted sea capaz de adivinar las intenciones de su hermano basándose en estos hechos, pero le aseguro que yo no puedo. ¿Y a su padre no le incomoda esta situación? ¿No desea que el capitán Tilney se marche? Estoy convencida de que si su padre hablara con él, se marcharía.

—Querida señorita Morland —dijo Henry—, ¿no cree que puede estar un poco equivocada en su amable interés por el bienestar de su hermano? ¿No está yendo un poco lejos? ¿Cree que él le agradecería, tanto en su nombre como en el de la señorita Thorpe, que suponga usted que el afecto de la joven, o al menos su buen comportamiento, depende únicamente de que deje de ver al capitán Tilney? ¿Él solo estará a salvo en soledad? ¿O la joven solo le entregará su corazón cuando no haya nadie más que pueda dedicarle sus atenciones? Es imposible que su hermano piense así, y puede estar segura de que no le gustaría que usted lo pensara. No le diré que no se preocupe, pues ya sé cómo se siente en este momento, pero intente inquietarse lo menos posible. Dado que no alberga usted ninguna duda acerca del afecto que se profesan su hermano y su amiga, convénzase de que entre ellos no pueden existir auténticos celos y cualquier discrepancia no puede durar mucho. Ellos se conocen como usted no les conocerá nunca, saben exactamente lo que necesitan y lo que pueden soportar, y puede estar segura de que ninguno de los dos se excederá nunca en sus provocaciones.

Advirtiendo que ella seguía vacilante y seria, añadió:

—Aunque Frederick no se marche de Bath con nosotros, es probable que no se quede mucho tiempo, quizá solo unos días más que nosotros. Pronto terminará su permiso y tendrá que volver con su regimiento. ¿Y en qué quedará entonces todo esto? Él pasará quince días bebiendo en el mesón para olvidar a Isabella y ella pasará un mes riéndose con su hermano de la pasión del pobre Tilney.

Catherine no podía seguir luchando contra aquellas palabras de consuelo. Había resistido sus embates durante todo el discurso, pero por fin la había convencido. Henry Tilney debía de saber lo que se decía. Se reprendió por haberse preocupado tanto y decidió no volver a darle tanta importancia.

Su resolución se vio reforzada por el comportamiento que exhibió Isabella durante el encuentro que mantuvieron antes de la marcha de Catherine. Los Thorpe pasaron en la calle Pulteney la última tarde que Catherine estuvo en Bath y entre los amantes no ocurrió nada que despertara la inquietud de la joven o que la llevara a partir sintiéndose nerviosa. James estaba muy contento y a Isabella se la veía muy tranquila. La principal emoción que embargaba a Isabella parecía ser la ternura que sentía por su amiga, pero en un momento como aquel era comprensible, y aunque en una ocasión contradijo a su prometido y en otra le retiró la mano, Catherine recordó las instrucciones de Henry y lo atribuyó todo a un afecto juicioso. Y a nadie le costaría mucho imaginar los abrazos, las lágrimas y las promesas que se dedicaron antes de partir.

Capítulo XX

Los Allen lamentaron perder a su joven amiga, cuyo buen humor y alegría la habían convertido en una valiosa compañera, y gracias a la empresa de promover su diversión, ellos también habían disfrutado enormemente. Sin embargo, la felicidad que la joven sentía de poder marcharse con la señorita Tilney les impedía desear otra cosa y, como solo iban a quedarse en Bath una semana más, tampoco iban a tener mucho tiempo de lamentar su ausencia. El señor Allen la acompañó a la calle Milsom, donde la joven debía desayunar, y la dejó sentada con sus nuevos amigos, que la recibieron encantados. Pero Catherine estaba tan nerviosa ante la idea de sentirse parte de aquella familia, y tenía tanto miedo de no hacerlo todo bien y no ser capaz de conservar la buena opinión que tenían de ella, que, abrumada por el bochorno que sintió durante esos primeros cinco minutos, estuvo a punto de desear volverse con el señor Allen a la calle Pulteney.

Los modales de la señorita Tilney y las sonrisas de Henry enseguida se llevaron parte de su intranquilidad, pero Catherine seguía muy lejos de sosegarse, a lo que tampoco contribuían del todo las incesantes atenciones del general. Por muy retorcido que pareciese, Catherine llegó incluso a pensar que quizá se hubiera sentido más cómoda si este se hubiera mostrado

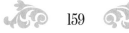

menos atento. El general estaba tan pendiente de su bienestar, insistiendo sin parar en que comiera y preocupándose en todo momento por que la joven no encontrase algo que no fuera de su agrado que, a pesar de que Catherine jamás había visto una mesa de desayuno tan variada como aquella, era imposible que olvidara ni por un momento su condición de invitada. Se sentía completamente indigna de dicho respeto y no sabía cómo responder. Tampoco le ayudó a calmarse advertir la impaciencia del general por la aparición de su hijo mayor ni el desagrado que expresó debido a su indolencia cuando por fin bajó el capitán Tilney. La joven se sintió bastante dolida por la severidad de la reprimenda de su padre y todavía se sintió peor cuando descubrió que ella era la causa principal de dicho reproche, pues su padre consideraba que su retraso era especialmente lamentable por parecerle una falta de respeto hacia ella. Eso la puso en una situación muy incómoda y Catherine sintió una gran compasión por el capitán Tilney, aunque no pudiera esperar ninguna muestra de empatía por parte del joven.

El capitán escuchó a su padre en silencio y no intentó defenderse, cosa que confirmó los temores de Catherine, pues pensaba que la inquietud que el joven sentía por Isabella podría haberle robado el sueño y ser la verdadera causa de que se hubiera levantado tarde. Era la primera vez que ella estaba verdaderamente en compañía del capitán y la joven esperaba aprovechar la ocasión para formarse una opinión sobre él. Pero apenas pudo escuchar la voz del joven mientras su padre estuvo en la misma estancia. E incluso después, él se mostraba tan desanimado que Catherine solo pudo distinguir el susurro con el que le dijo a Eleanor:

—Qué ganas tengo de que os marchéis.

El bullicio que ocasionaron los preparativos del viaje no fue nada agradable. El reloj dio las diez mientras los criados bajaban los baúles, y el general tenía programado haber salido de la calle Milsom a esa hora. En lugar de traer el abrigo del general para que se lo pusiera directamente, estaba tendido en el carruaje en el que debía viajar con su hijo. Tampoco habían sacado el asiento central del otro coche a pesar de que en él debían viajar tres personas, y la doncella de su hija había llenado el vehículo con tantos paquetes que la señorita Morland no iba a tener sitio para sentarse. Y el general estaba tan preocupado por dicha posibilidad cuando la ayudó a subir que Catherine tuvo que esforzarse para impedir que su nuevo escritorio acabara tirado en la calle. Sin embargo, al fin cerraron la puerta del coche de las tres mujeres y partieron al paso relajado en el que los hermosos caballos bien alimentados de un caballero suelen hacer un trayecto de cincuenta kilómetros, pues esa era la distancia que separaba Bath de Northanger y que deberían dividir en dos etapas. Catherine volvió a animarse en cuanto partieron, pues con la señorita Tilney no se sentía cohibida y, gracias al interés de un viaje nuevo para ella, saber que iba a conocer una abadía y la compañía que viajaba en el coche tras ellas, se despidió de Bath sin lamentarlo mientras contemplaba el desfile de los mojones del camino, que aparecían incluso antes de lo que ella esperaba. A continuación siguió una tediosa espera de dos horas en Petty France, donde no había nada más que hacer que comer sin apetito y pasear sin que hubiera nada que ver, y eso hizo mermar la admiración que sentía Catherine por el estilo con el que viajaban: los espléndidos carruajes, los cuatro postillones ataviados con sus respectivas libreas que tan a menudo se alzaban sobre sus estribos y los numerosos escoltas que los seguían a caballo. De haberse tratado de un grupo agradable, el retraso no hubiera tenido ninguna importancia, pero el general Tilney, pese a ser un hombre tan encantador, siempre parecía hacer tal mella en el ánimo de sus hijos que apenas hablaba nadie a excepción de él mismo; cosa que, sumada al descontento que sentía por todo cuanto ofrecía la posada y lo impaciente que se mostraba con los camareros, hizo que Catherine cada vez le tuviera más miedo, hasta el punto que las dos horas de viaje le parecieron cuatro. Sin embargo, al dar la orden de partir, Catherine se llevó una grata sorpresa cuando el general le propuso que ocupara su lugar en el carruaje de su hijo durante el resto del trayecto, pues «hacía un día muy hermoso y deseaba que ella pudiera contemplar bien el paisaje».

Catherine recordó la opinión del señor Allen acerca de los carruajes descubiertos de los jóvenes y se sonrojó al escuchar la propuesta del general, por lo que su primer impulso fue el de rechazarlo, pero a continuación recordó la gran deferencia que sentía por el juicio del general Tilney, un hombre que sin duda sería incapaz de proponerle algo impropio. Así que,

pocos minutos después, Catherine se encontraba con Henry en la calesa sintiéndose la muchacha más feliz de todas. Enseguida se convenció de que la calesa era el mejor coche del mundo: el otro carruaje se desplazaba con mucha elegancia, de eso no había duda, pero era un vehículo demasiado aparatoso y la joven no olvidaba que había sido a causa de ese coche por lo que habían tenido que pasar esas dos horas en Petty France. A la calesa le habría bastado con la mitad del tiempo y sus ligeros caballos se desplazaban con tanta agilidad que, de no haber sido porque el general había preferido que su carruaje fuera delante, podrían haberlo adelantado con facilidad en medio minuto. Pero no todo el mérito de la calesa pertenecía a los caballos. Henry conducía muy bien, con mucha suavidad, sin alterarse, sin alardear de nada ni gritar improperios a los animales. ¡Era tan distinto al único caballero con el que podía compararlo como conductor! Además el sombrero le sentaba muy bien y las innumerables capas de su sobretodo le conferían un aspecto muy distinguido. Que él la llevase en su coche era sin duda, además de bailar con él, lo que más feliz la hacía en el mundo. Además de dichos gozos, Catherine disfrutaba también del placer de las alabanzas que él le dedicaba; en nombre de su hermana, le agradecía la cortesía de haberse convertido en su invitada, algo que consideraba un gesto de auténtica amistad. Según dijo, su hermana vivía en desafortunadas circunstancias, pues carecía de compañía femenina y, durante las frecuentes ausencias de su padre, ella se encontraba a menudo en completa soledad.

—¿Pero cómo es posible? —dijo Catherine—. ¿Usted no está con ella?

—Solo paso en Northanger la mitad del tiempo. Yo tengo mi propia casa en Woodston, que está a casi treinta kilómetros de la de mi padre, y es necesario que pase parte de mi tiempo allí.

—¡Cómo debe de lamentarlo!

—Siempre lamento separarme de Eleanor.

—Sí, pero además del afecto que siente por ella, seguro que está usted muy unido a la abadía. Tras haberse acostumbrado a residir en una casa como esa, vivir en una sencilla rectoría debe de resultarle muy poco agradable.

Él sonrió y dijo:

—Se ha formado usted una idea muy favorable de la abadía.

—Lo cierto es que sí. ¿No es una hacienda antigua y distinguida como las que salen en las novelas?

—¿Y está usted preparada para afrontar todos los horrores que pueda encontrarse en un edificio de esos «que salen en las novelas»? ¿Es usted valiente? ¿Tiene los nervios a prueba de paneles y tapices que se mueven?

—¡Oh, desde luego! No creo que me asuste con facilidad, pues habrá mucha gente en la casa. Y, además, nunca ha estado deshabitada y vacía durante años ni la familia vuelve de improviso, sin avisar, como suele ocurrir.

—No, desde luego. No tendremos que abrirnos camino hasta un salón mal iluminado por las brasas de un fuego, ni nos veremos obligados a dormir en el suelo de una estancia sin ventanas, puertas o muebles. Pero debe usted tener presente que cuando una joven llega (por los motivos que sea) a una casa de estas características, siempre la alojan separada del resto de la familia. Mientras ellos se acomodan en su extremo de la casa, ella es conducida muy formalmente por Dorothy, la anciana ama de llaves, por una escalera distinta y, tras recorrer varios pasadizos sombríos, la acomoda en alguna alcoba que no se ha utilizado desde que alguna prima o pariente muriera en ella veinte años atrás. ¿Podrá soportar esa clase de recibimiento? ¿Acaso su mente no la traicionará cuando se encuentre en esa estancia tenebrosa, con los techos demasiado altos y excesivamente grande para usted, únicamente iluminada por los débiles rayos de una lámpara, con las paredes forradas de tapices con figuras de tamaño natural y la cama cubierta por algún material verde o terciopelo púrpura que le confiere un aspecto fúnebre? ¿No se le encogería el corazón?

—¡Oh! Pero estoy segura de que eso no me va a ocurrir a mí.

—¡Y con qué temor examinará usted los muebles de su estancia! ¿Y qué encontrará? Nada de mesas, tocadores, guardarropas o cajones, sino, en un lado, quizá los restos de algún laúd roto, en el otro un pesado arcón imposible de abrir y, sobre la chimenea, el retrato de algún apuesto guerrero, cuyos rasgos le llamarán tanto la atención que no conseguirá apartar los ojos de él. Entretanto, Dorothy, no menos asombrada por la apariencia de usted, no dejará de observarla muy inquieta y dejará caer algunas insinuaciones

ininteligibles. Además, para subirle un poco más el ánimo, le dará motivos para pensar que la parte de la abadía en la que se aloja usted está encantada y le informará de que no tendrá ningún criado a su disposición. Tras esa cordial despedida le hará una reverencia y se retirará. A continuación usted escuchará cómo se alejan sus pasos hasta que apenas se oirá ya nada y cuando, abatida, intente usted cerrar la puerta, descubrirá, con creciente alarma, que la puerta no tiene cerradura.

—Oh, señor Tilney, ¡qué miedo! Es como en los libros. Pero eso no puede ocurrirme a mí. Estoy segura de que su ama de llaves no se llama Dorothy. Bueno, y luego ¿qué ocurrirá?

—Quizá la primera noche no ocurra nada más que la alarme. Tras superar el irrefrenable horror que le produzca la cama, se retirará a descansar y disfrutará de algunas horas de sueño inquieto. Pero la segunda, o como mucho la tercera noche después de llegar, probablemente haya una terrible tormenta. En las montañas resonarán unos truenos tan fuertes que parecerán sacudir hasta los cimientos del edificio y en las terroríficas rachas de aire que los acompañarán probablemente le parecerá distinguir (pues su lámpara no se habrá apagado) que una parte de las cortinas se agita con más fuerza que las demás. Incapaz de reprimir su curiosidad en un momento tan propicio para darle rienda suelta, se levantará enseguida, se pondrá la bata y se acercará a examinar el misterio. Tras una breve inspección descubrirá una grieta en el tapiz tan bien hecha que desafiaría la más minuciosa de las inspecciones y, al abrirla, aparecerá una puerta que, al estar solo cerrada con unas recias barras y un candado, usted conseguirá abrir con poco esfuerzo y, con la lámpara en la mano, la cruzará hasta llegar a una pequeña estancia abovedada.

—No, imposible. Estaría demasiado asustada como para hacer algo así.

—¿Cómo? ¿Ni siquiera aunque Dorothy le haya dado a entender que hay un pasadizo secreto que comunica su estancia con la capilla de san Antonio, a tres escasos kilómetros de allí? ¿Se acobardaría ante semejante aventura? No, no, usted entraría en la pequeña estancia abovedada y, tras ella, a otras más, sin encontrar nada de interés en ninguna. En una de ellas quizá haya una daga, en otra algunas gotas de sangre y en la tercera los restos de algún instrumento de tortura, pero al no encontrar nada fuera de lo común, y dado que su lámpara ya casi se habrá extinguido del todo, regresará a su habitación. Sin embargo, al volver a pasar por la pequeña estancia abovedada, verá un gran armario de ébano y oro al que no había prestado atención al examinar los muebles cuando pasó por allí la primera vez. Empujada por un presentimiento irresistible, se acercará con impaciencia, abrirá sus puertas y buscará en todos los cajones, pero pasará un buen rato sin descubrir nada importante, quizá solo encuentre una considerable cantidad de diamantes. Al final, sin embargo, al tocar un resorte oculto, se abrirá un compartimento secreto y aparecerá un rollo de papel. Lo tomará, verá que contiene varias hojas manuscritas y volverá corriendo con su tesoro a su dormitorio, pero tan solo habrá sido capaz de descifrar las palabras: «¡Oh! Quienquiera que sea usted, en sus manos tiene las memorias de la desdichada Matilda...», cuando de pronto se le apagará la lámpara y se quedará completamente a oscuras.

—¡Ay, no, no me diga! Bueno, continúe.

Pero Henry estaba demasiado encantado con el interés que había despertado como para poder proseguir con su historia. Ya no era capaz de ponerse serio, y se vio obligado a convencer a la joven para que utilizara ella su propia imaginación para descubrir los misterios de Matilda. Catherine se recompuso avergonzada de haber mostrado tanto interés y le aseguró que en ningún momento había sentido miedo de tener que enfrentarse a nada de lo que él había contado.

—Estoy convencida de que la señorita Tilney jamás me alojaría en una estancia como la que usted acaba de describir. No tengo ningún miedo.

A medida que se acercaba el fin del viaje, la impaciencia de Catherine por ver la abadía, que durante un tiempo había quedado suspendida por la conversación que habían mantenido acerca de distintos temas, reapareció con intensidad y aguardaba cada curva del camino con la solemne esperanza de atisbar sus enormes muros de piedra gris alzándose por entre un bosque de robles viejos, mientras los últimos rayos de sol se reflejaban con hermoso esplendor sobre sus gigantescos ventanales góticos. Pero el edificio se hallaba enclavado en un lugar tan bajo que Catherine se encontró cruzando

las grandes verjas de acceso a Northanger sin haber distinguido siquiera una chimenea antigua.

No es que pensara que tenía derecho a sorprenderse, pero había algo en aquella forma de entrar en la abadía que sin duda no había esperado. A Catherine le resultó extraño que la caseta del guarda tuviera un aspecto tan moderno, que llegaran con tanta facilidad al recinto de la abadía y avanzaran con tanta rapidez por un camino de finísima gravilla sin encontrar ningún obstáculo, motivo de alarma o solemnidad. Sin embargo, no pudo pasar mucho tiempo perdida en dichas consideraciones. Una repentina ráfaga de lluvia, que le cayó directamente sobre la cara, le impidió seguir observando nada más y concentró todos sus pensamientos en resguardar del agua su nuevo sombrero de paja. De forma que en cuanto estuvo bajo los muros de la abadía, se bajó del carruaje con ayuda de Henry, se protegió bajo el viejo porche e incluso entró en el vestíbulo, donde su amiga y el general la esperaban para darle la bienvenida, sin sentir ni un solo presentimiento o albergar apenas una sospecha de que en el pasado pudiera haber ocurrido algo terrible en aquel solemne edificio. No le había dado la impresión de que la brisa le trajese los suspiros de los asesinados, sino una espesa llovizna y, tras sacudir bien la capa, estuvo preparada para que la condujeran al salón y poder pensar al fin en el lugar donde se hallaba.

¡Una abadía! ¡Sí, era maravilloso estar de verdad en una abadía! Pero Catherine echó un vistazo a su alrededor y empezó a dudar de que los objetos que veía pudieran contribuir a alimentar tal suposición. Los muebles tenían un estilo elegante y moderno. La chimenea, donde Catherine había esperado encontrar la amplitud y las laboriosas tallas de la antigüedad, era una simple y moderna Rumford, con listones de un mármol sencillo a la par que hermoso y decorada con detalles de preciosa porcelana inglesa. Los ventanales, que la muchacha contemplaba con una esperanza particular, pues había escuchado decir que los habían conservado en su antigua forma gótica, eran menos impresionantes de lo que había imaginado. No había duda de que habían conservado el arco ojival y que se trataba de arcos góticos, quizá incluso de bisagra, ¡pero los cristales eran tan grandes, claros y translúcidos! Para una imaginación que había esperado encontrar

divisiones ínfimas, complejas obras de mampostería y vidrieras cubiertas de suciedad y telarañas, la diferencia resultaba desoladora.

El general, al percibir todo lo que observaba Catherine, empezó a hablar de lo menuda que era la estancia y lo sencillos que eran los muebles, donde todo, al ser de uso doméstico, pretendía ser de la mayor comodidad, etcétera. Sin embargo, también comentó con orgullo que había varias estancias en la abadía muy indignas de ser visitadas y estaba empezando a explicar lo mucho que había costado la decoración dorada de una de ellas cuando sacó el reloj y se detuvo en seco para anunciar sorprendido que eran las cinco menos veinte. Aquello parecía ser el anuncio para que se separaran, pues la señorita Tilney se la llevó del salón con tanta premura que Catherine se convenció de que la familia debía de funcionar con estricta puntualidad en Northanger.

Regresaron al espacioso vestíbulo de techos altos y subieron por una amplia escalinata de brillante roble que, tras muchos tramos y rellanos, las condujo a una larga y amplia galería. A un lado había una hilera de puertas y por el otro estaba iluminada por unas ventanas, a través de las cuales Catherine solo tuvo tiempo de ver que daban a un patio cuadrangular. La señorita Tilney la condujo hasta su alcoba y, sin apenas quedarse el tiempo suficiente para desearle que la encontrara de su agrado, se marchó tras pedirle que no se entretuviera en cambiarse de ropa.

Capítulo XXI

Con apenas un vistazo, Catherine se convenció de que su alcoba no tenía nada que ver con la que Henry había descrito intentado asustarla. No era exageradamente grande y no había tapices ni terciopelo. Las paredes estaban empapeladas, el suelo enmoquetado; las ventanas no eran ni menos perfectas ni más oscuras que las del salón del piso de abajo; los muebles, a pesar de no ser especialmente modernos, eran hermosos y cómodos, y el aire general de la estancia distaba mucho de ser lúgubre. Al quedarse perfectamente tranquila en ese sentido, Catherine decidió no perder tiempo examinando nada en particular, pues tenía mucho miedo de hacer enfadar al general retrasándose. Se quitó la capa rápidamente y, cuando estaba a punto de abrir el paquete que había llevado consigo para poder asearse a su llegada, reparó en un arcón gigantesco apoyado en un rincón junto a la chimenea. Se sobresaltó al verlo y, olvidando todo lo demás, se lo quedó mirando con asombro mientras pensaba lo siguiente:

«¡Qué extraño! ¡No esperaba ver nada igual! ¡Un arcón inmenso! ¿Qué puede contener? ¿Por qué lo habrán puesto aquí? Pero está apartado, como si pretendieran que no se viera. Pienso descubrir lo que hay dentro, cueste lo que cueste, ya lo creo, y lo haré enseguida, a la luz del día. Si espero a que se haga de noche se me podría apagar la vela.» Se acercó para examinarlo de cerca: estaba hecho de madera de cedro, con unas curiosas incrustaciones de una madera más oscura, y estaba apoyado sobre un soporte hecho del mismo material que lo levantaba del suelo unos treinta centímetros. La cerradura era de plata, aunque estaba deslustrada por el paso del tiempo; a cada uno de los lados se veían los imperfectos restos de unas asas también de plata y rotas, quizá prematuramente, por algún acto de violencia extraño; y, en el centro de la tapa, había un código misterioso del mismo metal. Catherine se inclinó sobre las letras para estudiarlas con atención, pero no fue capaz de distinguir nada con certeza. Lo mirara como lo mirase, no podía creer que la última letra fuera una T; y, sin embargo, que se tratara de cualquier otra, en aquella casa, era una circunstancia que le resultaba muy asombrosa. Si no les pertenecía desde siempre, ¿qué extraño suceso habría provocado que acabara en manos de la familia Tilney?

Su temerosa curiosidad aumentaba por momentos. Agarrando el pasador del cierre con las manos temblorosas, decidió arriesgarse para satisfacer su curiosidad, al menos en cuanto a su contenido se refería. Con dificultad, pues había algo que parecía resistirse a sus esfuerzos, Catherine consiguió levantar la tapa algunos centímetros, pero, justo en ese momento, alguien llamó de pronto a la puerta de su dormitorio y la sobresaltó, soltó la cerradura y la tapa se cerró con violencia. La inoportuna intrusa era la doncella de la señorita Tilney, a quien había enviado su señora para que ayudase a la señorita Morland en lo que necesitara. Y aunque ella la despidió enseguida, la presencia de la mujer le hizo pensar en lo que debería estar haciendo, y la obligó, a pesar de las muchas ganas que tenía de indagar en aquel misterio, a seguir vistiéndose sin mayor dilación. Tampoco iba muy rápido, pues sus pensamientos y sus ojos seguían clavados en ese objeto que interesaría e inquietaría a cualquiera. Y aunque no osaba perder ni un momento con un segundo intento, no conseguía alejarse mucho del arcón. Al final, sin embargo, después de meter el brazo por la manga del vestido, le pareció que ya casi había terminado de arreglarse y quizá le diera tiempo de satisfacer su curiosidad sin problemas. Seguro que podía dedicarle un momento más. Y pensaba emplear tanta fuerza para abrirlo que, a menos que hubiese estado cerrado con métodos sobrenaturales, la tapa tenía que abrirse. Con tal ánimo se abalanzó sobre el arcón y su confianza no la decepcionó. Gracias a su decidido esfuerzo consiguió abrir la tapa y ante sus asombrados ojos apareció un cubrecama de algodón blanco, bien doblado, que ocupaba gran parte de uno de los extremos del arcón.

Catherine lo estaba contemplando ruborizada por la sorpresa cuando la señorita Tilney, ansiosa por comprobar si su amiga estaba ya preparada, entró en la estancia, y, a la creciente vergüenza de haber albergado durante algunos minutos una expectativa absurda, se sumó entonces el bochorno de ser sorprendida cometiendo tan lamentable indiscreción.

—Es un arcón muy curioso, ¿verdad? —dijo la señorita Tilney mientras Catherine se apresuraba a cerrarlo y se volvía hacia el espejo del tocador—. Es imposible saber con certeza cuántas generaciones lleva aquí. Desconozco cómo llegó a esta habitación, pero nunca se me ha ocurrido pedir que lo cambien de sitio porque pensé que en ocasiones podría servir para guardar sombreros y tocados. Lo peor que tiene es que pesa tanto que cuesta mucho abrirlo. Por lo menos en ese rincón no estorba.

Catherine era incapaz de hablar, pues estaba ocupada ruborizándose, abrochándose el vestido y tomando sabias resoluciones. La señorita Tilney dejó entrever con delicadeza su temor de retrasarse y medio minuto después las dos corrían escaleras abajo con un miedo no del todo infundado, pues, cuando llegaron al salón, se encontraron al general Tilney paseándose inquieto con el reloj en la mano y, en cuanto las vio entrar, tiró de la campana con fuerza y ordenó:

—¡Sirvan la cena de inmediato!

Catherine se estremeció al escuchar el tono con el que vociferó y, pálida y sin aliento, se sentó con absoluta discreción, preocupada por los hijos de aquel caballero y detestando los arcones viejos. Y el general, recuperando sus modales mientras la miraba, pasó el resto del tiempo regañando a su hija por haber apresurado sin motivo a su simpática amiga, que se había quedado sin aliento a causa de las prisas cuando no había ningún motivo para ello. Pero Catherine no consiguió superar la doble aflicción de que su amiga hubiera recibido tal reprimenda y haberse comportado como una

boba hasta que todos estuvieron felizmente sentados a la mesa, donde las complacientes sonrisas del general y el apetito que tenía le devolvieron la tranquilidad. El comedor era una estancia noble que, por sus dimensiones, se correspondía con un salón más amplio de lo habitual, y estaba amueblado con un lujo y suntuosidad que apenas apreciaban los inexpertos ojos de Catherine, quien prácticamente solo se fijó en lo espacioso que era y el número de sirvientes que había. Hizo algunos comentarios respecto a lo amplia que le parecía la sala, y el general, con una expresión gentil, reconoció que no era una estancia grande en absoluto y confesó que, aunque tales cuestiones le interesaban tan poco como a la mayoría de la gente, sí que consideraba que un comedor grande era una de las necesidades básicas de la vida. Sin embargo, suponía «que ella debía de estar acostumbrada a estancias mucho más grandes en casa del señor Allen».

—En absoluto —contestó Catherine con sinceridad, pues el comedor del señor Allen no era ni la mitad de grande que aquel. Y añadió que jamás había visto una estancia tan grande como esa en toda su vida. El general cada vez estaba de mejor humor. Teniendo aquellas estancias, pensaba que sería absurdo no utilizarlas, aunque en realidad él consideraba que eran más cómodas las estancias pequeñas. Estaba convencido de que las estancias de la casa del señor Allen debían de ser de la medida exacta para poder disfrutar de una felicidad racional.

La velada pasó sin mayor inconveniente y, en las ocasionales ausencias del general Tilney, con mucha más alegría. Catherine solo sentía una ligera fatiga a causa del viaje cuando él estaba presente. E incluso entonces, en momentos de languidez o reserva, predominaba en ella una sensación de dicha general y la joven podía recordar a los amigos que había dejado en Bath sin desear haberse quedado con ellos.

La noche era tormentosa. El viento se había ido levantando a intervalos durante toda la tarde y, cuando el grupo se retiró por fin a descansar, ya llovía a cántaros. Mientras cruzaba el vestíbulo, Catherine se sobrecogió al escuchar la tormenta, y cuando la oyó rugir con fuerza en un rincón del antiguo edificio y cerrar con violencia una puerta a lo lejos, sintió por primera vez que se hallaba de verdad en una abadía. Sí, aquellos eran los sonidos característicos. Le trajeron a la memoria una incontable variedad de situaciones espantosas y escenas horribles que habían presenciado edificios como ese acompañados de tormentas como la de esa noche, y se regocijó en las felices circunstancias que la habían acompañado al llegar a aquel edificio tan solemne. No tenía por qué temer la presencia de asesinos nocturnos o galanes ebrios. No había duda de que Henry bromeaba cuando le había contado todas esas cosas por la mañana. En una hacienda tan bien amueblada y protegida no había nada que ella pudiera explorar o sufrir, y podía retirarse a su dormitorio con la misma seguridad con la que lo haría si se encontrara en su propia habitación en Fullerton. Y haciendo acopio de fuerzas mientras subía la escalera, y en especial al ver que la señorita Tilney dormía a solo dos puertas de ella, consiguió entrar en su dormitorio con bastante aplomo, sintiéndose inmediatamente reconfortada gracias a las alegres llamas del fuego que ardía en la chimenea.

—Esto está mucho mejor —dijo acercándose al guardafuegos—. Es mucho mejor encontrarse el fuego encendido que tener que esperar temblando hasta que toda la familia está acostada, como tantas pobres jóvenes se ven obligadas a hacer, y después se llevan un susto cuando algún viejo sirviente aparece con un haz de leña. ¡Cómo me alegro de que Northanger sea así! De haber sido como otros sitios, no sé si podría haber respondido de mi valentía, pero ahora estoy convencida de que no hay nada de que preocuparse.

Echó un vistazo por la estancia. Las cortinas de la ventana parecían moverse. Debía de tratarse del viento, que soplaba tan fuerte que penetraba por las rendijas de los postigos. Y se aproximó con valentía a ellas tarareando una canción con despreocupación para convencerse de que no pasaba nada. Miró con valor detrás de las cortinas, no vio nada que pudiera asustarla y, al apoyar la mano sobre el postigo, se convenció de que se trataba de la fuerza del viento. Cuando se volvió echó una mirada al viejo arcón. Se rio de sus absurdos miedos fruto de una imaginación desbocada y empezó a prepararse para acostarse con alegre indiferencia. Debía tomarse su tiempo, sin prisas; no debía importarle ser la única persona levantada de la casa. Pero no pensaba avivar el fuego; eso sería una cobardía, como si deseara la protección de la luz una vez acostada. Así que el fuego se apagó y

Catherine, después de haber pasado casi una hora preparándose, ya estaba pensando en acostarse cuando, al echar un último vistazo por la habitación, se sorprendió al advertir un altísimo armario negro y anticuado que no había visto a pesar de estar colocado en un sitio muy visible. Enseguida le vinieron a la cabeza las palabras de Henry, la descripción del armario de madera de ébano que al principio debía escapar a su atención, y, aunque en realidad no podía haber nada dentro, Catherine pensó que había algo enigmático en ello, ¡sin duda era una coincidencia increíble! Tomó la vela y observó el armario con detenimiento. No era solo de madera de ébano con adornos dorados, estaba lacado en negro y amarillo, y era un acabado de la mejor calidad: al acercar la vela el amarillo parecía oro puro. La llave estaba puesta en la cerradura y Catherine sintió el extraño deseo de mirar qué había dentro. No esperaba encontrar nada en su interior, pero todo aquello era muy raro después de lo que había dicho Henry. En resumidas cuentas, no podría dormir hasta que lo hubiera examinado. Así que dejó la vela con mucho cuidado en una silla, tomó la llave con la mano temblorosa e intentó girarla, pero la cerradura se resistía a sus esfuerzos. Alarmada, pero sin desanimarse, Catherine lo intentó de otra forma. Consiguió bajar uno de los dientes de la cerradura y creyó que lo había conseguido, pero ¡qué misterio!, la puerta seguía sin moverse. Aguardó un momento conteniendo la respiración muy asombrada. El viento rugía por el tiro de la chimenea, la lluvia aporreaba las ventanas y todo parecía envolver el espanto de la situación. Sin embargo, no podía acostarse sin haber satisfecho su curiosidad, pues le iba a resultar imposible dormir sabiendo que había un armario cerrado de ese modo tan misterioso justo al lado de su cama. Así que volvió a girar la llave con todas sus fuerzas y después de moverla de todas las formas posibles durante un rato con la decidida celeridad de un último esfuerzo esperanzado, de pronto la cerradura cedió bajo su mano. El corazón le dio un vuelco al saberse vencedora, y después de abrir las puertas y advertir que las segundas solo estaban protegidas por pasadores mucho menos complejos que la cerradura —cosa que a Catherine no le pareció nada inusual—, apareció ante ella una hilera de pequeños cajones, con otros más grandes por encima y otros por debajo; y en el centro una

portezuela, cerrada también con llave, que probablemente contuviera alguna cavidad importante.

A Catherine se le aceleró el corazón, pero su valentía no le falló. Con las mejillas encendidas por la esperanza y entornando los ojos con curiosidad, agarró la manecilla de uno de los cajones y tiró de ella. Estaba completamente vacío. Con menos alarma y mayor ímpetu tiró del segundo, un tercero, un cuarto: todos estaban igual de vacíos. No dejó ninguno por examinar, pero no encontró nada. Como gracias a los libros estaba muy versada en el arte de esconder tesoros, no se le escapó la posibilidad de que los cajones tuvieran falsos fondos y los palpó todos con perspicacia, pero fue en vano. La cavidad del centro seguía sin explorar y, aunque «no había albergado ninguna esperanza de encontrar nada en ninguna parte del armario, y no se sentía nada decepcionada de haber tenido tan poco éxito hasta el momento, sería absurdo que no lo examinara entero ya que había empezado». Sin embargo, pasó algún tiempo antes de poder abrir la puerta, pues esa cerradura le planteó la misma dificultad que la de fuera. Pero al final se abrió. Y no fue en vano, pues ahí estaba lo que buscaba: sus rápidos ojos se clavaron enseguida en un rollo de papel que habían metido en lo más hondo de la cavidad, aparentemente con intención de esconderlo, y lo que sintió en ese momento fue indescriptible. El corazón le dio un vuelco, le temblaron las rodillas y palideció. Con la mano temblorosa tomó el preciado manuscrito, pues una mirada le bastó para advertir los caracteres que había garabateados y, mientras observaba con angustia lo mucho que se parecía su descubrimiento a lo que Henry le había contado esa mañana, decidió enseguida examinar cada frase antes de intentar descansar.

La tenue luz que emitía su vela hizo que se volviera hacia ella alarmada, pero no había peligro de que se extinguiese de pronto; todavía disponía de varias horas de luz. Sin embargo, como no quería tener mayor dificultad en distinguir la escritura que la que pudiera ocasionarle su antigüedad, se apresuró a despabilar la vela. ¡Pero caramba! Mientras lo intentaba, la vela se extinguió. Ni una lámpara se hubiera apagado con resultados tan espantosos. El miedo paralizó a Catherine por un momento. La mecha estaba completamente apagada y en ella no quedaba ni una pizca de luz que pudiera darle la esperanza de volver a encenderla. La estancia quedó envuelta en una oscuridad impenetrable. Una violenta ráfaga de viento que azotó la casa con una furia repentina añadió un poco más de horror a la situación. Catherine temblaba de pies a cabeza. En el silencio que se hizo la joven escuchó con espanto el sonido de unos pasos que se alejaban y un portazo a lo lejos. Ningún ser humano podría soportar más. Tenía la frente empapada en sudor frío, se le cayó el manuscrito de la mano y, buscando a tientas el camino hasta la cama, se subió rápidamente a ella y buscó la manera de aliviar su agonía metiéndose bajo las sábanas. Catherine pensaba que le sería imposible pegar ojo aquella noche. No iba a poder descansar con tanta curiosidad como sentía y tan agitada como estaba. ¡Y para colmo aquella tormenta tan espantosa! Nunca había tenido miedo del viento, pero en ese momento cada racha parecía soplar cargada de horribles presagios. ¿Cómo se explicaba el hallazgo del manuscrito? ¿Cómo era posible que coincidiera de ese modo tan exacto con las predicciones de aquella mañana? ¿Qué secretos contendría? ¿De quién hablaría? ¿Por qué habría estado oculto durante tanto tiempo? ¡Y qué extraño que le hubiera correspondido a ella descubrirlo! Sin embargo, no conseguiría descansar hasta que hubiera descubierto lo que ponía, por lo que tomó la decisión de hacerlo en cuanto amaneciera. Pero todavía quedaban muchas horas de tedio por delante. Se estremeció y se revolvió envidiando a cualquiera que durmiera plácidamente. La tormenta seguía descargando y escuchaba muchos ruidos, más horribles que el viento, que llegaban a intervalos a sus asombrados oídos. Tenía la impresión de que las cortinas de su cama se movían y, al poco, también pensó que se agitaba el pomo de la puerta, como si alguien estuviera intentando entrar. Le parecía oír murmullos sordos que avanzaban por el pasillo, y en más de una ocasión se le heló la sangre al escuchar gemidos a lo lejos. Las horas fueron transcurriendo y la exhausta Catherine escuchó cómo todos los relojes de la casa tocaban las tres antes de que la tormenta amainara y ella se quedara dormida sin darse cuenta.

Capítulo XXII

El primer sonido que despertó a Catherine al día siguiente fue la criada abriendo los postigos de su habitación, y la joven abrió los ojos preguntándose cómo era posible que hubiera llegado a cerrarlos. Todo lo que vio a su alrededor la llenó de alegría: el fuego ya estaba encendido y al temporal de la pasada noche había seguido una hermosa mañana. Enseguida recordó el manuscrito y, en cuanto la criada se marchó, Catherine se levantó de la cama de un salto y recogió todas las hojas que habían salido disparadas del rollo cuando se le cayó al suelo para después regresar a la cama y disfrutar allí del cuidadoso examen apoyada en la almohada. Se dio cuenta entonces de que no podía esperar un manuscrito tan largo como los que acostumbraban a aparecer en los libros, pues el rollo, que parecía consistir en un conjunto de pequeñas hojas, era de un tamaño insignificante y mucho más corto de lo que ella había supuesto en un principio.

Leyó la primera página con avidez. Quedó muy sorprendida por el significado del texto. ¿Sería posible o sus sentidos la estaban engañando? ¡Lo que tenía ante sus ojos parecía un inventario de ropa, escrito en una letra tosca y moderna! Si podía confiar en lo que estaba viendo, lo que tenía en la mano no era más que una factura de la lavandera. Tomó otra hoja y vio

179

los mismos artículos con poca variación. Ni en la tercera ni en la cuarta ni en la quinta encontró nada nuevo. En todas ellas se anotaban camisas, medias, corbatas y chalecos. Otras dos, escritas del mismo puño y letra, daban fe de unos gastos con tan poco interés como los anteriores: papel de carta, polvos para el pelo, cordones para los zapatos y jabón para limpiar calzones. Y la hoja más grande, la que las había contenido a todas, parecía, a juzgar por la primera frase: «Hacer un emplasto a una yegua zaina», ¡la factura del veterinario! Tal era la colección de papeles (olvidada quizá, según supuso entonces, por la negligencia de algún criado, en el lugar donde ella los había encontrado) que tanta expectativa y alarma le había provocado, robándole la mitad del descanso aquella noche. Catherine se sintió profundamente humillada. ¿La experiencia del arcón no le había enseñado nada? Mientras seguía tendida en la cama, observaba una esquina del mueble que parecía reprobar su conducta. Comprendió con toda claridad lo absurdas que habían sido sus fantasías. ¡Suponer que un manuscrito de tantas generaciones atrás pudiera haber quedado olvidado en una estancia como aquella, tan moderna y habitable! ¡O que ella fuese la primera que lograse abrir el armario, cuya llave estaba al alcance de todo el mundo!

¿Cómo podía haberse engañado de esa forma? ¡Que Dios no permitiera que Henry Tilney descubriera nunca su ingenuidad! Y eso que gran parte de la culpa era suya, pues de no haberse parecido tanto el armario que él había descrito al relatarle aquella historia, ella jamás habría sentido la más mínima curiosidad por abrirlo. Ese era su único consuelo. Impaciente por deshacerse de las espantosas pruebas de su necedad, de esos papeles que ahora estaban repartidos por la cama, Catherine se levantó enseguida y, doblándolos lo mejor que pudo de la misma forma que estaban, los devolvió al mismo lugar del armario deseando que ningún incidente volviera a sacarlos a la luz para no tener que avergonzarse de nuevo de sí misma.

Sin embargo, seguía siendo curioso que le hubiera costado tanto abrir las cerraduras, pues en ese momento podía manejarlas con absoluta facilidad. En aquello sin duda había algún misterio y Catherine se dejó llevar por esa agradable sugerencia durante medio minuto, hasta que se le ocurrió que quizá la puerta del armario ya hubiera estado abierta desde el principio y hubiera sido ella quien la cerrara, y volvió a sonrojarse.

Salió lo más rápido que pudo de una habitación donde su propia conducta le producía reflexiones tan desagradables y se dirigió rápidamente al comedor del desayuno siguiendo el camino que le había indicado la señorita Tilney la noche anterior. Se encontró con Henry, que estaba solo en la estancia, y cuando este expresó enseguida que esperaba que la tormenta no la hubiera molestado haciendo una referencia burlona a la naturaleza del edificio en el que habitaban, la joven se quedó un poco desconcertada. No quería que nadie sospechara de su debilidad y, sin embargo, incapaz de mentir abiertamente, se vio obligada a reconocer que el viento la había tenido un rato despierta.

—Pero ha amanecido una mañana estupenda —añadió deseando cambiar de tema—, y las tormentas y la falta de sueño dejan de tener importancia en cuanto pasan. ¡Qué jacintos tan hermosos! Acabo de aprender a valorar su belleza.

—¿Y cómo ha aprendido? ¿Por accidente o por medio de argumentaciones?

—Me enseñó su hermana. Pero no sabría decirle cómo. La señora Allen solía esforzarse un año tras otro para conseguir que me gustaran, pero jamás lo logré, hasta que los vi el otro día en la calle Milsom. Y eso que las flores me resultan completamente indiferentes.

—Pero ahora le encantan los jacintos. Mucho mejor. Ha ganado una nueva fuente de disfrute, y es bueno tener el mayor numero de fuentes de felicidad posible. Además, siempre es deseable que a las mujeres les gusten las flores, pues es una forma de conseguir que salgan de casa y tentarlas para que hagan ejercicio con mayor frecuencia del que harían normalmente. Y aunque el amor por los jacintos pueda ser algo bastante doméstico, quién sabe, una vez despertado ese sentimiento, quizá terminen por gustarle también las rosas.

—Pero yo no necesito esas aficiones para salir de casa. Me encanta pasear y respirar aire fresco, y cuando hace buen tiempo suelo pasar fuera de casa la mayor parte del día. Mi madre siempre dice que no paro en casa.

—En cualquier caso, me agrada que haya aprendido usted a amar los jacintos. El mero hábito de aprender a amar ya es algo, y que una joven tenga predisposición por aprender es toda una bendición. ¿Mi hermana es buena profesora?

Por suerte, Catherine se ahorró la vergüenza de intentar contestar gracias a la aparición del general, cuyos sonrientes cumplidos parecían indicar su buen humor, pero cuya delicada alusión a lo pronto que se habían levantado no contribuyó a sosegarla.

Cuando se sentaron, Catherine no pudo evitar fijarse en la elegancia de la mesa del desayuno que, claramente, había sido elección del general. A él le encantó que ella aprobara su buen gusto, confesó que se trataba de una vajilla pulcra y sencilla, con la que pretendía ensalzar el buen hacer de su país. Y aunque afirmase tener un paladar poco refinado, consideraba que el té tenía un sabor igual de exquisito servido en la porcelana de Staffordshire como en la de Dresden o Sèvres. Sin embargo, aquel era un juego de té bastante antiguo que había comprado dos años antes. La manufactura de esa clase de piezas había mejorado mucho durante los dos últimos años. Él mismo había visto algunas piezas preciosas la última vez que había estado en la ciudad, y de no haber sido un hombre completamente desprovisto de vanidad en ese sentido, se habría sentido tentado de comprar uno nuevo. Sin embargo, esperaba tener pronto la oportunidad de elegir alguno, aunque no fuera para él. Probablemente Catherine fue la única entre los asistentes que no entendió a qué se refería.

Al poco de desayunar, Henry los dejó para marcharse a Woodston, donde unos asuntos de negocios requerían su atención y lo retendrían durante dos o tres días. Todos salieron al vestíbulo para verle partir en su caballo y, regresando inmediatamente al salón del desayuno, Catherine se acercó a la ventana con la esperanza de volver a ver su figura perdiéndose en la distancia.

—¡Qué prueba tan dura para la entereza de tu hermano! —le comentó el general a Eleanor—. Woodston sin duda le parecerá un poco más sombrío hoy.

—¿Es un lugar hermoso? —preguntó Catherine.

182

—¿Que dices tú, Eleanor? Dale tu opinión, pues las damas comparten más la opinión de otras damas tanto por lo que se refiere a lugares como a los hombres. Yo creo que hasta la mirada más imparcial admitiría que se trata de un lugar muy recomendable. La casa se erige sobre una preciosa pradera orientada al sudeste y dispone de un huerto excelente rodeado de un muro que yo mismo mandé levantar hace diez años para mayor comodidad de mi hijo. Es una vivienda familiar, señorita Morland, y como la propiedad es enteramente mía, comprenderá que me he preocupado de que sea un lugar productivo. Si los ingresos de Henry dependieran solo de ese beneficio, no le iría nada mal. Quizá pueda parecerle extraño que, teniendo solo dos hijos varones, considere necesario que él trabaje, y no hay duda de que hay momentos en los que todos desearíamos verle libre de responsabilidades. Pero aunque sé que es muy probable que no termine de convencerlas a ustedes dos, estoy seguro de que su padre, señorita Morland, estaría de acuerdo conmigo en que es importante dar alguna ocupación a los jóvenes varones. El dinero no es nada, no es importante, lo principal es el trabajo en sí. Incluso Frederick, mi hijo mayor, tiene una profesión, y eso que quizá herede tantas tierras como cualquier otro propietario del condado.

El efecto de aquel último argumento fue contundente y el silencio de la dama demostró que era incontestable.

Algo se había comentado la noche anterior acerca de enseñarle la casa a la señorita Morland y el general se ofreció entonces a hacerle de guía. Y aunque Catherine había abrigado la esperanza de poder hacerlo acompañada únicamente de su hija, fue una propuesta que le producía demasiada satisfacción como para no aceptarla gustosa, pues ya llevaba dieciocho horas en la abadía y solo había visto algunas de sus estancias. La joven cerró con alegría el costurero, que había sacado con pereza, y estuvo preparada para acompañarle enseguida. Cuando terminaran de ver la casa, el general le prometió enseñarle el jardín y el huerto. Catherine inclinó la cabeza para darle a entender su conformidad. Aunque quizá la joven prefiriese empezar por los exteriores, pues en ese momento el tiempo acompañaba y en aquella época del año la incertidumbre de cuánto se prolongaría era altísima. ¿Qué prefería ver primero? Él estaba a su servicio en cualquiera de

las dos opciones. ¿Qué pensaba su hija que satisfaría mejor los deseos de su amiga? Pero él creía poder adivinarlo. Sí, sin duda vio en los ojos de la señorita Morland el inteligente deseo de aprovechar el buen tiempo. ¿Pero acaso la joven había juzgado mal en alguna ocasión? La abadía siempre iba a estar seca. Él aceptó el deseo implícito de la joven y, si lo disculpaban un momento, iría a por su sombrero y se uniría a ellas enseguida.

Salió de la estancia y Catherine, con cara de decepción y nerviosismo, confesó a su amiga que no quería que él las llevara a pasear en contra de su voluntad con la equivocada idea de complacerla a ella, pero la señorita Tilney la interrumpió diciendo un poco confundida:

—Creo que será mejor aprovechar que hace tan buena mañana, y no se preocupe por mi padre, él siempre sale a pasear a esta hora.

Catherine no sabía muy bien cómo tomarse aquello. ¿Por qué la señorita Tilney estaba tan avergonzada? ¿Podía tener algún motivo el general para no enseñarle la abadía? Lo había propuesto él mismo. ¿Y no era raro que siempre saliera a pasear tan temprano? Ni su padre ni el señor Allen lo hacían. Qué situación tan incómoda. Catherine estaba impaciente por ver la casa, pero no tenía mucho interés en explorar los alrededores. ¡Ojalá Henry hubiera estado con ellos! Ahora no sabría distinguir qué cosas eran pintorescas cuando las viera. Y en todo aquello pensaba Catherine mientras se ponía el sombrero con paciente descontento.

Sin embargo, cuando la vio por primera vez desde el exterior, la joven se quedó más sorprendida de lo que esperaba con la grandeza de la abadía. El edificio se cerraba en torno a un gran patio, y dos de sus lados, colmados de ornamentos góticos, se proyectaban hacia delante como invitando a la admiración. El resto quedaba escondido por grupos de viejos árboles y exuberantes plantas, y las altas colinas que la rodeaban para darle cobijo se veían hermosas incluso desprovistas de hojas en el desnudo mes de marzo. Catherine nunca había visto nada igual. Y su entusiasmo era tan intenso que, sin esperar a que nadie le preguntara, se deshizo en exclamaciones espontáneas valorando la belleza de todo cuanto la rodeaba. El general la escuchaba con gratitud, dando la impresión de que no había sido del todo consciente de la belleza de Northanger hasta ese momento.

A continuación llegó el turno de admirar la huerta y se dirigieron hacia allí cruzando los jardines con el general a la cabeza.

La cantidad de acres que ocupaba el jardín era tal que Catherine fue incapaz de escucharlo sin asombrarse, pues eran más del doble que los que poseía el señor Allen y también su padre, incluyendo el cementerio de la iglesia y el huerto. Los muros parecían incontables y extenderse hasta el infinito, entre ellos parecían erigirse un montón de invernaderos, y daba la impresión de que en su interior trabajase todo un pueblo entero. El general se sintió halagado por las miradas asombradas de la joven, que le transmitían casi con tanta claridad lo que enseguida la invitó a expresar con palabras: que jamás había visto una huerta como aquella. Y él enseguida reconoció que sin ser un hombre que abrigase esa clase de ambición, y sin ponerle especial atención, consideraba que eran los jardines más hermosos del reino. Si tenía algún pasatiempo era aquel. Le encantaban los huertos. A pesar de no ser un hombre que se preocupase mucho por lo que comía, le encantaba la buena fruta, y si había alguna que a él no le gustaba, a sus amigos y a sus hijos sí. Sin embargo, había que tomarse muchas molestias para cuidar bien de una huerta como aquella. Por mucho cuidado que se tuviera, no siempre se aseguraba uno la mejor fruta. La plantación de piñas solo había producido cien unidades el año anterior. Suponía que el señor Allen también padecería aquellos inconvenientes.

—No, en absoluto. El señor Allen no se preocupa por el huerto y nunca va a verlo.

Esbozando una triunfal sonrisa de satisfacción, el general deseó poder hacer lo mismo, pues él nunca entraba en el suyo sin enojarse por un motivo u otro, cuando advertía que las cosas no iban según él las había planeado.

—¿Cómo funcionan los invernaderos del señor Allen? —preguntó mientras describía la naturaleza de los suyos al entrar.

—El señor Allen solo tiene un invernadero pequeño, del cual únicamente hace uso la señora Allen en invierno y donde encienden el fuego de vez en cuando.

—¡No hay duda de que es un hombre feliz! —exclamó el general con una expresión de satisfecho desdén.

 186

Después de haberle enseñado cada sección y haberla acompañado a ver hasta la última espaldera hasta que Catherine estuvo completamente cansada de admirar el entorno y pasear, el general propuso a las muchachas que aprovecharan las ventajas que les brindaba una puerta para salir al huerto exterior y entonces, expresando sus deseos de ir a supervisar los últimos cambios que había mandado hacer en la casita del té, les propuso ese destino como agradable extensión del paseo, siempre que la señorita Morland no estuviera cansada.

—¿Pero adónde vas, Eleanor? ¿Por qué te metes por ese camino tan frío y húmedo? La señorita Morland se va a mojar. Lo mejor será que crucemos el jardín.

—Es que me gusta tanto este camino que siempre pienso que es la mejor ruta —admitió la señorita Tilney—. Pero quizá esté húmedo.

Era un sendero estrecho y sinuoso que cruzaba una densa arboleda de viejos abetos escoceses, y Catherine, asombrada por su sombrío aspecto y ansiosa por adentrarse en él, no se dejó convencer para no hacerlo a pesar de la desaprobación del general. Al advertir el interés de Catherine, y tras volver a insistir en el peligro que recorrer esa senda representaba para su salud, fue demasiado cortés como para seguir oponiéndose. Sin embargo, se excusó para no acompañarlas. Por allí no brillaba lo suficiente el sol y les comunicó que se reuniría con ellas yendo por otro camino.

Se dio media vuelta y se marchó mientras Catherine se sorprendía de lo aliviada que se sentía al separarse de él. Sin embargo, como la sorpresa era menor que el alivio y no le quitaba intensidad, la joven empezó a hablar con alegría de la maravillosa melancolía que inspiraba aquella arboleda.

—Le tengo mucho cariño a este lugar —confesó su acompañante suspirando—. Era el camino favorito de mi madre.

Era la primera vez que Catherine oía mencionar a la señora Tilney a alguien de la familia, y el interés que le suscitó aquel tierno recuerdo se reflejó enseguida en su rostro y en el atento silencio durante el que esperó que la joven añadiera alguna cosa más.

—¡Paseábamos juntas por aquí tan a menudo! —siguió diciendo Eleanor—. Aunque entonces no me gustaba tanto como me gusta ahora. En

realidad, en aquella época me preguntaba por qué le gustaba tanto a mi madre. Pero ahora su recuerdo lo convierte en un lugar muy querido para mí.

«¿Y no debería serlo también para su marido? —se preguntó Catherine—. Sin embargo, el general no ha querido venir por aquí.» Pero como la señorita Tilney permanecía en silencio, Catherine se aventuró a añadir:

—¡Su muerte debió de causarle una gran aflicción!

—Una pena muy grande, que no hace sino aumentar con el paso de los años —contestó la otra en voz baja—. Yo solo tenía trece años cuando ocurrió y, aunque supongo que sentí su pérdida con tanta intensidad como pueda hacerlo cualquier persona de esa edad, no supe..., no pude comprender lo que implicaba su pérdida. —Guardó silencio un momento y a continuación añadió con mayor firmeza—: Yo no tengo hermanas, y aunque Henry, bueno, mis hermanos, son muy cariñosos y Henry pasa mucho tiempo aquí, cosa por la que le estoy muy agradecida, es imposible que no me sienta sola a menudo.

—Supongo que la echará mucho de menos.

—Una madre siempre habría estado presente. Una madre habría sido siempre mi amiga; su influencia habría sido mayor que cualquier otra.

Catherine quiso saber si era una mujer agradable, si era hermosa, si había algún retrato suyo en la abadía y por qué le había gustado tanto aquella arboleda. ¿Se debía a que era una persona melancólica?

Las tres primeras preguntas recibieron una rápida respuesta afirmativa, pero como las otras dos fueron ignoradas, el interés que sentía Catherine por la difunta señora Tilney aumentaba tras cada pregunta, tanto si conseguía una respuesta como si no. Se convenció de que no había sido feliz en su matrimonio. Estaba claro que el general no había sido buen marido. No le gustaba su camino favorito: ¿cómo podía haberla amado? Además, por muy apuesto que fuera, había algo en él que delataba que no se había portado bien con ella.

—Imagino que su padre tendrá algún retrato suyo en el dormitorio, ¿no? —dijo sonrojándose al pensar en el descaro de su suposición.

—No. Iban a colgarlo en el salón, pero mi padre no quedó contento con él y durante una temporada no tuvo un lugar concreto. Poco después de que mi madre falleciera me hice con él y lo tengo en mi dormitorio. Me encantaría enseñárselo, guarda un gran parecido con ella.

¡He ahí otra prueba! ¡Tenía un retrato muy realista de su esposa fallecida y el marido no lo valoraba! ¡Debía de haber sido terriblemente malo con ella!

Catherine no siguió intentando ocultarse unos sentimientos que, a pesar de todas las atenciones que él le había dispensado, ya había percibido en anteriores ocasiones. Y lo que antes había sido terror y desagrado, ahora se había convertido en absoluta aversión. ¡Sí, aversión! La crueldad que había demostrado hacia una mujer tan encantadora le resultaba odiosa. Catherine había leído mucho acerca de esos personajes que el señor Allen había calificado de poco naturales y exagerados, pero allí había una prueba de todo lo contrario.

Había llegado a dicha conclusión cuando el final del camino las llevó directamente hasta el general. Y, a pesar de toda su indignación, la joven se vio obligada a pasear de nuevo junto a él, a escucharle e incluso a devolverle las sonrisas. Sin embargo, sintiéndose incapaz de seguir complaciéndose de todo cuanto la rodeaba, Catherine enseguida empezó a pasear con lasitud. El general lo percibió y, preocupándose por su salud, cosa que pareció un reproche por la mala opinión que la joven tenía de él, las apremió para que regresaran cuanto antes a la casa. Él se reuniría con ellas un cuarto de hora después. Así que volvieron a separarse, pero medio minuto después el general llamó a Eleanor para advertirle que no le enseñara la abadía a su amiga hasta que él regresara. Y esa segunda muestra de su interés por retrasar aquello que ella tanto deseaba le pareció a Catherine de lo más sorprendente.

Capítulo XXIII

Transcurrió una hora antes de que el general regresara, un tiempo que su joven invitada dedicó a seguir pensando en él en términos poco favorables. «Esta ausencia prolongada, esos paseos en solitario no son el reflejo de una conciencia tranquila o una mente sosegada.» Al final apareció y, cualquiera que fuera el objeto de sus cavilaciones, todavía era capaz de sonreír. La señorita Tilney, comprendiendo en parte la curiosidad que sentía su amiga por ver la casa, retomó el asunto enseguida, y dado que su padre no tenía —al contrario de lo que pensara Catherine— ningún motivo para seguir postergando la visita, aparte de los cinco minutos que se demoró para ordenar que les tuvieran preparado un refrigerio en el salón cuando regresaran, el general enseguida estuvo listo para acompañarlas.

Iniciaron la visita y, con un aire de grandeza y paso digno que captaron la atención de Catherine pero no consiguieron borrar las dudas que albergaba la leída muchacha, el general encabezó la marcha cruzando el vestíbulo, pasando por el salón y una antecámara a la que no daban ningún uso, hasta que llegaron a una magnífica sala, tanto por sus dimensiones como por el mobiliario: se trataba del auténtico salón, el que solo utilizaban cuando tenían visitas importantes. Era una sala muy noble, elegante

191

y encantadora, y eso fue todo cuanto dijo Catherine, pues su ojo desentrenado apenas distinguía el color del satén, de forma que todas esas alabanzas y los elogios más significativos corrieron a cargo del propio general. La suntuosidad o la elegancia de las estancias no tenían mucha importancia para Catherine, que no se inmutaba en absoluto al ver aquellos muebles posteriores al siglo xv. Cuando el general hubo saciado su propia curiosidad tras examinar cuidadosamente cada uno de los ornamentos que tan bien conocía, entraron en la biblioteca, una estancia que, a su manera, poseía la misma magnificencia que la otra y donde se exhibía una colección de libros que cualquier hombre humilde hubiera contemplado con orgullo. Catherine escuchaba, admiraba y se sorprendía con mayor sinceridad que antes, asimiló todo lo que pudo de aquel almacén del conocimiento repasando los títulos de media estantería y a continuación se mostró dispuesta a continuar. Pero el resto de las estancias no colmaron sus deseos. A pesar de lo grande que era el edificio, ya habían visitado la mayor parte, y cuando le contaron que además de la cocina las seis o siete dependencias que ya había visto ocupaban tres lados del patio, apenas pudo creerlo o ignorar la sospecha de que había muchas otras secretas. Sin embargo, sintió cierto alivio al saber que, para regresar a las estancias comunes, debían pasar por otras de menor importancia que daban al patio y que, por medio de algún pasadizo no demasiado intrincado, conectaban los distintos pabellones. Todavía se quedó más tranquila cuando le contaron que estaba justo encima del antiguo claustro, donde aún se apreciaban los restos de algunas celdas. Vio algunas puertas que no le abrieron ni le enseñaron, llegaron hasta la sala del billar y, a continuación, a las dependencias privadas del general, pero no comprendió cómo se comunicaban ni el camino que debía tomar para salir de allí. Al final pasaron por una pequeña sala oscura que pertenecía a Henry, donde Catherine pudo ver sus libros, armas y abrigos desparramados por todas partes.

Una vez en el comedor, estancia que Catherine ya había visto, pues cenaban cada día allí a las cinco, el general no pudo evitar darse el placer de recorrerlo de arriba abajo para mayor información de la señorita Morland, cosa que a ella no le interesaba ni le importaba. A continuación pasaron rápidamente a la cocina, la antigua cocina del convento, con sus enormes muros tiznados por el humo de antaño y con los fuegos y los hornos del presente. Las mejoras del general también habían llegado hasta allí, pues había adquirido todos los inventos modernos para facilitar el trabajo de los cocineros, y donde el ingenio de otros había fracasado, él había logrado la perfección. Las contribuciones que había hecho solo a esa parte del edificio podrían haberlo convertido en uno de los mayores benefactores del convento.

En los muros de la cocina terminaba toda la antigüedad de la abadía, pues el cuarto pabellón del cuadrado, que se encontraba en muy mal estado, había sido derruido por el padre del general y en la actualidad había uno nuevo. Todo lo que podía considerarse venerable en el edificio concluía allí. La parte nueva del edificio no solo era nueva, sino que lo exhibía con orgullo. Como esa parte solo estaba destinada a las dependencias del servicio y se ubicaba detrás de los establos, no habían considerado necesario mantener la uniformidad arquitectónica. Catherine podría haberle dicho un par de cosas a la persona que había arrasado aquella parte del conjunto, que debía de haber sido más valiosa que el resto, con un propósito de mera economía doméstica, y de habérselo permitido el general se habría ahorrado el mal rato de dar un paseo por un entorno tan deprimente. Pero si había algo de lo que se enorgullecía el general era precisamente de las dependencias de los trabajadores, y como estaba convencido de que para alguien como la señorita Morland debía de resultar gratificante ver dónde se alojaban y las comodidades con las que aliviaba la labor de sus inferiores, no pensaba disculparse por enseñárselo. Lo examinaron todo rápidamente y Catherine quedó más impresionada de lo que esperaba por lo numerosas que eran las dependencias y por la conveniencia de estas. En su casa de Fullerton consideraban más que suficiente disponer de una despensa de forma irregular y una trascocina incómoda para el desempeño de ciertas funciones, pero allí lo hacían en estancias diferenciadas, cómodas y espaciosas. El número de sirvientes que aparecían continuamente no le pareció inferior al número de estancias. Fueran donde fuesen, siempre se cruzaban con alguna muchacha calzada con zuecos que se detenía a saludarlos con

una reverencia o veían escabullirse a algún lacayo que todavía no llevaba la librea puesta. ¡Y sin embargo estaban en una abadía! Qué distinta era aquella organización doméstica de la que se retrataba en los libros, tanto en abadías como en castillos, donde, aunque sin duda eran mucho mayores que Northanger, todo el trabajo sucio de la casa lo hacían un par de mujeres en el mejor de los casos. A la señora Allen siempre le había sorprendido que pudieran con todo, y cuando Catherine vio la cantidad de trabajadores que precisaban allí empezó a sorprenderse ella también.

Regresaron al vestíbulo, desde donde subieron por la escalinata principal apreciando la belleza de su madera y las tallas de los ornamentos. Cuando llegaron arriba, giraron en dirección opuesta al pasillo en el que se hallaba el dormitorio de Catherine y enseguida se adentraron por uno semejante, pero más largo y amplio. Allí le mostraron tres estancias sucesivas, con sus respectivos tocadores, completamente amuebladas con suma elegancia. No habían escatimado en gastos para dotarlas de comodidad y distinción, pero como habían sido amuebladas en los últimos cinco años, disponían de todo lo que por lo general podía complacer a cualquiera y carecían de todo lo que podía complacer a Catherine. Mientras visitaban la última estancia, el general, tras mencionar por encima algunas de las distinguidas personalidades por cuya presencia habían sido honrados en ocasiones, se volvió muy sonriente hacia Catherine y se aventuró a esperar que, en adelante, sus visitantes fueran «nuestros amigos de Fullerton». Catherine agradeció el inesperado cumplido lamentando profundamente no poder tener buena opinión de un hombre que la trataba tan bien y que se mostraba tan civilizado con toda su familia.

La galería culminaba con unas puertas de fuelle que la señorita Tilney se había adelantado a abrir y, cuando parecía a punto de hacer lo mismo con la primera puerta que había a su izquierda, en otro largo pasillo, el general la llamó a toda prisa y —según le pareció a Catherine, bastante irritado— le preguntó adónde iba y qué pensaba enseñarle allí. ¿Acaso la señorita Morland no había visto ya todo lo que revestía algún interés? ¿Y no creía que a su amiga le apetecería tomar algo después de tanto ejercicio? La señorita Tilney se retiró enseguida y cerraron las pesadas puertas delante de

Catherine, quien, después de vislumbrar, tras un rápido vistazo, un pasillo más estrecho, muchísimas más habitaciones y lo que le había parecido una escalera de caracol, había tenido la impresión de estar al fin a punto de ver algo interesante. Y mientras desandaba aquel pasillo a regañadientes, pensó que prefería que la dejaran visitar aquella parte de la casa que ver todo el esplendor del resto. Y el evidente deseo del general por evitar que viera el resto todavía espoleaba más sus deseos. Era evidente que tenía algo que esconder. Y aunque sin duda últimamente Catherine hubiera dejado volar su imaginación más de la cuenta en una o dos ocasiones, no podía engañarla en eso. Y fuera lo que fuese, la escueta frase que la señorita Tilney le dijo mientras seguían al general a cierta distancia por la escalera pareció confirmarlo:

—Iba a enseñarle la habitación de mi madre, donde falleció.

Eso fue todo lo que dijo. Pero, por escueta que fuera, Catherine entendió el mensaje como si de un libro abierto se tratara. No era de extrañar que el general rehuyera la posibilidad de contemplar los objetos que pudiera contener esa estancia; una habitación en la que probablemente no hubiera vuelto a entrar desde que ocurriera el lamentable suceso, el que diera descanso a su sufridora esposa y lo dejara a él presa de remordimientos.

Cuando volvió a encontrarse a solas con Eleanor, Catherine se aventuró a confesarle las ganas que tenía de ver dicha estancia, así como el resto de esa parte de la casa, y su amiga prometió acompañarla en cuanto dispusieran del momento oportuno. Catherine la entendió perfectamente: debían esperar a que el general se marchara de casa para poder entrar en esa habitación.

—Imagino que estará tal como ella la dejó, ¿no? —preguntó con tono sentido.

—Sí, está exactamente igual.

—¿Y cuánto hace que falleció su madre?

—Murió hace nueve años.

Y Catherine sabía que nueve años era una nadería comparado con la cantidad de tiempo que solía pasar tras la muerte de una esposa antes de que una estancia se reformase.

—Imagino que usted estuvo con ella hasta el final.

—No —confesó la señorita Tilney suspirando—. Por desgracia yo no estaba en casa. Su enfermedad fue repentina y corta. Y antes de que yo regresara ya había terminado todo.

A Catherine se le heló la sangre al pensar en las terribles implicaciones que sugerían aquellas palabras. ¿Sería posible? ¿Podría ser que el padre de Henry...? Y, sin embargo, ¡cuántos ejemplos había que justificaran aquellas negras sospechas! Y cuando aquella tarde, mientras ella cosía con su amiga, vio al general paseándose lentamente por el salón durante una hora entera y en actitud de silenciosa reflexión, con la mirada gacha y el ceño fruncido, Catherine quedó convencida de que no lo había juzgado mal. ¡Tenía el aire y la actitud de un Montoni! ¿Qué otra cosa podía explicar las reflexiones de un hombre al que todavía quedaba un leve rastro de humanidad cuando rememoraba dolorosas escenas del pasado que tan culpable lo hacían sentir? ¡Qué hombre tan infeliz! Y la inquietud hizo que la joven dirigiera sus ojos hacia el general tan a menudo que la señorita Tilney terminó por darse cuenta.

—Mi padre suele pasearse así por el salón, es completamente normal —susurró.

«¡Eso es mucho peor!», pensó Catherine. Aquel ejercicio tan inoportuno era tan raro como sus impropios paseos matutinos y no auguraba nada bueno.

Pasada la tarde, cuya monotonía y aparente duración la hizo especialmente consciente de la importancia que tenía la presencia de Henry en aquel círculo, Catherine se sintió encantada de poder retirarse; aunque fue una mirada del general, que ella no debía haber advertido, lo que hizo que su hija tocara la campana. Sin embargo, cuando el mayordomo se disponía a encender la vela de su señor, él no se lo permitió. No pensaba retirarse todavía.

—Tengo que terminar algunos panfletos antes de poder acostarme —le dijo a Catherine— y quizá siga meditando acerca de los asuntos de la nación después de que usted ya esté durmiendo. ¿Acaso podemos ocupar mejor nuestro tiempo? Yo me dejaré los ojos trabajando por el bien de los demás y los suyos se beneficiarán del reposo para futuras conquistas.

Pero ni la ocupación mencionada ni el magnífico cumplido consiguieron que Catherine dejara de pensar que debía de haber algún motivo mucho

 196

más serio para retrasar ese descanso. No le parecía convincente que alguien pudiera quedarse despierto durante horas a causa de unos estúpidos papeles cuando la familia ya se había acostado. Tenía que haber un motivo más importante: algo que solo podía hacer cuando todo el mundo estaba dormido. Y la necesaria conclusión a la que llegó la joven fue que probablemente la señora Tilney seguía con vida, aunque él la tenía encerrada por motivos desconocidos y recibía de las despiadadas manos de su marido una exigua ración de comida. Por muy espantosa que fuera la idea, era mejor que esa muerte prematura e injusta, pues por lo menos existía la posibilidad de que la liberasen. Lo inesperado de su supuesta enfermedad, la ausencia de su hija y probablemente también de sus demás hijos... Todo señalaba la suposición del encierro. El motivo todavía estaba por descifrar, quizá hubiera sido por celos o por simple crueldad.

Mientras pensaba en todo aquello al desvestirse, Catherine concluyó de pronto que no era improbable que aquella mañana hubiera pasado muy cerca del lugar donde se encontraba recluida la desafortunada mujer; no debía de haber estado muy lejos de la celda donde ella agonizaba. Pues ¿qué parte de la abadía podía ser más apropiada para dicho propósito que la que todavía conservaba esos vestigios del antiguo edificio? Recordaba muy bien las puertas sobre las que el general no había hecho comentario alguno en aquel pasadizo de arcos altos y suelo de piedra que Catherine había recorrido con especial reverencia. ¿Adónde debían de conducir esas puertas? Para apoyar la verosimilitud de esa conjetura, Catherine también pensó que la galería prohibida donde se hallaba la estancia de la desafortunada señora Tilney debía de estar, si la memoria no le fallaba, exactamente encima de esa sospechosa hilera de celdas, y la escalera junto a esas estancias que Catherine había visto de refilón, que se comunicaba por algún medio secreto con esas celdas, cosa que podría favorecer los crueles designios de su esposo. ¡Quizá la hubiera bajado por la escalera tras dejarla inconsciente!

En ocasiones Catherine se asombraba de la audacia de sus razonamientos y a veces temía haber ido demasiado lejos, pero al estar estos basados en hechos tan comprobados le resultaba imposible ignorarlos.

Como tenía la impresión de que el pabellón donde ella suponía que se estaban desarrollando esas terribles escenas estaba justo enfrente del suyo, pensó que, si observaba con atención, podría ver el reflejo de la luz de la lámpara del general reflejada en las ventanas cuando este pasara por allí de camino a la celda de su esposa. Y, en dos ocasiones antes de acostarse, Catherine salió con sigilo de su dormitorio para acercarse a la correspondiente ventana del pasillo, por si veía la luz. Pero todo estaba a oscuras; debía de ser demasiado temprano. Los ruidos que escuchaba llegar de abajo la convencieron de que los sirvientes todavía debían de estar levantados. Catherine supuso que no debía tener mucho sentido ir a mirar hasta que fuera medianoche, y entonces, cuando el reloj diera las doce y todo estuviera en silencio, ella saldría a echar un vistazo si no la asustaba la oscuridad. Sin embargo, cuando el reloj dio las doce, Catherine ya llevaba media hora dormida.

Capítulo XXIV

Al día siguiente no se presentó la oportunidad para el propuesto examen de las misteriosas habitaciones. Era domingo y el general quiso emplear todo el tiempo que quedó entre los servicios religiosos de la mañana y la tarde en hacer ejercicio al aire libre o comer algún refrigerio frío en casa. Y por muy grande que fuera la curiosidad de Catherine, no tenía el valor suficiente como para explorarlos después de cenar, ya fuera a la débil luz del crepúsculo, entre las seis y las siete, o gracias a la luz más mortecina pero concentrada de una traicionera vela. Por tanto, el día transcurrió sin que ocurriera nada muy interesante para Catherine, aparte de ver un monumento muy elegante a la memoria de la señora Tilney, que estaba colocado inmediatamente delante del banco que la familia ocupaba en la iglesia. Aquella figura captó enseguida su atención y no pudo quitarle ojo, y la atenta lectura del sentido epitafio, en el que el desconsolado marido —quien de un modo u otro debía de ser su destructor— le atribuía toda clase de virtudes, afectó tanto a Catherine que incluso rompió a llorar.

Quizá no fuera de extrañar que el general, habiendo erigido ese monumento, fuera capaz de enfrentarse a él, pero a Catherine le parecía increíble que pudiera sentarse con serena valentía delante del monumento, que

mantuviese una actitud tan digna y mirase sin miedo a su alrededor de esa forma, y que pudiera incluso entrar en la iglesia. Y no es que escasearan los ejemplos de personajes igual de endurecidos por la culpabilidad. Catherine recordaba a docenas de personas de esa clase que se habían abandonado a todos los vicios posibles, que habían ido pasando de un crimen a otro, asesinando a cualquier persona que se les antojaba sin dar ninguna muestra de humanidad o remordimiento, hasta que una muerte violenta o un retiro religioso ponía fin a sus negras carreras. La erección del monumento en sí mismo no podía, de ninguna forma, influir sobre sus dudas acerca de la verdadera muerte de la señora Tilney. Aunque le mostraran la mismísima cripta en la que se suponía que descansaban sus cenizas, aunque pudiera ver el féretro donde decían que estaba su cuerpo, ¿qué iba a demostrar eso? Catherine había leído demasiado como para no saber perfectamente la facilidad con la que podrían haber introducido dentro una figura de cera y haber celebrado un supuesto funeral.

La mañana siguiente prometía ser algo mejor. El paseo matutino del general, tan inoportuno desde cualquier otro ángulo, resultó en ese momento muy favorable, y cuando Catherine se aseguró de que ya se había marchado de casa, enseguida le propuso a la señorita Tilney que cumpliera con su promesa. Eleanor se mostró encantada de complacerla. Y como, mientras subían, Catherine le recordó otra de las cosas que le había prometido, en primer lugar se dirigieron a ver el retrato que la joven tenía en su dormitorio. Representaba a una mujer encantadora, con un rostro sereno y pensativo, cosa que de momento cumplía con las expectativas de su nueva observadora. Pero no fueron satisfechas en todos los aspectos, pues Catherine había imaginado que al ver su rostro, su pelo y su piel, se encontraría ante la viva imagen de Henry, o bien de Eleanor; los únicos retratos que ella recordaba siempre reflejaban un gran parecido entre madre e hijo, pues el rostro de una familia se heredaba durante generaciones. Sin embargo, en esa ocasión se vio obligada a observarlo detenidamente en busca de algún parecido. De todas formas, y a pesar de la sorpresa, Catherine lo contemplaba muy emocionada, y no habría dejado de hacerlo de no haber sido porque le aguardaba una emoción todavía mayor.

Estaba tan nerviosa cuando entraron en el gran pasillo que no podría haberlo expresado con palabras; solo era capaz de mirar a su acompañante. Eleanor tenía una expresión abatida, pero se la veía serena, y su compostura daba a entender que estaba perfectamente habituada al sombrío escenario al que se dirigían. Volvieron a cruzar las puertas de fuelle y de nuevo posó la mano sobre aquella imponente cerradura, y Catherine, que apenas podía respirar, ya se estaba volviendo para cerrar las primeras con temerosa cautela cuando una figura, la aterradora figura del general en persona, apareció ante ella al final del pasillo. El nombre de Eleanor resonó en ese mismo instante por todo el edificio anunciado en el tono más alto posible, proporcionando a su hija la primera indicación de su presencia y aterrorizando más si cabe a Catherine. El primer movimiento instintivo que había hecho al verle había sido el de intentar esconderse, pero no podía esperar que él no la hubiera visto. Y cuando su amiga pasó corriendo por su lado lanzándole una mirada de disculpa y se unió a su padre para desaparecer después con él, Catherine corrió en busca de la seguridad de su dormitorio, se encerró dentro y pensó que jamás tendría valor para volver a bajar. Permaneció allí por lo menos una hora, muy alterada, compadeciéndose profundamente de su pobre amiga y esperando que el furioso general la mandara llamar a sus dependencias. Sin embargo, nadie vino a buscarla. Y al final, cuando vio que un carruaje se aproximaba a la abadía, la joven reunió el valor para poder enfrentarse a él arropada por la protección de los visitantes. El comedor del desayuno estaba de lo más animado gracias a las visitas y el general la presentó como la amiga de su hija dedicándole todo tipo de cumplidos que ocultaban su resentida ira, y ella se sintió segura, por lo menos de momento. Y Eleanor, con un control que honraba la preocupación por el carácter de su padre, aprovechó la primera oportunidad que tuvo para decirle: «Mi padre solo quería que contestara una nota», y Catherine empezó a esperar que o bien el general no la hubiera visto o que alguna consideración de cortesía le permitiese dicha suposición. Y, gracias a esa esperanza, la joven se atrevió a permanecer en su presencia una vez las visitas se hubieron marchado, sin que ocurriera nada que alterase su confianza.

Durante las reflexiones de aquella mañana, Catherine llegó a la conclusión de que la próxima vez que intentara acercarse a la puerta prohibida, lo haría ella sola. Sería mucho mejor en todos los aspectos que Eleanor no supiera nada del asunto. No sería propio de una buena amiga convencerla para que se arriesgara a que la volvieran a sorprender ni para que entrara en una estancia que debía de encogerle el corazón. Además, el general nunca se mostraría igual de colérico con ella que con su propia hija, y también pensó que la propia inspección sería más satisfactoria si podía hacerla sin compañía. Sería imposible contarle a Eleanor las sospechas que ella, con toda probabilidad, había ignorado hasta ese momento. Y por tanto tampoco podría, estando con ella, buscar las pruebas de la crueldad del general que pudieran haber escapado de su descubrimiento y que ella esperaba poder encontrar en alguna parte en forma de algún diario fragmentado que quizá la víctima hubiera seguido escribiendo hasta el último aliento. Como ahora ya conocía perfectamente el camino hasta esos aposentos, y dado que quería terminar con aquello antes de que regresara Henry, a quien esperaban al día siguiente, no había tiempo que perder. Hacía un día soleado y Catherine estaba envalentonada. A las cuatro todavía quedarían dos horas de luz y solo necesitaría retirarse media hora antes de lo habitual con la excusa de cambiarse de ropa.

Así lo hizo y se halló a solas en el pasillo antes de que los relojes hubieran dejado de sonar. No tenía tiempo para pararse a pensar. Se apresuró, cruzó las puertas de fuelle haciendo el mínimo ruido posible y, sin detenerse a mirar o respirar, corrió hasta la que le interesaba. La cerradura cedió a su mano y, por suerte, lo hizo sin dejar escapar ningún ruido que pudiera alarmar a nadie. Entró de puntillas. Tenía toda la estancia ante ella, pero pasaron algunos minutos antes de que pudiera dar un paso más. Catherine se quedó observando lo que la tenía clavada en el sitio y le demudó el rostro. Veía una estancia grande y de buenas proporciones, una estupenda cama con dosel perfectamente hecha por alguna criada, como si nadie la ocupase, una brillante estufa de baño, armarios de madera de caoba y sillas muy bien pintadas sobre las que se reflejaban los cálidos rayos del sol poniente que entraban a través de dos ventanas de guillotina. Catherine había imaginado

que se llevaría una fuerte impresión y no había duda de que estaba impresionada. Lo primero que sintió fue asombro y duda, y a continuación sintió una breve punzada de sentido común que le hizo experimentar un amargo sentimiento de vergüenza. No podía haberse equivocado de habitación, ¡pero estaba completamente equivocada en todo lo demás! ¡En lo que había querido decir la señorita Tilney, en sus propios cálculos! Aquella estancia a la que Catherine había supuesto tanta antigüedad y un estado lamentable resultaba pertenecer al ala construida por el padre del general. Había dos puertas más en la estancia que probablemente condujeran a los tocadores, pero Catherine no tenía ganas de abrir ninguna de las dos. ¿Seguiría allí el último velo que se había puesto la señora Tilney o el último libro que había leído, para dejar claro lo que nada más se atrevía a revelar? No, cualquiera que hubiera sido el crimen del general, no había duda de que tenía demasiado ingenio como para dejar algún rastro de ello. Catherine estaba cansada de explorar y deseó estar a salvo en su habitación, donde solo su corazón sería testigo de su ingenuidad. Y estaba a punto de retirarse tan silenciosamente como había entrado cuando el sonido de unos pasos, que no sabía de dónde procedían, la obligaron a detenerse entre temblores. Sería muy desagradable que alguien la encontrara allí, incluso aunque la descubriera un sirviente; pero si la sorprendía el general, que siempre parecía aparecer en el momento más inoportuno, ¡sería mucho peor! Catherine escuchó con atención, el sonido había cesado; resuelta a no perder ni un momento más, salió de la estancia y cerró la puerta. Justo en ese momento se abrió una puerta en el piso de abajo: alguien parecía subir rápidamente por las escaleras que debía utilizar Catherine para llegar al pasillo que la había llevado hasta allí. Era incapaz de moverse. Clavó los ojos en la escalera presa de un terror indefinido y en pocos segundos Henry apareció ante ella.

—¡Señor Tilney! —exclamó muy asombrada. Él también parecía sorprendido—. ¡Santo cielo! —prosiguió Catherine haciendo caso omiso de su saludo—. ¿Qué hace aquí? ¿Por qué ha subido por esta escalera?

—¿Que por qué subo por esta escalera? —contestó él muy sorprendido—. Pues porque es el camino más corto para ir del establo a mi habitación. ¿Por qué no iba a subir por aquí?

Catherine se recompuso, se ruborizó y ya no fue capaz de decir nada más. Él parecía buscar en su rostro la explicación que sus labios no le ofrecían. La joven dio unos pasos en dirección al pasillo.

—¿Y me permite preguntarle qué hace usted aquí? —quiso saber él mientras empujaba las puertas de fuelle—. Este pasillo es una ruta tan extraordinaria para ir del salón del desayuno a su dormitorio como esta escalera para ir de los establos hasta el mío.

—He subido a ver la habitación de su madre —confesó Catherine con la mirada gacha.

—¡La habitación de mi madre! ¿Y hay algo extraordinario que ver en ella?

—No, nada en absoluto. Pensaba que no regresaba usted hasta mañana.

—Yo tampoco esperaba poder regresar antes cuando me marché, pero hace tres horas me di cuenta de que ya no había nada que me retuviera. Está usted pálida. Me temo que la he asustado al subir tan rápido la escalera. Quizá no supiera usted que estas escaleras comunican con las dependencias de uso común.

—No, no lo sabía. Ha tenido un día estupendo para viajar.

—Mucho. ¿Y Eleanor le deja que visite todas las estancias de la casa usted sola?

—¡Oh, no! Ella me enseñó la mayor parte de la casa el sábado. Solo nos quedaba ver estas estancias, pero... —Bajó la voz—. Su padre venía con nosotras.

—Y eso le impidió verla —dijo Henry observándola muy serio—. ¿Ha visto todas las habitaciones de este pasillo?

—No, solo quería ver... ¿No es muy tarde? Debería ir a vestirme.

—Solo son las cuatro y cuarto —comentó sacándose el reloj—, y ahora ya no está usted en Bath. Aquí ya no hay teatro ni salones para los que deba arreglarse. En Northanger debería bastar con media hora.

Catherine no podía contradecirlo, por lo que tuvo que quedarse allí, aunque, por primera vez desde que lo conocía, el miedo a que siguiera interrogándola hacía que la joven deseara separarse de él. Empezaron a caminar juntos por el pasillo.

—¿Ha recibido alguna carta de Bath desde la última vez que la vi?

—No, y me sorprende mucho. Isabella me prometió fielmente que me escribiría enseguida.

—¡Le prometió fielmente! ¡Una promesa fiel! Me resulta desconcertante. Había escuchado hablar de interpretaciones fieles, ¿pero una promesa fiel? Sin embargo tampoco creo que sea algo digno de conocer, pues uno puede terminar decepcionado y lastimado. El dormitorio de mi madre es muy espacioso, ¿verdad? Es amplio y hermoso, y tiene los armarios muy bien dispuestos. Yo siempre he pensado que es la estancia más cómoda de la casa y no entiendo que Eleanor no haya decidido quedársela. Supongo que ha sido ella quien la ha mandado venir a verla, ¿no?

—No.

—¿Entonces ha sido solo cosa suya?

Catherine guardó silencio. Tras un breve silencio, durante el cual él la observó detenidamente, añadió:

—Como no hay nada en el dormitorio que pueda suscitar interés por sí mismo, imagino que lo habrá hecho como muestra de respeto hacia mi madre, después de la descripción de ella que le haya ofrecido Eleanor, cosa que honra su memoria. Yo siempre he pensado que no ha existido una mujer mejor que ella en el mundo. Pero no es común que la virtud alimente esta clase de interés. Los méritos domésticos y modestos de una persona desconocida no suelen provocar la clase de apasionada y tierna veneración que ha debido provocar una visita como la suya. Imagino que Eleanor le habrá hablado mucho de ella, ¿no?

—Sí, mucho. Bueno... No, no mucho, pero lo que me dijo fue muy interesante. Eso de que falleciera tan repentinamente —dijo Catherine vacilante—. Y eso de que ninguno de ustedes estuviera en casa, y su padre..., pensé que quizá él no le tuviera mucho cariño.

—Y de dichas circunstancias —replicó él clavándole sus despiertos ojos—, ha inferido usted la posibilidad de cierta negligencia. Alguna... —ella negó con la cabeza de forma involuntaria—, o quizá se tratara de algo todavía más imperdonable. —La joven lo miró con los ojos más abiertos que nunca—. La enfermedad de mi madre —prosiguió—, el ataque que terminó con su vida, fue repentino. La dolencia en sí misma, que había padecido

con frecuencia, era una fiebre biliosa, por lo que se trataba de un problema de constitución. Al tercer día, tan pronto como la convencieron, la examinó un médico, un hombre muy respetable, alguien en quien ella siempre había confiado. Como le pareció que mi madre corría peligro, llamaron a dos médicos más al día siguiente y estuvieron cuidando de ella casi sin descanso durante veinticuatro horas. Falleció al quinto día. Durante el transcurso de su enfermedad, Frederick y yo (pues estábamos los dos en casa) la vimos en varias ocasiones, y pudimos observar con nuestros propios ojos que recibía todas las atenciones que podían dispensarle el afecto de cuantos la rodeaban o que podía proporcionarle su posición social. La pobre Eleanor no estaba en casa; se hallaba tan lejos que solo pudo regresar para ver a su madre en el féretro.

—Pero su padre —dijo Catherine—, ¿estaba afligido?

—Mucho, durante un tiempo. Se ha equivocado al suponer que él no la estimaba. Estoy convencido de que él la amaba mucho a su manera. Ya sabe que no todos tenemos la misma inclinación a la ternura, y no pretendo decir con ello que, mientras vivía, ella no tuviera que soportar muchas cosas, pero aunque ella tuviera que sufrir las consecuencias del carácter de mi padre, jamás fue algo que él hiciera de forma deliberada. Él la valoraba sinceramente y su muerte le afectó muchísimo, aunque no fuera de forma permanente.

—Me alegro mucho —opinó Catherine—. Habría sido muy sorprendente que...

—Si la he entendido correctamente, se ha hecho usted una idea tan horrible que apenas tengo palabras para expresarla. Querida señorita Morland, piense un momento en la espantosa naturaleza de esas sospechas suyas. ¿En qué se ha basado? Recuerde el país y la época en la que vivimos. Recuerde que somos ingleses, que somos cristianos. Confíe en su entendimiento, en su sentido de la probabilidad, observe lo que está ocurriendo a su alrededor. ¿Acaso nuestra educación nos prepara para tales atrocidades? ¿Es que nuestras leyes se confabulan para que ocurran tales cosas? ¿Podrían ser perpetradas sin que nadie lo supiera, en un país como este, en el que las relaciones sociales y epistolares son tan

frecuentes, donde todos estamos rodeados por un vecindario de espías voluntarios, y donde las carreteras y los periódicos consiguen que todo sea de dominio público? Queridísima señorita Morland, ¿en qué ha estado usted pensando?

Habían llegado al final del pasillo y, con lágrimas de vergüenza, Catherine se marchó corriendo a su habitación.

Capítulo XXV

Las fantasías románticas habían terminado y Catherine había abierto los ojos. El discurso de Henry, por corto que hubiera sido, la había ayudado a tomar más conciencia de la extravagancia de sus recientes fantasías que todas las decepciones que había sufrido a causa de ellas. Se sentía humillada y lloró amargamente. No solo se había puesto en evidencia ante sí misma, también ante Henry. Sus locuras, que ahora parecían incluso criminales, habían quedado completamente expuestas a los ojos de él, por lo que la odiaría para siempre. ¿Podría llegar a perdonarle algún día la libertad que su imaginación había osado tomarse con el carácter de su padre? ¿Llegaría a olvidar lo absurdo de su curiosidad y sus temores? Catherine se odiaba más de lo que era capaz de expresar. Antes de aquella fatídica mañana, y en una o dos ocasiones, él había demostrado cierto afecto por ella, o al menos Catherine creía que lo había hecho. Pero ahora... En resumidas cuentas, Catherine sufrió lo indecible durante media hora, bajó muy abatida cuando el reloj dio las cinco y apenas fue capaz de dar una respuesta inteligible cuando Eleanor le preguntó si estaba bien. El temible Henry enseguida apareció también en la estancia y la única diferencia en su comportamiento fue que se mostraba más pendiente de ella que de costumbre.

Catherine nunca había estado tan necesitada de consuelo y daba la impresión de que él era plenamente consciente de ello.

La velada transcurrió sin que menguara esa tranquilizadora cordialidad y Catherine consiguió serenarse un poco. No pretendía defender ni olvidar lo que había ocurrido, pero sí aspiraba a que el general nunca llegara a enterarse y a que aquel episodio no le costara el afecto de Henry. Catherine seguía pensando en todo lo que había sentido y hecho con tanta despreocupación y nada le parecía ahora tan evidente como que todo había sido un delirio voluntario creado por ella misma, y en dicha fantasía había magnificado cada una de las insignificantes circunstancias espoleada por una imaginación dispuesta a crear alarma, y con la esperanza de que todo estuviera ya predeterminado por una mente que, ya antes de llegar a la abadía, deseaba ser asustada. Recordó con qué sentimientos se había preparado para su visita a Northanger. Se daba cuenta de que la obsesión y el engaño se habían gestado mucho antes de partir de Bath, y tenía la impresión de que todo el asunto había ocurrido debido a la influencia de esa clase de lecturas a las que se había aficionado estando allí.

Por muy entretenidas que fueran las novelas de la señora Radcliffe e incluso las de todos sus imitadores, quizá no fuera en ellas donde debía buscarse el verdadero reflejo de la naturaleza humana, por lo menos en lo que se refería a los condados interiores de Inglaterra. Quizá sí que ofrecieran un fiel testigo de lo que ocurría en los Alpes y los Pirineos, con sus bosques de pino y sus vicios, y tal vez Italia, Suiza y el sur de Francia estuvieran tan plagadas de horrores como se representaba en dichas novelas. Catherine no quiso poner en duda su propio país, aunque, de haber sido presionada, habría acabado cuestionando también las regiones más apartadas del norte y el oeste. Pero en la parte central de Inglaterra, las leyes del país y sus costumbres sin duda garantizaban incluso la seguridad de una esposa mal querida. No se toleraba el asesinato, los sirvientes no eran esclavos y no se podía conseguir veneno en cualquier botica ni pociones para dormir como si fuesen ruibarbo. Quizá en los Alpes y los Pirineos no hubiera personajes intermedios. Allí, cualquiera que no fuera intachable como un ángel podía considerarse un demonio. Pero en Inglaterra las cosas no eran así.

Catherine opinaba que entre los ingleses, en sus corazones y en sus costumbres existía una mezcla general, aunque desigual, del bien y del mal. Y debido a esa convicción no le sorprendería que incluso Henry y Eleanor Tilney pudieran adolecer de alguna pequeña imperfección y también, basándose en dicha convicción, Catherine no debía temer reconocer ciertas faltas en el carácter de su padre, quien, a pesar de haber quedado libre de las sospechas sumamente injuriosas que a ella le avergonzaba admitir haber albergado, sí concluyó, tras pensarlo seriamente, que no era del todo agradable.

Una vez convencida de dichos extremos, y una vez hubo decidido que en el futuro siempre actuaría y juzgaría con la mayor sensatez posible, ya no le quedó nada más que hacer que perdonarse y ser más feliz que nunca. Y la indulgente mano del tiempo la ayudó mucho mediante imperceptibles gradaciones que se fueron sucediendo durante el transcurso del día siguiente. La asombrosa generosidad de Henry y su noble conducta, al no aludir en lo más mínimo a lo que había ocurrido, fue de gran ayuda para ella. Y antes de lo que ella jamás habría creído posible cuando cayó presa de aquella angustia, empezó a sentirse muy cómoda y se vio capaz de seguir mejorando gracias a todo lo que él decía. Ciertamente seguía habiendo algunas cuestiones que Catherine aún consideraba dignas de miedo, como la mención de un arcón o un armario, por ejemplo, y no le gustaba ver nada que fuera lacado, pero incluso ella reconocía, aunque le resultara doloroso, que el recuerdo ocasional de alguna pasada insensatez podía resultar de utilidad.

Las inquietudes de la vida corriente enseguida empezaron a sustituir a los misterios. Cada día sentía más ganas de recibir noticias de Isabella. Estaba impaciente por saber cómo continuaban las cosas en Bath y todo lo que ocurría en los salones del balneario, y en especial estaba impaciente por saber si Isabella había encontrado alguna bonita tela de algodón, tarea en la que la había dejado enfrascada justo cuando se marchó, y si su relación con James seguía en los mejores términos. La única persona que podía proporcionarle algo de información era Isabella. James se había negado a escribirle hasta regresar a Oxford y la señora Allen no le había dado esperanzas de mandarle ninguna carta hasta que regresara a Fullerton. Pero Isabella

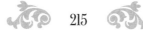

se lo había prometido una y otra vez, y cuando ella prometía algo lo cumplía escrupulosamente. Por eso le parecía especialmente raro.

Durante nueve mañanas seguidas, Catherine meditó acerca de aquella decepción recurrente que cada mañana era más severa, pero la décima, cuando entró en el salón del desayuno, lo primero que vio fue la carta que le entregó Henry muy complacido. Catherine se lo agradeció con tanta sinceridad como si la hubiera escrito él mismo.

—Pero es de James —comentó mirando la dirección. La abrió. Venía de Oxford y decía así:

Querida Catherine:

Aunque Dios sabe bien las pocas ganas que tengo de escribir en este momento, considero que es mi deber informarte de que todo ha terminado entre la señorita Thorpe y yo. Me despedí de ella ayer en Bath y no volveré a verla nunca más. No entraré en detalles, pues solo te afligirían más. Pronto tendrás noticias de otra fuente y sabrás de quién ha sido la culpa, y espero que absuelvas a tu hermano de todo, salvo de haber sido tan necio como para pensar que había encontrado a alguien que correspondía a su afecto. ¡Gracias a Dios me he desengañado a tiempo! Pero ha sido un duro golpe. Y después de que nuestro padre diera su amable consentimiento... Pero se acabó. ¡Ella me ha destrozado para siempre! Espero recibir noticias tuyas muy pronto, querida Catherine, eres mi única amiga y tu cariño es muy importante para mí. Espero que tu visita a Northanger concluya antes de que el capitán Tilney anuncie su compromiso para que no te encuentres en una situación incómoda. El pobre Thorpe está en la ciudad, pero temo encontrarme con él, pues sin duda su honrado corazón habrá quedado destrozado. Le he escrito a él y también a papá. Lo que más me molesta es la falsedad de ella. Cuando hablaba con Isabella para que me diera explicaciones, siempre se declaraba muy unida a mí y se reía de mis temores. Me avergüenza pensar en lo mucho que he aguantado, pero si ha existido algún hombre con motivos para sentirse amado, ese era yo. Ni siquiera ahora puedo comprender qué pretendía ella, pues no debía de tener ninguna necesidad de engañarme a mí para conseguir el afecto de Tilney. Al final nos separamos de mutuo acuerdo, ¡desearía no haberla conocido! Espero no volver a conocer a otra mujer como ella. Querida Catherine, ten mucho cuidado cuando entregues tu corazón.

Sinceramente tuyo...

Catherine no había leído ni tres frases cuando su repentino cambio de expresión y sus breves exclamaciones de preocupada sorpresa dejaron bien claro a sus amigos que estaba recibiendo malas noticias. Y Henry, que la había estado observando mientras leía, enseguida se dio cuenta de que la carta no terminaba mucho mejor de lo que había empezado. Sin embargo, la aparición de su padre evitó que tuviera ocasión de manifestar su sorpresa. Fueron directamente a desayunar, pero Catherine apenas pudo comer nada. Tenía los ojos llenos de lágrimas, incluso le resbalaban por las mejillas. Sostuvo la carta un momento en la mano, después se la apoyó en el regazo y al final se la metió en el bolsillo; y daba la impresión de que no sabía lo que hacía. Por suerte, el general, preocupado solo por su cacao y el periódico, no parecía haberse dado cuenta de nada, pero los otros dos eran muy conscientes de su inquietud. En cuanto tuvo el valor de levantarse de la mesa, Catherine corrió a su habitación, pero las criadas estaban limpiando el dormitorio y se vio obligada a volver a bajar. Fue al salón en busca de algo de intimidad, pero Henry y Eleanor también se habían retirado allí y en ese preciso momento estaban hablando de ella. Catherine empezó a retroceder mientras trataba de disculparse, pero ellos la obligaron a regresar con gentil firmeza y se retiraron después de que Eleanor expresara el deseo de poder serle útil u ofrecerle consuelo.

Después de pasar media hora entregada a la pena y la reflexión, Catherine empezó a sentir ganas de estar con sus amigos, pero tenía que pensar en si quería comunicarles el motivo de su inquietud. Quizá si le preguntaban directamente pudiera ofrecerles alguna idea de lo sucedido, tan solo una insinuación, pero no más. ¿Cómo podía delatar a una amiga? Y menos a una amiga tan buena como Isabella, y cuando además su propio hermano estaba implicado en todo aquello. Catherine pensaba que debía evitar el asunto por completo. Henry y Eleanor estaban solos en el salón del desayuno, y cuando entró ambos la miraron con inquietud. Catherine se sentó a la mesa y, tras un breve silencio, Eleanor dijo:

—Espero que no haya recibido malas noticias de Fullerton. El señor y la señora Morland, y todos sus hermanos y hermanas, espero que ninguno esté enfermo.

—No, no es eso, gracias —contestó suspirando al hablar—. Están todos bien. Mi carta era de mi hermano, que está en Oxford.

Nadie dijo nada más durante algunos minutos, y entonces, hablando con los ojos llenos de lágrimas, Catherine añadió:

—¡No creo que vuelva a querer recibir una carta en mi vida!

—Lo siento —dijo Henry cerrando el libro que acababa de abrir—, si hubiera sospechado que la carta contenía algo desagradable, no se la hubiera entregado con tanta alegría.

—¡Contenía algo mucho peor de lo que cualquiera pueda suponer! ¡El pobre James es tan infeliz! Pronto sabrán por qué.

—Tener una hermana tan afectuosa y considerada debe de ser un consuelo para él en cualquier circunstancia —contestó Henry con afecto.

—Tengo que pedirles un favor —dijo Catherine muy alterada poco después—. Necesito que en cuanto sepan que su hermano va a venir me avisen con tiempo para que yo pueda marcharme.

—¿Nuestro hermano Frederick?

—Sí. No hay duda de que lamentaré separarme de ustedes tan pronto, pero ha ocurrido algo que haría que para mí fuera espantoso tener que estar bajo el mismo techo que el capitán Tilney.

Eleanor olvidó su labor mientras observaba a su amiga con creciente asombro, pero Henry empezó a sospechar la verdad e hizo un comentario haciendo una ligera referencia a la señorita Thorpe.

—¡Qué inteligente es usted! —exclamó Catherine—. Lo ha adivinado, sí. Y, sin embargo, cuando lo comentamos en Bath, usted no pensaba que podría terminar así. Isabella, sí... Ahora entiendo que no haya tenido noticias suyas. Isabella ha dejado a mi hermano para casarse con Frederick. ¿Habrían imaginado que pudiera existir tanta inconstancia, inestabilidad y maldad en el mundo?

—Espero que la hayan informado mal por lo que se refiere a mi hermano. Espero que él no haya tenido nada que ver con la decepción del señor

218

Morland. No es probable que se case con la señorita Thorpe. Creo que debe de estar usted equivocada. Lo lamento mucho por el señor Morland y lamento que cualquiera de sus seres queridos pueda ser infeliz, pero lo que más me sorprendería es que Frederick se casara con ella.

—Pero le aseguro que es verdad. Debería leer la carta de James. Espere, hay una parte... —dijo recordando muy sonrojada la última parte.

—¿Le importaría leernos los pasajes que se refieren a mi hermano?

—No, léalo usted mismo —exclamó Catherine, pensándolo mejor—. No sé en qué estaba pensando —comentó sonrojándose de nuevo—. James solo pretende darme buenos consejos.

Él tomó la carta y, después de haberla leído con atención, se la devolvió diciendo:

—Bueno, si así es como debe ser, solo puedo decir que lo lamento. Frederick no será el primer hombre que elija una esposa con menos sensatez de la que esperaba su familia. No envidio su situación, ni como pretendiente ni como hijo.

La señorita Tilney también leyó la carta cuando Catherine la invitó a hacerlo y, después de expresar su preocupación y su sorpresa, empezó a preguntar por las relaciones y la fortuna de la señorita Thorpe.

—Su madre es encantadora —respondió Catherine.

—¿A qué se dedicaba su padre?

—Me parece que era abogado. Viven en Putney.

—¿Son una familia rica?

—No, no mucho. No creo que Isabella posea ninguna fortuna, pero eso no tendrá la menor importancia para una familia como la de ustedes, pues su padre es muy generoso. El otro día me dijo que el único valor que le daba al dinero era en tanto en cuanto le permitía asegurar la felicidad de sus hijos.

Los hermanos intercambiaron una mirada.

—Pero —dijo Eleanor tras un breve silencio—, ¿haría feliz a Frederick si permitiese que se casara con una chica como esa? Debe de ser una muchacha sin principios, pues de lo contrario no habría utilizado a su hermano de ese modo. ¡Y qué raro que Frederick se haya encaprichado de esa manera!

Pretender a una chica que delante de sus propios ojos está quebrantando un compromiso que había fijado voluntariamente con otro hombre... ¿no te parece increíble, Henry? Y precisamente Frederick, que siempre ha sido tan orgulloso para las cuestiones románticas y que nunca ha encontrado a ninguna mujer digna de amar.

—Esa es la circunstancia menos prometedora, la mayor presunción en su contra. Cuando pienso en todas las cosas que ha dicho siempre, no puedo creerlo. Además, tengo demasiada buena opinión de la prudencia de la señorita Thorpe como para creer que habría dejado a un caballero antes de asegurarse a otro. No hay duda de que Frederick no tiene solución. Es un hombre acabado, ha perdido la capacidad para razonar. Prepárate para intimar con tu nueva cuñada, Eleanor, seguro que vas a disfrutar de lo lindo. Una persona franca, cándida, ingenua, inocente, con afectos intensos pero sencillos, carece de pretensiones y está libre de artificios.

—Seguro que disfruto mucho de una cuñada así, Henry —dijo Eleanor con una sonrisa.

—Pero quizá, aunque se haya comportado mal con mi familia, se comporte mejor con la suya —observó Catherine—. Ahora que ya ha conseguido al hombre que le gusta quizá sea más constante.

—Eso me temo —terció Henry—. Me temo que sea muy constante, a menos que se cruce algún baronet en su camino. Eso es lo único que podría salvar a Frederick. Conseguiré el periódico de Bath y echaré un vistazo a las últimas llegadas a la ciudad.

—¿Entonces piensa que todo es cuestión de ambición? Lo cierto es que hay detalles que así lo indican. No puedo olvidar que, cuando supo lo que mi padre les ofrecía, pareció desilusionarle que no fuera más. Jamás me había decepcionado tanto con una persona.

—Con todas las que ha conocido y estudiado.

—A mí me ha decepcionado enormemente, pero el pobre James... no sé si algún día llegará a recuperarse.

—No hay duda de que su hermano es digno de compasión en este momento, pero en nuestra preocupación por su sufrimiento no debemos infravalorar el de usted. Supongo que siente que, al perder a Isabella, está

perdiendo una parte de sí misma: siente un vacío en su corazón que no podrá ocupar nada más. La vida social le produce un gran tedio, y en cuanto a las diversiones que solía usted disfrutar en Bath, la mera idea de hacerlo sin ella debe de parecerle aborrecible. Ahora, por ejemplo, no iría usted a un baile por nada del mundo. Siente que ya no tiene ninguna amiga con la que poder conversar sin reservas y de cuyo cariño pueda depender, o en cuyo consejo pueda confiar para afrontar cualquier problema. ¿Siente todas estas cosas?

—No —contestó Catherine tras pensarlo un momento—. La verdad es que no, ¿debería hacerlo? A decir verdad, aunque me siento dolida y apenada y no puedo seguir estimándola, aunque soy consciente de que ya no sabré nada más de ella y quizá no vuelva a verla nunca, no estoy tan afligida como cabría suponer.

—Entonces siente, como suele ocurrirle, lo que más ennoblece a la raza humana. Tal vez habría que investigar esos sentimientos para conocerlos mejor.

Por algún motivo, Catherine se sintió tan animada por aquella conversación que no lamentaba que la hubieran inducido, sin saber muy bien cómo, a mencionar la circunstancia que tanto la había afectado.

Capítulo XXVI

A partir de ese momento, los tres jóvenes hablaron a menudo acerca del tema y Catherine descubrió, con cierta sorpresa, que sus dos jóvenes amigos estaban perfectamente de acuerdo en considerar que era muy probable que la falta de relevancia social y fortuna de Isabella podrían suponer grandes dificultades en una posible boda con su hermano. Estaban tan convencidos de que el general se opondría a la unión basándose solo en aquello, e independientemente de las objeciones que pudiera tener en contra del carácter de la joven, que Catherine no pudo evitar pensar en su propia situación. Ella era tan insignificante y quizá tan pobre como Isabella, y si el heredero de los Tilney no poseía el esplendor y la riqueza suficientes para casarse con una mujer sin dote, ¿qué podría esperar su hermano menor? Las dolorosas reflexiones a las que condujo ese pensamiento solo pudieron dispersarse confiando en ese afecto que —tal como le daba a entender mediante sus palabras y actos— Catherine creía haber suscitado en el general desde el principio y recordando los generosos y desinteresados comentarios acerca del dinero que ella misma le había escuchado hacer en más de una ocasión, lo cual la llevaba a concluir que sus hijos habían malinterpretado la disposición del general en ese sentido.

Sin embargo, estaban tan convencidos de que su hermano jamás tendría el valor de ir a pedir en persona el consentimiento de su padre, y tantas veces le aseguraron que jamás había sido tan improbable que el capitán se presentara en Northanger como en aquel momento, que a Catherine dejó de preocuparle la necesidad de partir cuanto antes. Pero como no era de suponer que, cuando el capitán Tilney pidiera el consentimiento de su padre para casarse, le diera una idea fidedigna de la conducta de Isabella, a Catherine se le ocurrió que sería muy conveniente que Henry le contara las cosas al general tal como eran, permitiendo así que el cabeza de familia se formara una opinión serena e imparcial y pudiera preparar sus objeciones en un terreno más justo que hallándose en una situación desigual. La joven le hizo entonces su propuesta, pero él no acogió la medida con tanto entusiasmo como ella había esperado.

—No —contestó—, no hay ninguna necesidad de ayudar a mi padre a tomar decisiones, y tampoco hay que anticiparse a la ingenua confesión de Frederick. Es él quien debe contar la historia.

—Pero él solo le contará la mitad de lo ocurrido.

—Bastaría con una cuarta parte.

Pasaron uno o dos días sin que tuvieran ninguna noticia del capitán Tilney. Sus hermanos no sabían qué pensar. A veces consideraban que su silencio era el resultado natural del sospechado compromiso y otras veces pensaban que era completamente incompatible con este. El general, entretanto, a pesar de mostrarse ofendido cada mañana por la falta de noticias de Frederick, no estaba verdaderamente preocupado por él ni sentía otro deseo que el de hacer la estancia de la señorita Morland en Northanger lo más agradable posible. El general solía expresar su intranquilidad a ese respecto; temía que la monotonía de estar cada día con las mismas personas y hacer siempre las mismas actividades pudiera provocar que no le gustara aquel lugar; deseaba que las señoritas Fraser hubieran estado en su casa de campo; comentaba de vez en cuando la posibilidad de invitar a un grupo numeroso de personas a cenar y, en una o dos ocasiones, se puso a calcular el número de jóvenes de los alrededores que podrían participar en un baile. Pero lo cierto era que aquella época del año era muy aburrida, no había caza

mayor ni menor y las señoritas Fraser no se hallaban en su casa de campo. Y todo terminó, al final, una mañana en que le dijo a Henry que, cuando volviera a Woodston, se presentarían todos a verlo y comerían en su compañía. Henry se sintió muy honrado y muy feliz, y a Catherine le encantó la idea.

—¿Y cuándo cree que podré disfrutar de ese privilegio? Debo estar en Woodston el lunes para asistir a la reunión de la parroquia y probablemente me vea obligado a quedarme allí durante dos o tres días.

—Bueno, bueno, pues aprovecharemos para ir uno de esos días. No hay necesidad de concretar una fecha. No tienes por qué hacer preparativos. Bastará con lo que tengas en casa. Creo que puedo decir en nombre de las señoritas que serán indulgentes con la mesa de un hombre soltero. Veamos, el lunes estarás muy ocupado, así que no iremos ese día. Y el martes seré yo quien esté ocupado. Precisamente esa mañana espero que venga mi agrimensor de Brockham con su informe, y después no sería correcto que dejara de presentarme en el club. No podría volver a mirar a mis conocidos a la cara si me ausentara ahora, pues como todo el mundo sabe que estoy aquí lo tomarían como una falta de respeto, y para mí es muy importante no ofender nunca a mis vecinos, señorita Morland, siempre que pueda evitarlo con un pequeño sacrificio de tiempo y atención. Son un grupo de hombres muy respetables. Les mando medio venado dos veces al año y almuerzo con ellos siempre que puedo. Por tanto se puede decir que el martes es imposible. Pero creo que el miércoles podrías esperar nuestra visita, Henry. Y estaremos allí bien pronto para poder pasear un poco. Supongo que llegaremos a Woodston en dos horas y tres cuartos. Deberíamos salir de aquí sobre las diez, así que deberías esperarnos el miércoles sobre la una menos cuarto.

Ni siquiera una invitación para asistir a un baile podría haber hecho más feliz a Catherine que aquella pequeña excursión, pues tenía muchas ganas de conocer Woodston. Su corazón seguía henchido de felicidad cuando Henry, alrededor de una hora después, entró con las botas y el abrigo puestos en el salón donde ella y Eleanor estaban sentadas y dijo:

—Vengo, jovencitas, con una intención muy moralizadora, para recordarles que los placeres de este mundo siempre exigen un precio, y en ocasiones muy alto, pues debemos entregar nuestra felicidad a cambio de una

inversión de futuro que podría no dar beneficios. Y yo mismo soy la prueba de ello en este preciso momento, pues espero poder contar con la satisfacción de recibirlos a todos en Woodston el miércoles, cosa que podría evitar el mal tiempo o veinte motivos distintos y, sin embargo, yo debo partir ahora mismo, dos días antes de lo que pretendía.

—¿Partir? —dijo Catherine poniendo una cara muy larga—. ¿Y por qué?

—¿Por qué? ¿Cómo puede preguntarme eso? Pues porque no debo perder más tiempo en ir a apremiar a mi vieja ama de llaves, ya que debo ir a prepararles la comida para cuando vengan.

—¡No lo dirá en serio!

—Pues sí, y me entristece mucho, porque tenía muchas ganas de quedarme.

—¿Pero cómo puede pensar de ese modo después de lo que ha dicho el general? Ha dejado bien claro que no quería causarle ninguna molestia, ha dicho que bastaría con cualquier cosa.

Henry se limitó a sonreír y ella continuó hablando:

—Estoy segura de que no tiene por qué preocuparse por lo que se refiere a su hermana y a mí. Ya debe usted saberlo. Y el general ha dejado muy claro que no es necesario que se tome usted molestias. Además, aunque no hubiera dicho nada de eso, él siempre come tan bien en su casa que disfrutar de algo regular por un día no tendrá ninguna importancia.

—Ojalá pudiera razonar como usted, tanto por el bien de mi padre como por el mío. Adiós. Como mañana es domingo, Eleanor, ya no volveré.

Y se fue. Y como a Catherine siempre le resultaba mucho más sencillo dudar de su propio juicio que del de Henry, enseguida se vio obligada a darle la razón por desagradable que le resultara que él se marchara. Sin embargo, la inexplicable conducta del general le dio mucho que pensar. Catherine ya se había dado cuenta de que era un hombre muy puntilloso con la comida, pero no entendía por qué habría de decir una cosa cuando en realidad quería decir todo lo contrario. ¿Cómo se podía entender a las personas? ¿Quién sino Henry podría haber comprendido lo que pretendía decir su padre?

Sin embargo, debían estar sin Henry de sábado a miércoles. Aquel fue el triste final de las cavilaciones de Catherine: y no había duda de que la carta

del capitán Tilney llegaría durante su ausencia. Y estaba convencida de que el miércoles llovería. El pasado, el presente y el futuro le resultaban igual de sombríos. Su hermano era muy desgraciado, ella se había decepcionado mucho con Isabella y a Eleanor siempre le cambiaba el ánimo cuando Henry no estaba. ¿Qué quedaba allí que le pudiera interesar o entretener? Estaba cansada de las arboledas y los setos, siempre tan bien arreglados y tan secos. Y ahora la abadía ya no era para ella distinta de cualquier otra vivienda. El doloroso recuerdo de la estupidez que había ayudado a nutrir y perfeccionar era la única emoción que podía brotar cuando pensaba en el edificio. ¡Tenía las ideas revolucionadas! ¡Ella, que tantas ganas había tenido de alojarse en una abadía! Ahora ya no había nada con más encanto para su imaginación que la sencilla comodidad de una casa parroquial sin pretensiones, algo parecido a Fullerton, pero mejor: Fullerton tenía sus defectos, pero Woodston probablemente no. ¡Qué ganas tenía de que fuera miércoles!

Y el día llegó, precisamente cuando era razonable esperarlo. Hacía buen tiempo y Catherine estaba exultante. A las diez en punto la calesa se los llevó a los tres de la abadía y, tras un agradable trayecto de algo más de treinta kilómetros, entraron en Woodston, un pueblo grande y lleno de gente, bastante bien situado. Catherine se avergonzó de comentar lo lindo que le parecía, pues el general creyó conveniente disculparse por lo llano que era el terreno y por el tamaño del pueblo. Pero en el fondo ella lo prefería a cualquier lugar donde hubiera estado, y miraba con gran admiración cualquier casa que estuviera por encima en comodidades de la clásica casita de pueblo y todas las tiendas por las que iban pasando. Hacia el final del pueblo, y a una distancia tolerable del resto, se alzaba la parroquia, una casita de piedra bastante nueva con un amplio terreno en forma de media luna y las verjas verdes. Cuando avanzaban hacia la puerta vieron a Henry, que salió a recibirlos flanqueado por sus compañeros de soledad, un enorme cachorro de terranova y dos o tres terriers.

Al entrar en la casa, Catherine estaba demasiado abrumada como para observar o comentar gran cosa y, hasta que el general no le preguntó su opinión, apenas se había hecho mucha idea de la estancia en la que se hallaba. Cuando miró entonces a su alrededor advirtió que se trataba de la estancia

más cómoda del mundo, pero se sentía demasiado cohibida como para decirlo y la frialdad de sus elogios decepcionó al general.

—Tampoco vamos a decir que es una buena casa —dijo él—. No es comparable a Fullerton ni a Northanger. No es más que una mera parroquia, pequeña y reducida, sí, pero decente, quizá, y habitable. Y tampoco creo que sea muy inferior a las demás o, dicho de otra forma, no creo que haya en Inglaterra muchas parroquias ni la mitad de buenas que esta. Aun así podrían hacerse mejoras. No seré yo quien diga lo contrario, y quizá no sería descabellado hacer alguna reforma razonable, aunque, entre nosotros, admito que no hay nada que deteste más que un arco mal hecho.

Catherine no prestó la atención suficiente a aquel discurso como para comprenderlo o sentirse dolida, y como Henry enseguida se apresuró a sacar otros temas de conversación, al mismo tiempo que su sirvienta les ofrecía una bandeja con un refrigerio, el general enseguida volvió a recuperar su complacencia y Catherine su serenidad habitual.

La estancia en cuestión era espaciosa y bien proporcionada, y estaba muy bien amueblada para cumplir las funciones de comedor. A continuación salieron de ella para dar un paseo por el resto de la casa. Primero le enseñaron una estancia más pequeña que sin duda pertenecía al señor de la casa y que habían ordenado especialmente para la ocasión, y después le mostraron lo que debía convertirse en el salón, una habitación que, a pesar de no estar amueblada, produjo la suficiente admiración en Catherine como para complacer al general. Era una estancia hermosa, con ventanales que llegaban hasta el suelo y unas vistas agradables, aunque solo se veían praderas verdes. Y ella expresó su sincera admiración enseguida:

—¿Por qué no acondiciona esta estancia, señor Tilney? ¡Es una lástima que no esté amueblada! Es la sala más hermosa que he visto en mi vida. La más bonita del mundo.

—Confío en que se amueblará enseguida —dijo el general con una sonrisa satisfecha—, ¡solo necesita un toque femenino!

—Pues si fuera mi casa, jamás me sentaría en otro lugar. ¡Oh! Qué casita tan bonita hay entre los árboles, ¡son manzanos! ¡Es la casita más hermosa del mundo!

—El hecho de que le guste y le dé su aprobación es más que suficiente. Henry, recuerda comentárselo a Robinson. La casita se queda donde está.

Aquel cumplido despertó la conciencia de Catherine y la hizo callar de inmediato. Aunque el general le preguntó directamente por el color del papel pintado y las cortinas, ya no dio ni una sola opinión más. Sin embargo, el influjo de tantas cosas nuevas por ver y el aire fresco le vinieron muy bien para disipar aquellas bochornosas meditaciones. Y cuando llegaron a la parte ornamental del jardín, que consistía en un sendero que discurría por dos laterales de una pradera, donde Henry había empezado a dar rienda suelta a su ingenio hacía ya dos años, Catherine ya estaba lo bastante recuperada como para afirmar, a pesar de que allí no había ningún arbusto que superase en altura al banco verde de la esquina, que le parecía el más hermoso que hubiera visto en su vida.

Pasearon por otras dos praderas y por parte del pueblo, visitaron los establos para supervisar algunas mejoras y jugaron encantados con un grupo de cachorritos que apenas tenían tamaño para retozar, hasta que tocaron las cuatro, y eso que Catherine pensaba que no podían ser más de las tres. Debían cenar a las cuatro, pues a las seis emprendían el regreso. ¡Jamás le había pasado un día tan rápido!

Catherine no pudo evitar observar que la abundancia de comida no parecía sorprender en lo más mínimo al general, que incluso buscaba en la mesa auxiliar los fiambres que no veía en la grande. Las observaciones de sus hijos eran muy distintas: raramente lo habían visto comer con tanto apetito fuera de casa y nunca le había preocupado tan poco que la mantequilla fundida estuviera aceitosa.

A las seis en punto, cuando el general hubo tomado su café, el carruaje volvió a buscarlos. Y tan agradable había sido la conducta del general durante toda la visita y tan segura estaba Catherine acerca de las expectativas del hombre que, de haber podido marcharse con la misma seguridad acerca de los deseos de su hijo, la joven se habría ido de Woodston con poca inquietud acerca de cómo y cuándo regresaría allí.

Capítulo XXVII

La mañana siguiente, Catherine recibió esta inesperada carta de Isabella:

Bath. Abril.

Querida Catherine:

Recibí tus dos cartas con la mayor ilusión y sé que ni mil disculpas me dispensarán de no haberte contestado antes. Estoy muy avergonzada de mi pereza, pero en este horrible lugar apenas encuentra una tiempo para hacer nada. He estado a punto de escribirte cada día desde que te marchaste de Bath, pero siempre me lo ha impedido una tontería u otra. Por favor, escríbeme pronto a mi casa. Gracias a Dios, partimos de este terrible sitio mañana. Desde que te marchaste ya no disfruto estando aquí, todo está lleno de polvo y las personas que me interesaban se han ido. Estoy convencida de que si pudiera verte lo demás no me importaría, pues por ti siento más cariño que por nadie. Me siento muy intranquila respecto a tu hermano, pues no he vuelto a saber nada de él desde que se marchó a Oxford y temo que haya habido algún malentendido entre nosotros. Seguro que tú me ayudarás a aclararlo: él es el único hombre al que he amado o podría amar y espero que tú lo convenzas de ello. Ya han llegado las tendencias de moda de primavera y ni te imaginas lo horribles que son los sombreros. Espero que lo

estés pasando estupendamente, aunque me temo que nunca te acordarás de mí. No diré todo lo que pienso acerca de la familia con la que te encuentras, pues no quiero ser mezquina ni ponerte en contra de las personas a las que estimas, pero es muy difícil saber en quién confiar y los jóvenes cambian de idea continuamente. Me alegra poder decir que el joven al que más aborrezco, por encima de cualquier otro, ya se ha marchado de Bath. Imagino que ya sabrás, por la descripción, que me refiero al capitán Tilney, quien, como quizá recuerdes, no dejaba de seguirme y coquetear conmigo antes de que te marcharas. Después, la cosa empeoró, pues se convirtió en mi sombra. Muchas chicas habrían caído en la trampa, pues pocos hay que prodiguen tantas atenciones, pero yo conozco demasiado la inconstancia de los hombres. Se marchó con su regimiento hace dos días y confío en que jamás tendré que volver a soportarlo. Es el tipo más presuntuoso que he conocido en la vida, e increíblemente desagradable. Los últimos dos días los pasó pegado a Charlotte Davis. Lamenté su mal gusto, pero lo ignoré por completo. La última vez que lo vi fue en la calle Bath, y yo me volví hacia un escaparate para que no me dirigiera la palabra; no quería ni mirarlo. Después él entró en los salones, pero yo no le habría seguido por nada del mundo. ¡Qué diferente es de tu hermano! Te ruego que me mandes alguna noticia de él, pues me tiene muy preocupada, se le veía muy molesto cuando se marchó, parecía resfriado y eso le tenía muy abatido. Le habría escrito yo misma, pero debo de haber perdido su dirección y, como ya he mencionado antes, temo que haya podido malinterpretar mi conducta. Te ruego que se lo expliques todo o, si todavía tiene alguna duda, que me escriba o venga a visitarme a Putney cuando vuelva a la ciudad, así podremos aclararlo. Hace un montón de días que no voy a los salones, ni tampoco al teatro, a excepción de la pasada noche, que acudí a una fiesta con los Hodge. Me convencieron para que fuera y yo no quería que nadie pensara que me quedaba encerrada en casa porque Tilney se había marchado. Por casualidad nos sentamos con los Mitchell, quienes fingieron sorprenderse mucho de verme allí. Sé que son unos rencorosos: hubo un tiempo en el que no podían ni verme, aunque ahora se muestran de lo más amigables conmigo. Pero yo no soy tan tonta como para dejarme engañar. Ya sabes que tengo bastante carácter. Anne Mitchell intentó ponerse un turbante como el que llevé yo la semana anterior en el concierto, pero no le favorecía en absoluto. A mí me quedaba mejor, o al menos eso me dijo Tilney en aquel momento, además de añadir que todo el mundo me estaba mirando, y eso que es el último hombre del mundo en el que confiaría. Ahora solo me visto de púrpura. Ya sé que ese color me sienta fatal, pero me da igual, es el color preferido de tu hermano. Por favor, querida Catherine, escríbenos cuanto antes a ambos.

Tuya afectísima..., etc.

Ni siquiera Catherine se dejó convencer por aquella retahíla de artificios. Sus inconsistencias, contradicciones y falsedades la sorprendieron desde el principio. Se avergonzaba de Isabella y de haber sentido cariño por ella en algún momento. Sus declaraciones de afecto le resultaban ahora tan desagradables como vacías sus excusas, y sus demandas, insolentes. «¡Que escribiera a James en su nombre! No, jamás volvería a mencionarle a mi hermano el nombre de Isabella.»

Cuando Henry llegó de Woodston, Catherine les comunicó a él y a Eleanor que su hermano estaba a salvo, los felicitó sinceramente por ello y, con una gran indignación, les leyó en voz alta los fragmentos más importantes de la carta. Cuando terminó dijo:

—¡Y adiós a Isabella y a nuestra amistad! Debe de pensar que soy idiota, de lo contrario no me habría escrito esta carta, aunque quizá haya servido para que pueda conocerla mejor de lo que ella me conoce a mí. Ahora entiendo lo que se proponía. No es más que una coqueta y sus trucos no han funcionado. No creo que jamás haya sentido ningún cariño por James o por mí, y desearía no haberla conocido.

—Pronto será como si no lo hubiera hecho —dijo Henry.

—Aunque hay algo que no entiendo. Ahora veo que tenía los ojos puestos en el capitán Tilney y la cosa no le ha salido bien, pero no comprendo qué se proponía él en todo este tiempo. ¿Por qué querría brindarle sus atenciones hasta el punto de conseguir que se peleara con mi hermano para después marcharse?

—No tengo mucho que decir en favor de los motivos de Frederick. Es igual de vanidoso que la señorita Thorpe y la principal diferencia es que, al ser más inteligente, todavía no ha sufrido las consecuencias de su comportamiento.

De todas formas, si las consecuencias de su comportamiento no lo justifican a sus ojos, será mejor que no sigamos buscando la causa.

—¿Entonces no cree que sintiera nada por ella?

—Estoy convencido de que no.

—¿Y solo la engañó por puro placer?

Henry asintió.

—Vaya, pues entonces debo decir que no me cae nada bien su hermano. A pesar de que todo haya salido tan favorablemente para nosotros, no me cae bien en absoluto. Lo cierto es que tampoco creo que haya hecho ningún daño, pues no creo que Isabella tenga un corazón que pueda quedar destrozado. Pero supongamos por un momento que él hubiera conseguido que ella se enamorase de él.

—Aunque primero deberíamos suponer que Isabella tiene corazón, y en ese caso habría sido una persona completamente diferente y habría recibido un trato completamente distinto.

—Entiendo que defienda a su hermano.

—Y si usted se pusiera del lado del suyo no se sentiría tan afligida por lo mucho que la ha decepcionado la señorita Thorpe. Pero usted se basa en todo momento en un principio de integridad general y, por tanto, no da cabida a los insensibles razonamientos de la parcialidad familiar o al deseo de venganza.

Los cumplidos de Henry ayudaron a Catherine a consolarse y desterrar la amargura. Frederick no podía ser tan imperdonable cuando Henry resultaba tan encantador. La joven decidió no contestar la carta de Isabella e intentó no volver a pensar en todo aquello.

Capítulo XXVIII

Poco después de aquello, el general se vio obligado a ir a Londres por espacio de una semana, y se marchó de Northanger muy abatido lamentando que cualquier compromiso pudiera privarle siquiera de una hora de la compañía de la señorita Morland, y les pidió a sus hijos que se esforzaran por hacerla sentir cómoda y entretenida en su ausencia. Su partida confirmó a Catherine, gracias a la experiencia, que, en ocasiones, una pérdida es una ganancia. La felicidad con la que pasaban ahora el tiempo, dedicándose a las ocupaciones que más les apetecían, riendo con libertad absoluta, reuniéndose a la hora de comer con relajación y buen humor, paseando por donde querían y cuando querían, siendo dueños de su tiempo, con sus entretenimientos y sus fatigas... todo la llevó a comprender las limitaciones que imponía la presencia del general y se sintió muy agradecida por verse liberada de ellas. Tanta relajación y deleite la llevó a amar cada vez más aquel lugar y a sus habitantes, y de no haber sido por el temor a verse obligada a marchar muy pronto y el miedo a no ser correspondida por sus amigos, Catherine habría sido perfectamente feliz cada día. Pero ya llevaba allí cuatro semanas. Antes de que el general regresara a casa, terminaría dicho periodo, y quizá quedarse mucho más tiempo parecería una intrusión. A

Catherine le dolía pensar en aquello y, ansiosa por liberarse de dicha carga, decidió hablar enseguida con Eleanor al respecto: le anunciaría que iba a marcharse y se dejaría guiar por la reacción de su amiga.

Consciente de que si esperaba demasiado podría costarle encontrar el momento de sacar a relucir un asunto tan desagradable, Catherine aprovechó la primera oportunidad que se le presentó cuando se encontró a solas con Eleanor, y mientras su amiga le estaba hablando de algo completamente diferente, le anunció que se sentía en la obligación de marcharse de allí muy pronto. Eleanor se confesó muy preocupada y así lo parecía. Ella había esperado poder disfrutar de su compañía durante mucho más tiempo, se había engañado (quizá debido a sus propios deseos) pensando que ella le había prometido una visita mucho más larga y estaba convencida de que si el señor y la señora Morland supieran lo mucho que estaba disfrutando de tenerla allí, serían demasiado generosos como para apremiarla para que regresara a casa.

Y entonces Catherine le dijo:

—¡Ah, no! Mis padres no tienen ninguna prisa. Mientras yo sea feliz ellos estarán contentos.

—¿Entonces por qué tiene tanta prisa por dejarnos?

—Pues porque llevo aquí mucho tiempo.

—Bueno, si tiene esa impresión, no puedo apremiarla más. Si la estancia se le ha hecho larga...

—¡Oh, no, no! En absoluto. Si de mí dependiera podría quedarme con ustedes otras cuatro semanas.

Y al final acordaron que no debía volver a pensar en marcharse. Una vez resuelta aquella causa de inquietud, la intensidad de la otra también se debilitó. La amabilidad y la sinceridad de Eleanor al instarla a que se quedase y la agradecida mirada de Henry cuando le confirmaron que prolongaba su estancia fueron tan dulces demostraciones de lo importante que era para ellos que a Catherine ya no le quedaron más dudas al respecto, y solo conservó ese poso de preocupación del que la mente humana nunca puede prescindir del todo. Catherine creía, casi siempre, que Henry la amaba, y casi siempre también que su padre y su hermana la querían e incluso deseaban

que formara parte de la familia. Y con esas creencias, sus dudas e inquietudes se convirtieron en meras preocupaciones pasajeras.

Henry no pudo obedecer la petición de su padre, que le había pedido que se quedara en Northanger para cuidar de las muchachas durante su ausencia, pues los compromisos de su parroquia de Woodston lo obligaron a marcharse el sábado por espacio de un par de noches. La pérdida no tuvo la misma intensidad que cuando el general había estado en casa, pues aunque la partida del joven disminuyó la alegría de las muchachas, no les provocó malestar. Y como las dos jóvenes compartían las mismas ocupaciones y su amistad era cada vez más estrecha, se dieron cuenta de que podían pasarlo perfectamente bien estando las dos solas. Tanto era así que, el día que se marchó Henry, ya habían dado las once de la noche cuando las jóvenes abandonaron el comedor, una hora bastante avanzada para tratarse de la abadía. Acababan de llegar a lo alto de la escalera cuando les dio la impresión, teniendo en cuenta lo gruesos que eran los muros del edificio, de que un coche se estaba acercando a la puerta, cosa que quedó confirmada enseguida por el fuerte ruido de la campana. Una vez pasada la primera sorpresa con un «¡cielo santo! ¿Qué habrá pasado?», Eleanor llegó rápidamente a la conclusión de que se trataría de su hermano mayor, cuyas apariciones eran siempre muy repentinas, aunque no tan inoportunas, y bajó a recibirlo.

Catherine se dirigió a su habitación haciéndose a la idea, lo mejor que pudo, de que tendría que conocer mejor al capitán Tilney, y consolándose —pese a la mala impresión que le había producido su conducta y a la convicción de que era un caballero demasiado refinado como para aprobar que ella pasara a formar parte de la familia— al pensar que, por lo menos, su encuentro no se produciría en circunstancias que lo hicieran excesivamente doloroso. Catherine esperaba que él no mencionase nunca a la señorita Thorpe, aunque, como a esas alturas debía de estar avergonzado de lo que había hecho, no le parecía que pudiera haber peligro de ello; y siempre que evitaran cualquier mención a lo ocurrido en Bath, Catherine pensaba que podría comportarse civilizadamente. Y mientras la joven meditaba acerca de todas aquellas cuestiones fue pasando el tiempo y le pareció buena señal que Eleanor estuviera tan contenta de verle y tuviera tantas cosas

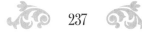

que contarle, pues ya había pasado casi media hora desde que había llegado el capitán y su amiga todavía no había subido.

Justo en ese momento a Catherine le pareció que había oído los pasos de su amiga en el pasillo y escuchó con atención, pero todo estaba en silencio. Sin embargo, apenas se había convencido de su error cuando el ruido de algo que se movía junto a la puerta la sobresaltó. Fue como si alguien estuviera tocando la puerta y, justo a continuación, un ligero movimiento en la manecilla demostró que alguien debía de haber posado la mano en ella. Catherine se asustó un poco al pensar que alguien se hubiera acercado con tanto sigilo, pero resuelta a no dejarse arrastrar de nuevo por absurdas apariencias de alarma o a dejarse confundir por su desatada imaginación, se acercó lentamente a la puerta y la abrió. Ante ella se encontraba Eleanor, y solo Eleanor. Sin embargo, Catherine únicamente permaneció tranquila unos instantes, pues enseguida advirtió que su joven amiga estaba pálida y se la veía muy alterada. Aunque era evidente que tenía intención de entrar, pareció que debía esforzarse para hacerlo, y todavía más para hablar una vez dentro. Catherine, suponiendo que el capitán Tilney habría dicho algo que incomodase a su hermana, permaneció en silencio mientras la colmaba de atenciones: le pidió que se sentara, le frotó las sienes con agua de lavanda y se quedó junto a ella ofreciéndole múltiples muestras de afecto y preocupación.

—Querida Catherine, no debes... No debes... —Tales fueron las confusas palabras de Eleanor—. Estoy bien. Tus atenciones me confunden. No puedo soportarlo. ¡El recado que he venido a darte es...!

—¿Un recado? ¿Para mí?

—No sé cómo decírtelo. Ay, ¿cómo te lo digo?

A Catherine se le ocurrió algo y, palideciendo tanto como su amiga, exclamó:

—¡Es un mensajero de Woodston!

—No, te equivocas —contestó Eleanor mirándola con compasión—. No es de Woodston. Es mi padre.

Al nombrar al general, a la joven le tembló la voz y clavó los ojos en el suelo. El inesperado regreso de su padre ya bastó para que a Catherine se le

encogiera el corazón y durante unos momentos apenas imaginó que pudiera añadir nada peor. Permaneció en silencio. Y Eleanor, esforzándose por recomponerse y hablar con firmeza, pero con la mirada todavía gacha, enseguida prosiguió:

—Estoy convencida de que eres demasiado buena para pensar mal de mí por lo que me ha tocado hacer. No sabes lo mucho que lamento cumplir este encargo. Después de lo que hablamos hace unos días, de que acordáramos que te quedarías algunas semanas más, ¡y lo agradecida que me sentí por ello!, no sé cómo decirte que no podemos seguir abusando de tu amabilidad y que vamos a pagarte la felicidad que nos ha producido tu compañía con... Pero no debo confiar en las palabras. Mi querida Catherine, debemos separarnos. Mi padre ha recordado un compromiso anterior y debemos marcharnos todos el lunes. Nos vamos quince días a casa de lord Longtown, cerca de Hereford. Me es imposible explicarlo o disculparme. Soy incapaz de intentar ofrecerte ninguna de las dos cosas.

—Querida Eleanor —dijo Catherine esforzándose por reprimir sus sentimientos—, no te preocupes tanto. Un compromiso anterior siempre debe tener preferencia sobre el segundo. Lamento mucho que tengamos que separarnos, y además tan pronto y de un modo tan repentino, pero no estoy ofendida, te lo aseguro. Ya sabes que puedo volver a visitarte cuando quiera o quizá tú puedas venir a verme a mí. ¿Crees que cuando vuelvas de casa de ese lord podrás venir a Fullerton?

—Me será imposible, Catherine.

—Pues ven cuando puedas.

Eleanor no contestó y Catherine, pensando en algo más interesante, añadió pensando en voz alta:

—El lunes, ¡tan pronto!, y os marcharéis todos. Bueno, estoy segura de que podré despedirme. No tengo por qué marcharme hasta que os vayáis vosotros. No te preocupes, Eleanor, me puedo marchar el lunes sin problemas. No tiene ninguna importancia que no haya avisado a mis padres. Estoy convencida de que el general pedirá a alguno de sus sirvientes que me acompañe medio camino y enseguida llegaré a Salisbury, desde donde ya solo estaré a unos catorce kilómetros de casa.

—¡Ay, Catherine! Si hubiera estado planeado sería menos intolerable, aunque esas mínimas atenciones son la mitad de las que te mereces. Pero ¿cómo puedo decírtelo? Ya se ha decidido que te marches mañana por la mañana y ni siquiera puedes elegir la hora. Ya se ha pedido el carruaje, que estará aquí a las siete en punto, y no te acompañará ningún sirviente.

Catherine se sentó; estaba sin aliento y sin habla.

—Apenas podía creer lo que escuchaba cuando lo he oído. Y ni el mayor disgusto, ningún resentimiento que puedas sentir en este momento, por mayor que sea, puede superar al que siento yo. Pero no debo hablar de lo que he sentido al descubrirlo. ¡Oh! ¡Ojalá pudiera decirte algo que te sirviera de consuelo! ¡Santo cielo, qué dirán tus padres! Después de apartarte de la protección de tan grandes amigos para traerte hasta este lugar, que está casi el doble de lejos que tu hogar, ahora te echamos sin brindarte siquiera las mínimas cortesías que cabría esperar. Queridísima Catherine, al ser yo la portadora de tal mensaje, debo de parecerte culpable de dicha afrenta. Y, sin embargo, espero que puedas disculparme, pues ya llevas en esta casa el tiempo suficiente como para haberte dado cuenta de que solo soy su señora de nombre y que no tengo ninguna autoridad real.

—¿He ofendido al general en algo? —preguntó Catherine con la voz trémula.

—¡Ay! Por mis impresiones como hija, todo lo que sé, de lo que yo puedo responder, es que no puedes haberle dado ningún motivo de ofensa. Pero lo cierto es que está muy alterado. No sé si alguna vez le había visto así. No es un hombre muy alegre, pero ahora ha ocurrido algo que lo ha alterado de un modo poco habitual. Se ha llevado alguna decepción, algún disgusto que en este momento parece importante, pero del que no creo que tú debas preocuparte, pues ¿cómo sería posible?

Catherine estaba muy dolida y le costó mucho volver a hablar, pero lo hizo por Eleanor.

—Lamento mucho si le he ofendido —dijo—. Es lo último que hubiera hecho voluntariamente. Pero no te aflijas, querida Eleanor. Ya sabes que los compromisos deben cumplirse. Solo lamento que no lo supiera antes, pues así podría haber escrito a casa. Aunque eso no tiene mucha importancia.

—Espero sinceramente que no la tenga para tu seguridad durante el viaje, pero para todo lo demás tiene muchísima importancia: para tu bienestar, apariencia, decoro, para tu familia, para el mundo. Si tus amigos, los Allen, siguieran en Bath, podrías volver con ellos con relativa facilidad. Llegarías en pocas horas. Pero un viaje de más de cien kilómetros en coche de postas a tu edad, sola y sin compañía...

—Bueno, el viaje no tiene importancia. No pienses en eso. Y tampoco tiene mucha importancia que tengamos que separarnos unas cuantas horas antes o después. Estaré preparada a las siete. Pide que me avisen con tiempo, por favor.

Eleanor se dio cuenta de que su amiga deseaba estar sola y, considerando que era mejor para las dos que evitaran seguir conversando, la dejó diciendo:

—Nos vemos por la mañana.

Catherine necesitaba desahogarse. En presencia de Eleanor se había contenido tanto por amistad como por orgullo, pero en cuanto se marchó se deshizo en un mar de lágrimas. ¡Que la echaran de la casa de esa forma! Sin ningún motivo que pudiera justificarlo ni alguna disculpa que pudiera compensar la grosería o la insolencia de dicha afrenta. Y además Henry estaba tan lejos que ni siquiera podría despedirse de él. Todas las esperanzas y las expectativas que albergaba respecto a él quedaban suspendidas sin saber hasta cuándo. ¿Quién sabía cuándo volverían a verse? Y todo por culpa de un hombre como el general Tilney, tan respetuoso y bien educado, y que siempre le había tenido tanto cariño. Todo era tan incomprensible como bochornoso y doloroso. Cuál sería la causa y cómo terminaría todo aquello eran consideraciones que le provocaban idéntico asombro y alarma. Lo había hecho de un modo completamente irrespetuoso, echándola de esa forma sin pensar en su conveniencia ni permitirle siquiera elegir la hora o la forma de viajar. De los dos días que podría haber elegido se había decantado por el primero, y de este había elegido casi la primera hora, como si estuviera decidido que partiese antes incluso de que él se despertase para no tener que verla. ¿Qué podía significar todo aquello sino una afrenta intencionada? Debía de haber tenido la mala suerte de ofenderlo de alguna

forma u otra. Eleanor había intentado que ella no albergara una idea tan dolorosa, pero Catherine no podía creer que una ofensa o cualquier malentendido causado por terceras personas pudiera provocar tan mala voluntad hacia una persona que no tuviera nada que ver con el asunto, al menos en apariencia.

Pasó muy mala noche. Era imposible que pudiera conciliar el sueño o siquiera descansar algo. Aquella estancia, donde su desbocada imaginación la había atormentado la primera noche que había pasado allí, volvía a ser el escenario de su ánimo alterado y de una inquieta duermevela. Y, sin embargo, qué distinta era ahora la fuente de su inquietud de la que había sido entonces, qué superiores en relevancia y esencia. Su inquietud de ese momento se basaba en hechos, mientras que sus miedos de entonces no habían sido más que suposiciones. Y tan ocupada como estaba meditando acerca de males auténticos, poco le preocupaba la soledad de su situación, la oscuridad de su estancia y la antigüedad del edificio. Y aunque el viento soplaba con fuerza y a menudo producía ruidos extraños y repentinos por toda la casa, Catherine lo escuchaba todo muy despierta, una hora tras otra, sin sentir curiosidad o terror alguno.

Poco después de las seis, Eleanor entró en la estancia impaciente por demostrarle a su amiga su preocupación o ayudarla en todo lo que fuera posible, pero ya no quedaba mucho por hacer. Catherine no había perdido el tiempo. Ya estaba casi vestida y tenía el equipaje prácticamente preparado. Cuando Eleanor apareció, Catherine albergó la idea de que quizá trajera algún mensaje conciliador de parte del general. Lo más normal era que la ira se hubiera disipado y ahora se mostrara arrepentido. Y ella solo quería saber cómo conseguiría aceptar las disculpas del general después de lo que había ocurrido. Pero saberlo no le habría servido de nada en dichas circunstancias, pues no era necesario: Eleanor no le traía ningún mensaje que pudiera poner a prueba su clemencia ni su dignidad. Poco se dijeron durante el encuentro. Las dos se sentían más cómodas estando en silencio, y mientras permanecieron en el piso de arriba intercambiaron solo algunas escasas frases muy triviales; Catherine estaba ocupada terminando de vestirse y Eleanor, con más buena voluntad que experiencia, trataba de meter lo que

 242

faltaba en el baúl de su amiga. Cuando todo estuvo listo, salieron de la habitación y Catherine se quedó medio minuto atrás para despedirse de todo cuanto dejaba allí. A continuación bajaron al salón del desayuno, donde este ya las aguardaba sobre la mesa. Intentó comer algo, tanto para evitarse el bochorno de ser apremiada como para que Eleanor se sintiera más cómoda, pero no tenía apetito y no fue capaz de comer mucho. La diferencia entre aquella situación y el último desayuno que había disfrutado en esa misma estancia la entristeció de nuevo y aumentó el desagrado que sentía por todo lo que tenía ante sí. No hacía ni veinticuatro horas desde la última vez que se habían reunido allí para compartir la misma comida, pero en unas circunstancias completamente distintas. Con qué despreocupada alegría, con qué feliz aunque falsa seguridad había mirado entonces a su alrededor, disfrutando del momento presente y temiendo tan poco por el futuro, aparte de que Henry tuviera que marcharse a Woodston por un día. ¡Qué desayuno tan feliz! Henry había estado allí, se había sentado a su lado y la había ayudado. Catherine rumió aquellos pensamientos durante un buen rato sin que su compañera le dijera nada, pues su actitud era tan reflexiva como la suya, y fue la aparición del carruaje lo primero que las sobresaltó y las trajo de vuelta al momento presente. Catherine se ruborizó al ver el coche y, sintiendo con toda su intensidad la afrenta que estaba sufriendo, durante unos instantes se vio dominada por el rencor. Sin embargo Eleanor parecía más resuelta que nunca a hablar.

—Promete que me escribirás, Catherine —suplicó—. Debes escribir y contarme cómo estás en cuanto te sea posible. No descansaré hasta que sepa que has llegado a tu casa sana y salva. Te suplico que me escribas aunque solo sea una carta. Necesito saber que estás a salvo en Fullerton y que has encontrado bien a todos tus familiares, y después no esperaré recibir ninguna más hasta que pueda pedirte como es debido que mantengamos correspondencia. Mándala a casa de lord Longtown y te ruego que la dirijas a nombre de Alice.

—No, Eleanor, si no te permiten recibir cartas mías, estoy segura de que será mejor que no te escriba. Seguro que llegaré bien a casa.

Eleanor solo contestó:

—No me sorprende que te sientas de ese modo y no quiero seguir importunándote. Confiaré en tu bondadoso corazón cuando estemos separadas.

Pero aquello, sumado a la mirada de pena que acompañó el comentario, bastó para fundir el orgullo de Catherine, y enseguida le dijo:

—Oh, Eleanor, claro que te escribiré.

Había otro asunto que la señorita Tilney estaba ansiosa por tratar, aunque le avergonzaba un poco hablar de ello. Se le había ocurrido que después de llevar fuera de casa tanto tiempo, quizá Catherine no dispusiera del dinero suficiente para afrontar los gastos del viaje y, después de ofrecérselo con el mayor afecto, descubrió que era exactamente así. Catherine no había pensado en ello hasta ese momento, pero, cuando abrió el monedero, se convenció de que, de no haber sido por el gran gesto de su amiga, se habría marchado de aquella casa sin los medios suficientes para llegar a la suya. Y tanto abrumaron a las muchachas las posibles penurias a las que la joven habría tenido que enfrentarse que apenas volvieron a dirigirse la palabra durante el tiempo que permanecieron juntas. Aunque fue un periodo corto. Pronto anunciaron que el carruaje estaba listo para partir y Catherine se puso en pie enseguida. Un largo y afectuoso abrazo suplió la necesidad de palabras al despedirse y, al llegar al vestíbulo, incapaz de dejar la casa sin mencionar a aquel al que ninguna de las dos había nombrado, se detuvo un momento y, con los labios temblorosos, consiguió comunicarle a Eleanor de un modo prácticamente ininteligible que le diera recuerdos a su amigo ausente. Pero tras aquella alusión a Henry, Catherine ya no pudo seguir conteniendo sus sentimientos y, ocultando el rostro tras el pañuelo lo mejor que pudo, cruzó el vestíbulo corriendo, subió al coche de un brinco y desapareció de allí rápidamente.

Capítulo XXIX

Catherine estaba demasiado triste para sentir temor. El viaje en sí no le daba ningún miedo y la joven inició la ruta sin temer por la duración ni sintiéndose especialmente sola. Recostada en una esquina del coche y hecha un mar de lágrimas, Catherine ya se había alejado varios kilómetros de la abadía antes de levantar la cabeza, y cuando se sintió con fuerzas de volverse hacia ella apenas se veía ya el punto más alto del jardín. Por desgracia, la carretera por la que viajaba era la misma por la que hacía solo diez días había pasado sintiéndose tan feliz cuando iba de camino a Woodston; y, durante más de veinte kilómetros, sus amargos sentimientos no hacían más que aumentar cada vez que se fijaba en algo que le hubiese causado en su momento una impresión tan distinta. Cuanto más se acercaba a Woodston más desdichada se sentía, y cuando ya solo estaba a ocho kilómetros y pasó por el desvío que conducía allí, pensó en Henry, tan cerca y sin embargo tan ajeno a todo lo que estaba ocurriendo, y su tristeza y su inquietud se desbordaron.

El día que había pasado en aquel lugar había sido uno de los más felices de su vida. Fue allí, ese mismo día, cuando el general empleó unas expresiones tan elogiosas para referirse a Henry y a ella, y con un tono tal, que a Catherine le había dado la impresión de que deseaba que se casaran. Sí, solo

diez días atrás, el general la había entusiasmado con su gran consideración, ¡la había llegado a confundir con sus palabras! ¿Y ahora qué había hecho o qué había olvidado hacer para merecerse tal cambio?

Era imposible que él hubiera descubierto la única ofensa contra él de la que podía acusarse a Catherine. Henry y ella eran los únicos que conocían las terribles sospechas a las que ella había dado alas con tanta despreocupación, y Catherine estaba convencida de que su secreto estaba a salvo con él. Por lo menos Henry no podía haberla traicionado deliberadamente. Y en todo caso, si su padre había descubierto por alguna extraña casualidad lo que ella se había atrevido a pensar y a buscar, sus absurdas imaginaciones e injuriosas pesquisas, no podía sorprenderse de su indignación. Si el general se había enterado de que ella había creído que era un asesino, no podía extrañarse de que la echara de su casa. Pero Catherine confiaba en que él no dispusiera de una justificación tan bochornosa para sus actos.

Sin embargo, por muy inquieta que estuviera en ese sentido, no era en lo que más pensaba. Existía una preocupación más cercana, más evidente y más impetuosa. Qué pensaría Henry, cómo se sentiría y qué cara pondría cuando regresara al día siguiente a Northanger y descubriese que ella se había marchado eran cuestiones que tenían mucha más fuerza e interés que cualquier otra, y eso la irritaba y la tranquilizaba a partes iguales. A veces temía que él diera su sereno consentimiento, pero otras mostraba una dulce seguridad en que él lo lamentaría y se indignaría al conocer la situación. Desde luego, Henry no se atrevería a hablar con el general, pero con Eleanor... ¿qué no podría decirle a Eleanor acerca de ella?

Catherine pasaba las horas repasando incesantemente aquella lista de dudas e incertezas, sin ser capaz de detenerse más de un momento en ninguna de ellas, y de este modo el viaje avanzaba más rápido de lo que ella esperaba. Las apremiantes inquietudes que albergaba le impidieron fijarse en nada de lo que tenía delante una vez rebasado Woodston y eso evitó que fuera consciente del progreso del viaje. Y aunque no encontró nada en la carretera que pudiera captar su atención, a Catherine tampoco se le hizo pesado en ningún momento. A eso también se sumó otra causa, pues no tenía ninguna prisa por que concluyera su viaje, ya que al regresar

de esa forma a Fullerton destruiría prácticamente el placer de reencontrarse con sus seres queridos, incluso tras una ausencia tan larga como la suya, que se había prolongado once semanas. ¿Qué podía decir que no fuera humillante para ella misma o pudiera herir a su familia, que no multiplicara su dolor al confesarlo, que contagiase a los suyos de su inútil resentimiento y que no provocara que ellos quizá culpasen de la situación a inocentes y culpables por igual? Jamás podría hacer justicia al mérito de Henry y Eleanor, pues sus sentimientos eran demasiado intensos como para poder expresarlos, y Catherine lamentaría muchísimo que alguien pudiera tomarla con los muchachos o pensar mal de ellos a causa del comportamiento de su padre.

Presa de esos sentimientos, no era de extrañar que Catherine temiese más que desease ver la conocida aguja de la iglesia que le indicaría que se encontraba a treinta kilómetros de casa. Sabía que debía dirigirse a Salisbury después de abandonar Northanger, pero tras la primera etapa del trayecto había quedado muy agradecida a los postillones por indicarle los nombres de los lugares que debería cruzar para llegar a su destino, pues tal era lo mucho que ignoraba acerca de la ruta que debía tomar. Sin embargo, no se encontró nada que la inquietara o la asustara. Su juventud, sus modales civilizados y su generosidad le procuraron todas las atenciones que pudiera precisar una viajera como ella y, deteniéndose solo a cambiar los caballos, Catherine viajó durante once horas sin sufrir ningún accidente o tener algún motivo de alarma, y así, entre las seis y las siete de la tarde, se dio cuenta de que ya estaba entrando en Fullerton.

El regreso de una heroína a su pueblo natal concluidas sus aventuras, con la alegría de haber recuperado su reputación y con toda la dignidad de una condesa, seguida de un largo séquito en sus correspondientes faetones y tres doncellas en una calesa, es un evento en el que le gustaría detenerse a la pluma de cualquier escritora, pues confiere mucho crédito a cualquier conclusión y permite que la autora participe de la gloria que ha concedido con tanta generosidad. Pero lo que a mí me ocupa es completamente diferente. Yo devuelvo a mi heroína a su casa sintiéndose sola y desgraciada, y no hay en la situación ninguna dulce alegría que nos dé pie a entretenernos con su descripción. Una heroína llegando a casa en un desvencijado coche

de posta supone un golpe impactante para la sensibilidad de cualquiera que no se puede mitigar de modo alguno. Por tanto, será mejor que su cochero recorra el pueblo a toda prisa bajo la atenta mirada de los paseantes de los domingos y que ella descienda del vehículo también a toda velocidad.

Pero cualesquiera que fueran las preocupaciones que ocupaban la mente de Catherine mientras se acercaba de esta forma a la rectoría, y por muy intensa que sea la humillación que pueda sentir su biógrafa al relatarla, estaba a punto de provocar una alegría poco habitual a las personas con las que iba a reunirse. Primero gracias a la aparición del carruaje y segundo con su presencia. Como en Fullerton no estaban acostumbrados a ver coches de posta, toda la familia se asomó rápidamente a la ventana, y ver cómo se detenía en su entrada fue un placer que iluminó los ojos y despertó la imaginación de todos, pues se trataba de un placer muy inesperado para ellos, a excepción de los hijos más pequeños, un niño y una niña de seis y cuatro años respectivamente, que siempre esperaban que de cada carruaje que veían se apease uno de sus hermanos. ¡Qué alegría se llevaron cuando vieron a Catherine! ¡Qué alegre fue la voz que anunció dicho descubrimiento! Pero nadie sabrá nunca si dicha felicidad pertenecía a George o a Harriet.

Ver a sus padres, a Sarah, George y Harriet reunidos en la puerta para recibirla con cariñosa inquietud fue una estampa que despertó los mejores sentimientos en el corazón de Catherine, y cuando los abrazaba al bajarse del carruaje se sintió más aliviada de lo que habría imaginado. ¡Rodeada de su familia y viéndose tan querida se sentía casi dichosa! Por un breve momento sus preocupaciones quedaron disipadas gracias a aquella demostración de amor filial y el placer que todos sintieron al verla, cosa que hizo que, al principio, no hubiera mucho espacio para dar ninguna muestra de curiosidad. Así pues, todos se sentaron alrededor de la mesa del té que la señora Morland se apresuró a preparar para el consuelo de la pobre viajera, en cuya pálida y demacrada expresión había reparado enseguida, y fue entonces cuando formularon alguna pregunta directa que requería respuesta por parte de Catherine.

A regañadientes, y con muchas dudas, empezó Catherine a ofrecer lo que quizá, media hora después, sus corteses oyentes pudieran considerar una explicación. Sin embargo, tampoco en ese periodo de tiempo pudieron

descubrir la causa o comprender los detalles de su repentino regreso. No eran personas de naturaleza irritable, ni dadas a reacciones rápidas o resentimientos amargos. Aun así, cuando Catherine terminó de explicarlo todo, se encontraron con un insulto que no podían pasar por alto, ni tampoco, durante la primera media hora, perdonar con facilidad. Sin dejarse llevar por ningún sobresalto romántico al considerar el largo y solitario viaje que había realizado su hija, el señor y la señora Morland no pudieron menos que sentir que debía de ser una experiencia que habría causado muchos disgustos a su hija, que ellos no habrían sobrellevado con agrado y que, al haberla obligado a tal cosa, el general Tilney no había actuado ni de forma honorable ni considerada, ni como caballero ni como padre. En cuanto a los motivos de una decisión tal, qué podía haberlo llevado a cometer tamaña falta de hospitalidad y qué había transformado la consideración que parecía sentir por su hija en tal ojeriza era algo que estaban tan lejos de comprender como la propia Catherine. Pero tampoco los apremió durante mucho tiempo, y tras plantearse varias conjeturas se contentaron concluyendo «que se trataba de un asunto muy extraño y que el propio general debía de ser un hombre muy extraño», y así dieron por satisfecha su indignación y su curiosidad, aunque Sarah seguía inmersa en un mar de dudas y no dejaba de exclamar y conjeturar con juvenil ardor.

—Querida, te estás preocupando innecesariamente —dijo su madre al fin—, te aseguro que es algo que no vale la pena intentar comprender.

—Puedo entender que quisiera que Catherine se marchara al recordar su compromiso previo —dijo Sarah—. ¿Pero por qué no podía hacerlo de un modo civilizado?

—Lo lamento mucho por sus hijos —comentó la señora Morland—. Han debido de quedarse muy tristes, pero todo lo demás ya no tiene importancia. Catherine ya está a salvo en casa y nuestra tranquilidad no depende del general Tilney.

Catherine suspiró.

—Bueno —prosiguió su filosófica madre—, me alegro de no haber tenido noticias de tu viaje, aunque ahora que ya ha pasado, puedo decir que no ha habido ningún mal irreparable. Siempre es bueno que los jóvenes tengan que afrontar retos, y ya sabes, querida Catherine, que tú siempre has sido

un poco despistada. Pero ahora te has visto obligada a responsabilizarte de cosas como los cambios de carruajes y esas cosas. Y espero que no te hayas dejado nada en ninguno de los coches.

Catherine también lo esperaba y trataba de sentir interés en enmendarse, pero estaba bastante desanimada. Y como lo único que quería era quedarse a solas y en silencio, aceptó rápidamente el consejo de su madre de retirarse pronto a descansar. Sus padres, al no advertir nada en su castigado aspecto y su inquietud más que la consecuencia natural del disgusto que se había llevado y del extraordinario esfuerzo y el cansancio de tal viaje, se despidieron de ella sin dudar que pronto estaría dormida. Y aunque, cuando volvieron a verse a la mañana siguiente, Catherine no se había recuperado todo lo que esperaban, seguían sin ser conscientes de que pudiera asolarla ningún otro mal. Jamás pensaron que pudiera tratarse de un asunto del corazón, cosa que, para los padres de una jovencita de diecisiete años que acababa de regresar de su primera estancia fuera de casa, era bastante extraño.

En cuanto terminaron de desayunar, Catherine se sentó para cumplir con la promesa que le había hecho a la señorita Tilney, cuya confianza en el efecto que el tiempo y la distancia tendrían sobre la disposición de su amiga estaba justificada, pues Catherine ya se estaba reprochando haberse despedido de Eleanor con tanta frialdad, sin haber ensalzado debidamente sus méritos o su bondad, y sin haberla compadecido lo suficiente por lo que había tenido que soportar el día anterior. Sin embargo, la intensidad de dichos sentimientos no guiaba su pluma, y nunca le había costado tanto escribir una carta como al redactar aquella misiva a Eleanor Tilney. Redactar una carta que pudiera, a un mismo tiempo, hacer justicia a sus sentimientos y su situación, transmitir gratitud sin caer en serviles remordimientos, que fuera reservada pero no fría, y honesta pero sin resentimiento; una carta, al fin y al cabo, que Eleanor no lamentara leer y, por encima de todo, que no la avergonzase a ella si Henry llegaba a leerla por casualidad, era una empresa que mermaba sus capacidades. Y después de mucho cavilar y mucha perplejidad, concluyó que la brevedad era la única fórmula por la que podía decidirse con convicción y seguridad. Así que incluyó el dinero que Eleanor le había adelantado acompañado de un sentido agradecimiento y sus mejores deseos de afecto.

—Qué relación tan extraña —observó la señora Morland cuando su hija terminó de escribir la carta—, empezó pronto y terminó pronto. Lamento que haya ocurrido así, pues la señora Allen los consideraba unos jóvenes muy amables, y también tuviste mala suerte con tu Isabella. ¡Ay, pobre James! En fin, de todo se aprende, y espero que las próximas amistades que hagas valgan más la pena.

Catherine se ruborizó al contestar apasionadamente:

—No hay amiga que valga más la pena conservar que Eleanor.

—Pues entonces, querida, estoy segura de que os volveréis a encontrar en algún momento u otro, no te inquietes. Apostaría lo que fuera a que volveréis a reuniros en unos años, ¡y ya verás qué alegría os lleváis!

La señora Morland no tuvo mucha suerte en su intento de consolar a su hija. La esperanza de volver a reunirse pasados algunos años solo sirvió para que Catherine pensara en lo que podría ocurrir en ese tiempo que pudiera hacerla temer dicha reunión. Jamás podría olvidar a Henry Tilney o pensar en él con menos afecto del que sentía en ese momento, pero él sí que podría olvidarla, ¡y volver a encontrarse en esas circunstancias! Se le llenaron los ojos de lágrimas al pensar en el reencuentro. Y su madre, al advertir que sus bienintencionadas sugerencias no habían surtido el efecto deseado, propuso, como nueva fórmula para levantarle el ánimo, que fueran a visitar a la señora Allen.

Ambas casas solo estaban separadas por cuatrocientos metros y, mientras caminaban, la señora Morland se apresuró a contarle lo que pensaba acerca de la decepción que se había llevado James.

—Lo lamentamos por él —dijo—, pero no hay mayor problema en que se haya cancelado el compromiso, pues no era de desear que estuviera comprometido con una joven a la que apenas conocíamos y con tan pocos medios, y de la que ahora, después de todo lo ocurrido, ya no tenemos una buena opinión. Ahora mismo James está triste, pero no durará para siempre. Y estoy segura de que será un hombre mucho más prudente durante el resto de su vida gracias a lo absurda que ha sido su primera elección.

Aquel resumen de lo sucedido era todo cuanto Catherine era capaz de escuchar: una frase más habría puesto en peligro su complacencia y habría restado racionalidad a su respuesta, pues enseguida se quedó absorta pensando

en lo distintas que veía las cosas y lo mucho que había cambiado desde la última vez que había recorrido aquel conocido camino. No hacía ni tres meses que, cargada de alegres ilusiones, había ido de una casa a otra diez veces al día, sin ninguna preocupación, alegre e independiente; deseando experimentar cosas nuevas y tan libre del temor al mal como de conocerlo. Así había sido ella tres meses atrás. ¡Y ahora había regresado completamente cambiada!

Los Allen la recibieron con toda la amabilidad que les produjo su inesperada aparición, dado el cariño que le tenían. Y se llevaron una gran sorpresa y un gran disgusto al enterarse de cómo la habían tratado, y eso que el relato de la señora Morland sobre lo acontecido no fue un testimonio excesivo ni buscaba encender sus pasiones.

—Catherine llegó de improviso ayer por la tarde —dijo—. Hizo todo el viaje en coche de postas sola y ni siquiera ella sabía que iba a regresar hasta el sábado por la noche. Pues el general Tilney, empujado por algún extraño motivo u otro, de pronto se cansó de tenerla en su casa y prácticamente la echó. No hay duda de que ha sido muy descortés y debe de tratarse de un hombre muy raro, ¡pero también nos alegramos mucho de que Catherine vuelva a estar con nosotros! Y es un gran consuelo saber que nuestra hija no es una joven desvalida, sino que se las puede arreglar muy bien sola.

El señor Allen se expresó con el razonable resentimiento que cabía esperar de un buen amigo y la señora Allen consideró que las palabras de su marido fueron lo suficientemente buenas como para emplearlas ella misma a continuación. El asombro del señor Allen, sus conjeturas y sus explicaciones se convirtieron por tanto en las suyas, a las que añadió esta única observación:

—Ese general me saca de quicio.

Con este comentario rellenaba cualquier silencio y lo repitió en un par de ocasiones después de que el señor Allen abandonase la estancia sin que se relajara su ira o pareciese capaz de pensar en nada más. La tercera vez que lo dijo ya lo hizo con un tono más despreocupado, y tras repetirlo por cuarta vez, inmediatamente añadió:

—Imagínate, querida, antes de irnos de Bath conseguí que me arreglaran la rasgadura que me hice en mi mejor encaje, y lo zurcieron tan bien que apenas se distingue. Tengo que enseñártelo algún día de estos. A fin de cuentas,

Catherine, Bath es un lugar encantador. Te aseguro que no me hizo ninguna gracia tener que regresar. Fue un alivio para nosotras que la señora Thorpe estuviera allí, ¿verdad? Al principio estábamos un poco solas.

—Sí, pero eso no duró mucho —observó Catherine con brillo en los ojos al recordar lo que tanto había animado su estancia allí.

—Así es: enseguida conocimos a la señora Thorpe y ya no nos hizo falta nada más. Querida, ¿no crees que estos guantes de seda son estupendos? Me los puse la primera vez que fuimos a los salones antiguos y los he llevado mucho desde entonces. ¿Recuerdas aquella noche?

—¡Ya lo creo!

—Fue muy agradable, ¿verdad? El señor Tilney se tomó el té con nosotras y siempre me pareció una gran compañía, es un joven muy agradable. Me parece que bailaste con él, pero no estoy segura. Recuerdo que yo llevaba puesto mi vestido preferido.

Catherine fue incapaz de contestar y, tras intentar brevemente hablar de otros temas, la señora Allen volvió a insistir:

—¡Cómo me saca de quicio el general! ¡Con lo agradable y noble que parecía! No creo que jamás haya visto un hombre tan bien educado, señora Morland. Alquilaron su residencia un día después de que se marcharan, Catherine. Pero no me extraña, pues está en la calle Milsom.

Mientras regresaban a casa, la señora Morland intentaba convencer a su hija de la suerte que tenían de contar con tan buenos amigos como los Allen y del poco tiempo que debía perder pensando en la negligencia o la falta de consideración que le hubieran mostrado los Tilney mientras pudiera conservar la buena opinión y el afecto de sus amigos. Todas aquellas palabras parecían razonables, pero existen ciertas situaciones en las que el sentido común no sirve de mucho consuelo para la mente humana, y los sentimientos de Catherine contradecían casi todas las posturas que defendía su madre. Toda su felicidad dependía en ese momento de esos simples desconocidos y, mientras la señora Morland se convencía del acierto de sus propias opiniones, Catherine pensaba en silencio que Henry ya debía de haber llegado a Northanger, descubierto que ella se había marchado y que quizá, en ese momento, estuvieran partiendo todos hacia Hereford.

Capítulo XXX

Catherine no poseía una naturaleza sedentaria ni tenía hábitos muy diligentes, pero cualesquiera que hubieran sido sus defectos en ese sentido, su madre no pudo menos que advertir que se habían agudizado. La joven no conseguía quedarse sentada ni llevar a cabo la misma tarea durante diez minutos seguidos, no dejaba de pasearse por el jardín y el huerto una y otra vez, como si lo único que pudiera hacer fuera moverse; era incluso como si prefiriese dar vueltas alrededor de la casa en lugar de quedarse un rato en la sala de estar. Su desánimo también suponía un gran cambio, pues si esos paseos y la ociosidad eran una caricatura de su forma de ser, su silencio y su tristeza eran todo lo contrario de lo que había sido siempre su carácter.

Durante dos días, la señora Morland lo dejó pasar sin hacer un solo comentario siquiera, pero cuando advirtió que la tercera noche de descanso tampoco servía para que Catherine recuperase la alegría ni había ayudado a que se emplease en actividades de mayor utilidad o tuviera más ganas de coser, ya no pudo seguir reprimiéndose y la reprendió con mucha suavidad:

—Querida Catherine, me temo que te estás convirtiendo en una dama demasiado refinada. No sé cuándo estarán listas las corbatas del pobre Richard si no puedo contar con tu ayuda. Piensas demasiado en Bath, pero hay un momento para cada cosa: un momento para bailes y juegos, y un momento para trabajar. Ya te has divertido bastante y ahora debes intentar ser de alguna utilidad.

Catherine tomó la labor enseguida y dijo, con un hilo de voz, que «no pensaba mucho en Bath».

—Entonces es que sigues preocupada por lo del general Tilney y eso es una tontería, pues apostaría lo que fuese a que jamás volverás a verle. No deberías preocuparte por esas pequeñeces. —Y tras un breve silencio añadió—: Espero, querida Catherine, que no lamentes que tu casa no sea tan elegante como Northanger. Eso convertiría tu visita en algo terrible. Estés donde estés, siempre debes estar contenta, pero en especial cuando estás en tu casa, pues ahí es donde debes pasar la mayor parte del tiempo. Antes, durante el desayuno, no me ha gustado mucho escucharte hablar tanto sobre el pan francés que comíais en Northanger.

—Te aseguro que el pan me da igual. Lo mismo me da comer una cosa que otra.

—En uno de los libros que tenemos arriba hay una reflexión muy lúcida acerca de este asunto; versa sobre un grupo de jovencitas que regresan a su casa con muchos aires después de haber pasado una temporada en compañía de amistades más pudientes. Me parece que lo leí en *The Mirror*. Lo buscaré un día de estos, pues estoy convencida de que te irá bien.

Catherine no dijo nada más y, con el firme propósito de hacer las cosas bien, se concentró en su labor. Pero, algunos minutos después, volvió a hundirse sin darse cuenta en la languidez y la desgana, arrellanándose en la silla mucho más a menudo de lo que movía la aguja debido a la irritación y el cansancio que sentía. La señora Morland observaba el progreso de su recaída y, al ver en la mirada ausente e insatisfecha de su hija la prueba evidente del afligido espíritu al que había empezado a atribuir su falta de alegría, salió rápidamente de la estancia en busca del libro en cuestión, impaciente por atacar cuanto antes un mal tan espantoso. Tardó algún tiempo en encontrarlo y, como surgieron otros asuntos familiares que la entretuvieron, había pasado un cuarto de hora cuando volvió a bajar con el libro en el que había depositado tantas esperanzas. Como sus quehaceres en el piso de arriba le habían impedido escuchar ruido alguno salvo el que hacía ella misma, no supo que había llegado una visita hacía pocos minutos, hasta que, al entrar en la estancia, lo primero que vio fue a un joven al que no conocía. El muchacho se levantó enseguida con una expresión de absoluto respeto y, tras presentárselo su azorada hija como el señor Henry Tilney, el joven aprovechó para disculparse con el bochorno propio de una persona sensible por haberse presentado allí de pronto, reconociendo que después de lo que había ocurrido no tenía ningún derecho a esperar ser bien recibido en Fullerton y aduciendo como causa de su intrusión lo impaciente que estaba por saber si la señorita Morland había llegado bien a casa. No se estaba dirigiendo a un juez inflexible o a un corazón resentido. Lejos de culpabilizarlos a él o a su hermana del mal comportamiento de su padre, la señora Morland siempre había sentido debilidad por ambos y, muy complacida con su visita, enseguida le recibió con sinceras muestras de benevolencia y le agradeció las atenciones que le profesaba a su hija, le aseguró que los amigos de sus hijos siempre eran bienvenidos en su casa y le suplicó que no volviera a hacer referencia alguna a lo sucedido.

A Henry no le importó satisfacer dicha petición, pues, aunque se sentía muy aliviado ante aquella inesperada muestra de amabilidad, en ese momento no estaba en condiciones de poder decir nada más al respecto. Por tanto, tras regresar a su asiento en silencio, pasó varios minutos contestando con gran educación a las clásicas preguntas que le hacía la señora Morland acerca del clima y el estado de las carreteras que lo habían llevado hasta allí. Entretanto, Catherine, la inquieta, agitada, dichosa y febril Catherine, no dijo una sola palabra, pero sus brillantes mejillas y relucientes ojos hicieron confiar a su madre en que aquella visita bien intencionada pudiera tranquilizarla por lo menos durante un tiempo, por lo que estuvo encantada de dejar a un lado el primer volumen de *The Mirror* para otro momento.

Como estaba deseosa de contar con la ayuda del señor Morland, tanto para animar como para darle más conversación a su invitado, cuyo bochorno a causa de la conducta de su padre la señora Morland lamentaba mucho, enseguida había mandado a uno de sus hijos a buscarlo. Pero el señor

Morland no se encontraba en casa y, al verse por tanto sin ningún apoyo, la señora se quedó sin nada que decir un cuarto de hora después. Tras un par de minutos de absoluto silencio, Henry, dirigiéndose a Catherine por primera vez desde que había aparecido su madre, le preguntó, con repentino entusiasmo, si el señor y la señora Allen se hallaban ya en Fullerton. Y del montón de palabras que la joven utilizó para contestar, el muchacho descifró un significado que podría haber transmitido con una sola sílaba, y Henry enseguida expresó la intención de ir a presentarles sus respetos y, ruborizándose un poco, le preguntó a Catherine si tendría la amabilidad de enseñarle el camino.

—La casa se ve desde esta ventana, señor —le informó Sarah, cosa que solo provocó un asentimiento comprensivo por parte de él y un silencioso gesto de su madre para hacerla callar. Pues la señora Morland, considerando probable que tras ese deseo del señor Tilney de visitar a sus vecinos quizá se escondiera la intención de dar alguna explicación acerca del comportamiento de su padre que le resultaría más fácil comunicar estando a solas con Catherine, no quiso impedir bajo ningún concepto que su hija lo acompañase. Así pues, la pareja emprendió el paseo sin que la señora Morland se hubiera equivocado del todo respecto a las intenciones que Henry tenía en mente al desear dicha caminata. Tenía alguna explicación que dar acerca del comportamiento de su padre, pero su principal propósito era explicarse él, y antes de llegar a la propiedad del señor Allen ya lo había hecho tan bien que Catherine jamás se habría cansado de escuchar sus palabras. Henry le declaró su afecto y le pidió a Catherine que le entregase su corazón, aunque quizá ambos sabían ya que le pertenecía por completo. Pues, aunque Henry se sentía muy unido a ella, le gustaba y disfrutaba de las virtudes de su carácter y le encantaba pasar el rato en su compañía, debo confesar que su afecto se originó por gratitud o, en otras palabras, la convicción de que ella sentía algo por él había sido el único motivo por el que Henry había empezado a pensar seriamente en Catherine. Ya sé que es una circunstancia inusual en un romance y terriblemente despreciable para la dignidad de una heroína, pero si resultase igual de inusual en la vida real, al menos el mérito de haber imaginado algo como eso sería enteramente mío.

Tras una breve visita a la señora Allen, durante la que Henry habló de asuntos elegidos al azar, sin ningún sentido o conexión entre ellos, y Catherine, arrobada en la contemplación de su propia felicidad, apenas abrió la boca, la pareja pudo abandonarse al éxtasis de un nuevo cara a cara y, antes de que no les quedase más remedio que ponerle fin, Catherine pudo comprobar hasta qué punto Henry contaba con la autoridad paterna para declarársele. Cuando regresó de Woodston hacía dos días, se había encontrado cerca de la abadía con su impaciente padre, quien le informó muy enfadado de la partida de la señorita Morland y le ordenó que no volviera a pensar en ella.

Y ese era el permiso con el que contaba para pedirle su mano. Al escuchar aquello, la asustada Catherine, que aguardaba temerosa y expectante, no pudo menos que alegrarse de la amable cautela con la que Henry le había evitado tener que rechazarlo al declararse y obtener su consentimiento antes de mencionar aquella circunstancia, y mientras él seguía detallando y explicando los motivos de la conducta de su padre, Catherine terminó presa de un triunfante regocijo. El general no había tenido razones para acusarla ni nada que decir en su contra; sin embargo, ella había sido la protagonista involuntaria e inconsciente de un engaño que el orgullo del general no podía perdonar y que alguien que abrigase valores de mayor enjundia se hubiera avergonzado de sentir. Catherine solo era culpable de ser menos rica de lo que él había supuesto. El general había promovido la relación en Bath llevado por el convencimiento de que ella tenía grandes posesiones y derechos, y así había solicitado su compañía en Northanger y había hecho planes para conseguir que se convirtiera en su nuera. Al descubrir su error le había parecido que lo mejor era echarla de su casa, aunque quizá eso no bastara para satisfacer todo el resentimiento que acumulaba hacia ella y el desprecio que sentía por su familia.

John Thorpe había sido quien lo había llevado a engaño. El general, al ver que su hijo una noche, en el teatro, dedicaba una atención especial a la señorita Morland, le había preguntado a Thorpe con despreocupación si sabía más aparte de su nombre. Thorpe, encantado de relacionarse con un hombre de la importancia del general Tilney, se había mostrado alegre y orgullosamente comunicativo. Y como en ese momento no solo esperaba que Morland se comprometiese con Isabella, sino que también estaba bastante convencido de casarse él mismo con Catherine, su vanidad lo llevó a describir a una familia mucho más pudiente de lo que sus ínfulas y su codicia le habían llevado a desear. Con quienquiera que se relacionara o tuviera oportunidad de relacionarse el señor Thorpe, su sentido de la importancia siempre le llevaba a exagerar el prestigio de los demás, y a medida que intimaba con alguien, la fortuna que le atribuía también iba en aumento. Por ejemplo, la posición de su amigo Morland, que desde el principio había sido sobrevalorada, fue aumentando en importancia desde que le había presentado a Isabella y, duplicando el que él consideraba que debía de ser el patrimonio del señor Morland, triplicando su fortuna personal, añadiendo una tía rica y eliminando a la mitad de los hijos, consiguió presentar a toda la familia bajo la luz más respetable a ojos del general. Sin embargo, para Catherine —objeto de la curiosidad del general y de sus propias especulaciones—, el señor Thorpe todavía tenía algo más en reserva, y a las diez o quince mil libras que su padre pudiera darle en dote venían a sumarse las propiedades del señor Allen. La buena relación que mantenía la joven con la pareja había conducido al señor Thorpe a pensar que ella recibiría una buena herencia y, por tanto, empezó a hablar de ella como la más lógica heredera de Fullerton. El general había procedido en base a esa información, pues jamás se le había ocurrido dudar de su veracidad. El interés que tenía Thorpe por la familia, debido a que su hermana estaba a punto de comprometerse con uno de sus miembros y que él mismo tenía el ojo puesto en la joven (circunstancias de las que presumía con idéntica libertad), parecía garantía más que suficiente de su sinceridad, y a ello cabía añadir los hechos irrefutables de que los Allen eran ricos y no tenían herederos, que la señorita Morland estaba a su cuidado y —por lo que su conocido le llevó a pensar— que estos la trataban con tanto cariño como sus propios padres. Así pues, enseguida tomó una decisión. Ya había descubierto en el rostro de su hijo que este parecía admirar a la señorita Morland y, agradecido por la información que le había facilitado el señor Thorpe, decidió casi al instante no escatimar esfuerzos en echar por tierra todos los planes de los que este

alardeaba y, de paso, arruinar sus mayores esperanzas. En ese momento Catherine ignoraba todo aquello tanto como los propios hijos del general. Henry y Eleanor, al no percibir nada en la situación de la joven capaz de despertar el interés de su padre, habían presenciado con asombro las repentinas, continuas y extensas atenciones que este dedicaba a la joven. Y aunque últimamente, y tras algunas insinuaciones que habían acompañado la orden que le dio a su hijo para que hiciera todo cuanto pudiera por conseguir a Catherine, Henry estaba convencido de que su padre consideraba que la dama era un buen partido, no fue hasta aquellas últimas explicaciones que le había dado en Northanger cuando ambos hermanos comprendieron las falsas expectativas que habían empujado al general a actuar como lo había hecho. Y el general había descubierto que eran falsas gracias a la misma persona que había provocado el malentendido, pues el propio Thorpe, con quien se había vuelto a encontrar en Londres por casualidad, y quien se hallaba entonces bajo la influencia de unos sentimientos completamente contrarios, molesto por el rechazo de Catherine y todavía más por el fracaso del intento de reconciliación entre Morland e Isabella, convencido de que la ruptura era definitiva y desdeñando una amistad con James que ya no podía servirle para nada, se apresuró a contradecir todo lo que había dicho antes en favor de los Morland. Le confesó haber estado completamente equivocado respecto a las circunstancias económicas de la familia y su posición social, pues lo habían llevado a engaño las fanfarronadas de su amigo, quien le había hecho creer que su padre era un hombre de fortuna y buena posición, mientras que lo ocurrido durante las últimas dos o tres semanas había demostrado que no era ni lo uno ni lo otro. Pues el señor Morland, tras aceptar encantado la primera propuesta de unión entre las dos familias con ofertas muy generosas, después, obligado a reconocer la verdad por la astucia de quien le estaba informando de lo ocurrido, se había visto en el brete de admitir que era incapaz de proporcionar a la joven pareja una renta mínima decente. La realidad era que se trataba de una familia necesitada y numerosa hasta decir basta, a la que nadie respetaba en su propio pueblo, tal como él mismo había tenido la oportunidad de descubrir últimamente, que trataban de llevar un estilo de vida muy por encima de sus posibilidades, buscando la forma de ascender socialmente relacionándose con personas de buena posición. En suma, que se trataba de una familia de desvergonzados, fanfarrones y retorcidos.

El aterrorizado general mencionó al señor Allen con mirada inquisitiva y, en ese sentido, Thorpe también había descubierto su error. Era cierto que los Allen y los Morland siempre habían sido vecinos, pero él conocía personalmente al joven que heredaría la finca de la pareja. El general no necesitó escuchar nada más. Enfurecido con todo el mundo menos con él mismo, partió al día siguiente para la abadía donde ya hemos visto lo que hizo.

Dejaré que mis lectores empleen su sagacidad para decidir qué parte de todo esto pudo comunicar Henry a Catherine en ese momento, de qué parte de ello se enteró la joven por boca de su padre, en qué partes pudieron ayudarle sus propias conjeturas y qué detalles salieron a la luz gracias a una carta de James. Para mayor comodidad de mis lectores he reunido aquí en una sola narración lo que ellos contaron por separado. En cualquier caso, Catherine escuchó en ese momento lo suficiente para pensar que, cuando sospechó que el general Tilney había asesinado o encerrado a su esposa, no había ido tan errada respecto a su carácter ni magnificado demasiado su crueldad.

Henry, al tener que admitir todas aquellas cosas de su padre, fue casi tan digno de lástima como cuando las descubrió él mismo y se ruborizó a causa de la actitud mezquina que se veía obligado a exponer. La conversación que había mantenido con su padre en Northanger había sido de lo más desagradable. Fue grande la indignación que había sentido Henry al descubrir cómo había tratado a Catherine, al percatarse de las visiones interesadas de su padre y recibir la orden de aceptarlas. El general, que estaba acostumbrado a imponer las normas en su familia respecto a cualquier menudencia, que solo esperaba por parte de su hijo una reacción sentimental y no creía que hallaría mayor oposición que lo obligara a explicarse, no fue capaz de soportar la oposición de su hijo, quien se mantuvo con firmeza basándose en el sentido común y los dictados de la conciencia. Pero, dado el caso, su ira, a pesar de lo impresionante que era, no consiguió intimidar a Henry, que estaba tan convencido de estar haciendo lo que era justo que se

mantuvo completamente firme. Se sentía unido a la señorita Morland, tanto por una cuestión de honor como de afecto, y convencido de que su corazón ya le pertenecía, ni el hecho de que su padre se retractara del consentimiento tácito que le había dado anteriormente ni que de pronto se contradijera en sus deseos empujado por una rabia injustificada podrían mermar la felicidad de Henry ni ejercer influencia alguna en la decisión que había tomado.

Henry se negó a acompañar a su padre a Herefordshire, un compromiso organizado en el momento para obligar a Catherine a marcharse, y con la misma firmeza le informó de la intención que tenía de ir a pedir su mano. El general se mostró muy furioso y padre e hijo se separaron muy enfrentados. Henry estaba tan alterado que iba a necesitar pasar muchas horas a solas para poder tranquilizarse y regresó casi de inmediato a Woodston. Así, la tarde del día siguiente, había partido hacia Fullerton.

Capítulo XXXI

Cuando el señor Tilney pidió el consentimiento de los señores Morland para casarse con su hija estos se llevaron una sorpresa considerable que se alargó varios minutos, pues jamás les había pasado por la cabeza sospechar que existiera tanto cariño por ninguna de las dos partes. Pero como a fin de cuentas no podía haber nada más natural que el hecho de que Catherine fuera amada, enseguida empezaron a considerarlo con la feliz inquietud del orgullo agradecido y, en cuanto a ellos concernía, no tuvieron ninguna objeción que poner al compromiso. Los buenos modales y la sensatez del muchacho ya eran suficiente recomendación y, como nunca habían oído nada malo de él, no era propio de ellos suponer que pudiera haber alguna inconveniencia que decir sobre el muchacho. Supliendo la experiencia con buena voluntad, su carácter no necesitaba confirmación. Su madre comentó ominosa que Catherine sería un ama de casa algo inexperta y descuidada, pero pronto se consoló pensando que la práctica era la mejor maestra.

Ya solo quedaba un obstáculo digno de mención, pero hasta que no lo solucionaran sería imposible que pudieran sellar el compromiso. Los Morland eran personas de temperamento apacible pero de principios firmes, y mientras el padre de Henry se opusiera al enlace, no podían pensar en

265

seguir adelante. No eran tan refinados como para exigir que el general solicitara formalmente la mano de su hija o que aprobase la unión con efusividad, pero debían conseguir su consentimiento, y una vez obtenido —y los Morland confiaban en que no siguiera negándose mucho más tiempo—, ellos lo aprobarían enseguida. Tampoco pretendían ni podían pedirle dinero. Su hijo ya poseía una fortuna considerable y tenía seguridad. Su renta actual le proporcionaba independencia y bienestar, y desde un punto de vista económico era una alianza que estaba muy por encima de las posibilidades de su hija.

La joven pareja no podía sorprenderse de una decisión como aquella. Lo lamentaron y lo condenaron, pero no podían molestarse. Y Henry y Catherine se despidieron con la esperanza de que ese cambio de opinión del general, cosa que ambos consideraban casi imposible, se produjese rápidamente, y así poder volver a encontrarse y poder disfrutar de su afecto mutuo con total libertad. Henry regresó a lo que en ese momento era su único hogar para supervisar sus jóvenes plantaciones y hacer más mejoras pensando en el bienestar de Catherine, pues estaba ansioso de que pudiera compartirlas con él. Y la joven se quedó en Fullerton sumida en un mar de lágrimas. No indagaremos para saber si el tormento de la ausencia fue aliviado por la correspondencia clandestina. Los señores Morland nunca lo hicieron, habían sido demasiado amables como para exigir promesas, y cuando Catherine recibía una carta, cosa que en aquella época sucedía a menudo, ellos siempre miraban hacia otra parte.

La inquietud, que teniendo en cuenta cómo estaban las cosas debía de ser el estado natural de Henry y Catherine, y de todos quienes los querían, hasta que llegara a resolverse la situación, no se va a extender también al corazón de mis lectores, que ya habrán advertido el reducido número de páginas que les quedan por leer y, por tanto, que nos precipitamos hacia la felicidad más absoluta. La única duda que puede quedar concierne a la forma en que consiguieron casarse: ¿qué circunstancia plausible influiría en el ánimo del general? Pues la circunstancia que más influyó fue la boda de su hija con un hombre de fortuna e importancia, evento que tuvo lugar durante el verano. Eso conllevó un ascenso social para su hija que lo puso de muy buen humor, circunstancia que Eleanor aprovechó para conseguir que perdonase a Henry y le diera su consentimiento «¡para ser un necio si así lo deseaba!».

La boda de Eleanor Tilney, que la permitió alejarse de la tristeza que se había apoderado de Northanger tras el destierro de Henry y vivir en la casa que ella quería y con el hombre que había elegido, fue un hecho que produjo una inmensa satisfacción a todos sus conocidos. Yo misma me alegro mucho de tal eventualidad. No conozco a nadie más merecedora, por lo humilde que era, o que estuviera mejor preparada, debido a lo mucho que había sufrido, para recibir y disfrutar de la felicidad. El afecto que sentía por aquel caballero no era reciente, pero él había evitado acercarse a ella solo debido a la inferioridad de su situación. Sin embargo, su inesperado acceso a un título nobiliario y la consiguiente fortuna habían acabado con todas sus dificultades, de modo que jamás el general había amado más a su hija en todas sus horas de compañía, entrega y paciente aguante de esta como cuando pudo dirigirse a ella por primera vez con su nuevo título de vizcondesa. Su marido era verdaderamente merecedor de ella, pues independientemente de su título nobiliario, su riqueza y el aprecio que le tenía era, sin duda, el joven más encantador del mundo. No es por tanto necesario seguir detallando sus méritos, pues todos podemos imaginarnos enseguida al joven más encantador del mundo. Por tanto, respecto a este joven en particular solo tengo que añadir —consciente de que las normas de la escritura prohíben introducir a estas alturas a un personaje que no está relacionado con la historia que estoy contando— que se trata del mismo caballero cuyo negligente criado había olvidado toda aquella colección de facturas de la lavandería, tras una larga estancia en Northanger, por las que mi heroína se vio envuelta en una de sus aventuras más alarmantes.

La influencia del vizconde y la vizcondesa en favor de su hermano se vio apoyada por el esclarecimiento de las verdaderas circunstancias económicas del señor Morland, que comunicaron al general en cuanto tuvieron la oportunidad. Y así el general descubrió que había sido tan mal informado cuando Thorpe presumía de la riqueza de la familia como cuando destruyó su reputación de esa forma tan mezquina, pues de ninguna de las maneras

se trataba de una familia necesitada o pobre, y Catherine recibiría una dote de tres mil libras. Aquello enmendó en tal medida sus últimas expectativas que contribuyó mucho a suavizar el orgullo del general, y tampoco fue en balde la información que se tomó muchas molestias en conseguir acerca de la finca de Fullerton, que estaba completamente a disposición de su actual propietario y se encontraba, por tanto, abierta a cualquier especulación codiciosa.

Sabiendo todo aquello, poco después de la boda de Eleanor, el general permitió que su hijo regresara a Northanger y allí le dio su consentimiento, que expresó por escrito con mucha amabilidad en una página llena de declaraciones vacías dirigidas al señor Morland. Y pronto aconteció el evento que autorizaba tal misiva. Henry y Catherine se casaron, las campanas sonaron y todo el mundo se mostró dichoso. Y como el feliz acontecimiento tuvo lugar sin que hubiera transcurrido un año desde que los novios se conocieran, no dio la impresión, después de todos los retrasos provocados por la crueldad del general, que la demora perjudicara mucho a la pareja. Iniciar una vida perfectamente feliz a la edad de veintiséis y dieciocho años respectivamente está muy bien. Y además me confieso convencida de que la injusta interferencia del general, en lugar de perjudicar la felicidad de la pareja, quizá contribuyese a provocarla, pues de este modo los jóvenes tuvieron tiempo de conocerse mejor y eso fortaleció su vínculo, y dejo al criterio de quien se interese por este asunto decidir si esta obra tiene la intención de recomendar la tiranía paterna o recompensar la desobediencia filial.